KB022034

희망의 대담집

대화독법
1 0 1

희망의 대담집

대화독법 101

초판 인쇄   2018년 2월 22일
초판 발행   2018년 2월 26일

지 은 이   하영균
펴 낸 이   김재광
펴 낸 곳   솔과학
등   록   제10-140호 1997년 2월 22일
주   소   서울특별시 마포구 독막로 295번지 302호(염리동 삼부골든타워)
전   화   02-714-8655
팩   스   02-711-4656
E-mail   solkwahak@hanmail.net

I S B N   979-11-87124-29-0(03800)
ⓒ 솔과학, 2018

값 15,000원

한 권으로
끝내는 대화의
이론과 실제

희망의 대담집

대화독법

1·0·1

하영균 지음

솔학

어느 날인가 바람 부는 날이었다. 누군가와 대화를 하면서 고민스런 문제를 풀고 싶었는데 잘 풀리지 않았다. 그 문제는 어떻게 개념을 정리하는 것이 좋을까 하는 문제였다. 내가 답을 찾아서 돌아다니는 것보다는 오히려 내 마음 속에서 들려 오는 이야기를 들어 보는 것이 더 중요하다는 생각을 하기 시작했다. 그래서 대화를 한번 써보았다. 나와 또 다른 누군가에게 질문을 하는 것으로 하여 쓰기 시작했다.

선학이 나이기도 하고 후학이 나이기도 하다. 선학이 나보다 먼저 살아간 역사적인 인물이기도 하고 후학이 다가올 미래의 후세이기도 하다. 그들을 연결해주는 다리가 언어의 개념이라는 생각을 정리해가면서 하게 되었다. 결국 말을 통해서 사람들은 자신의 생각을 정리한다는 사실과 그 말의 개념들을 정리를 하면 마치 수학 문제가 풀리듯이 분명해진다는 경험도 하게 되었다. 즉 그만큼 말의 개념을 정리하는 것이 사고력을 높이거나 확장하는 데 크게 도움이 된다는 사실을 대화독법을 적어가면서 경험하게 된 것이다.

단어 하나 하나를 정리하면서 이슈가 되는 개념이 있으면 정리를 하기 시작했다. 그리고 이 글들을 대화독법이라는 이름으로 페이스북에 올리기 시작했다. 때로는 정리가 잘 되기도 하고 때로는 막막하기도 하면서 페이스북에 올린 글들을 한 편 한 편 쓰고 올리기 시작했다. 거의 5년을 써왔다. 그리고 이것이 한 권의 책으로 엮게 되어서 정말 내게는 큰 의미가 있다. 전혀 이런 글이 책이 될 수 있다고 생각하지 않았다. 오래 전에 보았던 대만 만화를 보고 개념 정리를 하는 방식으로 정리하는 것도 좋겠다고 생각해서 시작한 것이다. 그래도 책이라는 형식으로 다시 세상에 선보이게 되어서 정말 기쁘다.

대화독법이라고 표현한 것은 대화를 통해서 핵심언어의 개념을 정리하고 정확히 의미를 파악하기 위한 방법이라는 뜻으로 사용을 했다. 다른 제목들도 가능했지만 대화독법으로 표현하는 것이 더 정확한 의미를 전달하는 것 같아서 그대로 사용하기로 했다. 독법이라는 말이 무게가 있는 말이라 사용이 망설여지기도 했지만 이 글을 쓰는 가장 정확한 의미라는 생각 때문에 더 좋은 제목으로 쓸 수 없는 것 같아서 그대로 사용을 하기로 했다. 대화를 통해 쉽게 말의 개념을 이해하기 쉽도록 한 것이라 대화를 자연스럽게 읽어 가면 되도록 만들려고 한 것이다.

"나의 언어의 한계는 나의 세계의 한계를 뜻한다."

루트비히 요제프 요한 비트겐슈타인독일어: Ludwig Josef Johann Wittgenstein, 1889년 4월 26일~1951년 4월 29일이 말한 것인데 참 정확한 의미를 담고 있다고 본다.

언어의 한계가 철학과 사고의 한계를 의미하기 때문이다. 언어를 사용하는 것을 보면 그 사람의 세계관이 보인다. 그만큼 언어가 가진 의미는 크다. 그런 언어에 대해서 너무 정확한 개념정리가 안되었으면서 사용하는 경우가 너무 많다. 특히나 최근 들어 철학의 부재가 심화되면서 언어 개념의 혼란이 초래되고 있는 것이 현실이다. 현대 철학에서는 언어의 개념을 정리해 주는 것이 철학의 가장 중요한 과업이라고 생각하고 있다. 철학적 분명한 가이드가 서로 간의 소통의 출발이 된다는 사실을 언어 철학은 전해 주고 있다.

사실 언어의 개념을 정리하는 것은 쉽지가 않다. 어려운 점은 이 개념의 정리가 분명한지 아니면 분명하지 않은 것인지를 명확히 해야 하는데 이 부분에 대한 공개적인 검증은 하지 않았다. 아마도 이 책이 출간되고 나면 분명히 다른 의견들이 있을 것이라 본다. 하지만 이것 또한 하나의 개념 정리를 위한 방법론이라고 본다. 그렇기에 이 책을 출간하면서도 부끄러움을 감출 수가 없지만 그래도 출간의 의미를 두는 것은 언어의 개념을 정리하는 방법으로 손쉽고 이해하기 쉽게 접근해 보자는 순수한 의도라는 것을 지탄을 받는다고 하더라도 알리고 싶었다. 이런 개념 정리의 알기 쉬운 책들이 철학자나 인문학자들에 의해서 많이 출판되기를 바란다. 그렇게 되면서 이 책이 불쏘시개가 된다고 하더라도 의미가 있다고 본다. 특히나 어려운 개념이 아니라 학생들에게 도움이 되는 그런 개념 정리 책이 많이 나왔으면 하는 바람이다.

이 책을 출간할 수 있도록 배려해 주신 솔과학 출판사 김재광 대표님께

감사를 드리며, 오랫동안 글을 읽어주고 의견을 보내주신 페북의 많은 친구들에게 감사를 드린다. 어려운 과정에서도 그래도 지켜보고 있어준 아내에게 항상 고맙고, 열심히 자기 위치에서 잘 살아준 아이들에게 항상 고맙고 미안하다. 몇 년 전 고인이 되신 내 인생의 길을 열어준 어머님과 16년 전에 고인이 되신 끝까지 나를 믿어준 장인어른에게 이 책을 바친다.

2018년 1월

하영균

목차

철학적 개념

정치적 개념

경제적 개념

문화적 개념

사회적 개념어

종교적 개념어

철학적 개념

사람 사는 데, 철학이 필요하지,
인생의 지혜

후학이 물었다.

"사람들이 현대 사회가 되면서 철학이 부족하다고 많이 이야기 합니다. 모두들 물어 보면 개똥 철학이라도 가지고 있다고 하는데 무엇 때문에 철학이 부족하다고 하는 것인가요?"

선학이 대답을 했다.

"글쎄요. 철학을 어떻게 정의하느냐에 따라서 달라지는 것이라 봅니다. 철학을 행동 지침으로 보면 즉 윤리로 보면 다르게 볼 수 있습니다. 철학의 분재란 보다 구체적으로 보면 조선 시대에 기 행동 규범의 철학인 성리학에 바탕으로 한 행동 규범이 현대 사회에서 지켜지지 않고 있기 때문에 철학이 부족하다고 하는 것이라 봅니다. 즉 시대 철학이 달라진 것이지요. 그래서 철학이 부족하다고 보는 것입니다."

후학이 다시 물었다.

"그건 이상하네요. 시대가 바뀌면 다른 행동 규범을 가지게 되어있기 때문에 당연히 조선 시대 철학을 찾으면 없는 것이지요. 그러니 말이 안 맞는 것이네요. 그래도 분명한 것은 철학인지 무엇인지는 몰라도 부족한 것은 분명한 것 같습니다. 그게 무엇인지요?"

선학이 대답을 했다.

"철학이 무엇인지와 어떻게 하는 것인지에 대한 이해가 부족해서 생기는 것입니다. 철학은 대상에 대해서 사고하는 방법입니다. 즉 대상에 대해서 사고하는 방법이 제대로 정리가 되어 있으면 그것은 철학적이라 할 수 있습니다. 그게 정리되어 있지 않으면 철학이 부재한 것이지요. 대상에 대해서 깊이 있게 정리되어 있을수록 철학의 힘은 강해지고 그 힘도 커집니다. 왜냐면 대상이 무엇인 되는가에 따라서 완전히 달라지기 때문입니다."

후학이 다시 물었다.

"대상에 따라서 달라지다니요? 이해가 안되네요. 대상에 따라 달라진다는 것을 보다 구체적으로 알려 주십시오."

선학이 대답을 했다.

"대상은 크게 세 가지로 나눕니다. 첫째는 세계입니다. 세계에 대해서 세계가 어떻게 움직이는지 어떤 원리로 작동하는지를 찾는 것입니다. 간단히 말해서 세계관이라고 하지요. 둘째는 인간에 대한 것입니다. 즉 인간의 문제를 어떻게 바라보는가 하는 것입니다. 인식의 문제부터 잠재의식 또는 인간 존재의 문제, 본능과 이성 등등 인간의 문제를 사고하는 것으로 그 목적은 인간이 가진 구체적인 문제들에 답을 찾기 위한 것입니다. 행복의 문제나 사랑의 문제 , 분노나 증오의 문제 자학이나 스트레스 등등 인간의 내면 심리에 대한 것과 인간의 행동 심리에 관한 것들을 보다 체계적으로 연구하는 것입니다. 그 범위가 확장되면 사회의 문제로도 확대되는 것입니다. 그리고 셋째 문제는 궁극의 진리 문제입니다. 동양에서는 도의 문제로 보고 서양에서는 신의 문제로 봅니다. 즉 이것은 도학 또는 신학으로 정리 되는 것입니다."

후학이 다시 물었다.

"철학을 한다는 게 쉬운 일이 아니네요. 어쩌면 세상 모든 일에는 철학이 있어야 하는 것이네요. 그렇게 많은 영역을 다 철학적으로 정의하고 분석하고 체계화시키는 것은 불가능할 것으로 보입니다. 그래도 핵심적인 것은 무엇인지 정리가 될 수 있을까요? 가장 철학적으로 정리를 해야 한다면요."

선학이 대답을 했다.

"철학에는 4가지 질문을 할 수 있어야 합니다. 첫째로는, 나는 무엇을 알고 있는가? 즉 자신이 알고 있는 영역과 방법을 사고하는 것입니다. 사실 깊이 있게 들어가면 갈수록 모르는 게 많다는 것을 알게 되지요. 바보는 세상 일을 다 알고 있습니다. 너무 나도 쉽게 답할 수 있지만 철학자는 그렇게 쉽게 답하지 못합니다. 그만큼 어려운 문제입니다. 그래서 거꾸로 보면 무엇을 모른다는 것을 아는 것이 정말 제대로 알고 있는 것입니다.

둘째는, 나는 무엇을 해야 하는가? 하는 것입니다. 판단과 행동의 문제입니다. 모든 상황에 맞게 올바른 판단을 하기 위해서는 무엇을 근거로 해야 하는지 알아야 합니다. 이것은 첫번째 질문과 연관되어 있습니다. 아는 정도에 따라서 행동하는 방법이 결정되기 때문입니다. 깊이 알면 알수록 정확한 행동을 하게 되는 것입니다. 이것과 더불어 결단의 문제 즉 신념도 함께 고민하는 것이지요.

셋째는, 나는 무엇을 바라는가? 하는 것입니다. 즉 인간이 철학을 하는 이유 중에 하나입니다. 그 행동의 이유를 찾는 것입니다. 원하는 궁극적인 이유를 찾는 것이 또 철학이 해야 할 이유입니다. 이것이 때론 정의가 될 수 있고 아름다움이 될 수도 있으며 본성에 의해서도 이루어질 수 있습니다. 그런 이유가 있어야 행동하고 실천하는 것이기 때문입니다.

넷째로는, 인간이란 무엇인가? 하는 것입니다. 이 말은 나의 문제의 확장에 있습니다. 나와 너 즉 사회가 존재하고 그 사회 존재들의 모두 칭하여 인간이라 합니다. 하지만 나 개인의 행동이나 가치관과는 다른 인간으로서의 모습이 존재합니다. 나와는 다른 생각 다른 행동이 존재하는 것이지요. 그래서 그 다름을 알아 내기 위해서 사고를 해야 하는 것입니다.

이 네 가지의 질문에 대해서 답을 정리하고 체계화 시켜내면 나름의 철학체계를 완성하는 것이라 할 수 있습니다."

후학이 다시 물었다.

"말은 참 쉬워 보이네요. 그런데 그 말을 다시 어떻게 풀어내야 할지 생각을 해보니 너무나도 어려운 문제입니다. 보다 더 쉽게 이런 문제를 정할 수 없을까요? 그래야 보다 많은 사람들이 쉽게 이해하고 정리가 가능할 것으로 보이는 데요."

선학이 대답을 했다.

"철학을 하는 방법론 중에 효과적인 방법을 텍스트를 정하고 깊이 있게 읽고 정리하는 것입니다. 그것이 한 권의 책일 수도 있고 한 사람의 철학자일 수도 있습니다. 그런 텍스트를 중심으로 깊이 있게 정리하면 텍스트의 사상체계를 받아 들이게 되어 있습니다. 거기서 시작하면서 다른 외연으로 확장하는 것이 좋습니다. 하나의 텍스트에 집중하고 그 다음에 그 텍스트의 사상체계로 확장을 하다 보면 텍스트의 효과적인 이해도 이루어지지만 또한 부족함도 보입니다. 그 부족한 부분을 채워 가면 자신만의 사상체계를 만들어 가는 것이지요."

후학이 다시 물었다.

"좋은 방법이네요. 그런데 철학적으로 자신의 사상을 정리한 사람과 하지 못한 사람은 어떤 차이가 나는가요?"

선학이 대답을 했다.

"철학을 통해서 자신의 사상체계를 나름 정리한 사람은 환경변화나 상황변화에 흔들리지 않습니다. 나름의 그 근본 문제에 대해서 이해를 하기 때문입니다. 만일 전쟁 위험이 있다고 뉴스에 떠들고 있으면 그 뉴스의 뒷배경이나 전쟁 당사자간의 역학관계를 이해하고 있으면 흔들리지 않고 자신이 해야 할 일을 할 수 있지만 그렇지 못한 사람은 전쟁 위협에 공포를 느끼고 어떤 것도 할 수 없을 수도 있는 것이지요. 즉 외부세계에 대해서 흔들리지 않습니다. 또한 자신의 문제도 정확히 알기 때문에 자신의 문제 대응에도 흔들리지 않습니다. 철학을 정리했다는 것은 바로 어떻게 살아야 할 지를 아는 것과 같습니다. 철학의 깊이가 높은 나라나 개인은 사회적으로 안정되고 바르게 살아 가는 사회가 되는 것입니다. 철학이 삶의 바탕이 되어야 합니다. 그럼 사회도 더 좋아집니다."

험한 세상도, 사상을 세우면,
민족도 사네

후학이 물었다.

"사상이란 게 무엇인가요? 여러 사람들의 생각이 합쳐지면 그렇게 되는 것인가요?"

선학이 대답을 했다.

"생각이 모였다고 사상이라고 하지는 않습니다."

후학이 다시 물었다.

"그럼 무엇을 사상이라고 하는가요?"

선학이 대답했다.

"먼저 무엇을 사상이라고 했는지 생각해 볼 필요가 있습니다. 한자로는 '思想'이라고 합니다. 그런데 이 한자의 의미를 자세히 들여다 보면 '사'는 田과 心으로 되어 있습니다. 이 말은 논에서 생각한다는 뜻입니다. 즉 먹고 살기 위해서 농사를 지으면서 어떻게 하는 것이 좋은지 생각하는 것입니다. 그리고 '상'자에는 木 과 目 그리고 心으로 되어 있습니다. 나무를 보고 생각한다는 뜻입니다. 이 말은 나무는 자연을 말합니다. 먹고 살기 위해서 농사를 지어야 하는 것이지만 자연을 바라보는 것입니다. 즉 바라보고 생각하는 조금은 객관적인 입장을 말하는 것으로 다른 말로 바꾸면 환경을 의미합니다. 한자적 의미의 사상이란 바로 먹고 사는 문제와 자연을 바라보는 괌점 즉 인생관과 자연관을 의미하는 것입니다."

후학이 다시 물었다.

"한자로 풀어 보니 쉽게 이해가 됩니다. 그럼 사상이 서양의 의미로도 무엇인가 있을 것 같은데 무엇인가요?"

선학이 대답을 했다.

"영어로는 thought 라고 합니다. think의 과거 과거 분형이지요. 그런데 이 의미는 생각을 이미 한 것이라는 뜻이 됩니다. 현재 하고 있는 것도 아니고 이미 누구간 생각을 한 것이고 이것이 거대한 흐름으로 정리된 것을 말합니다. 인간이 이성적으로 깊이 있게 사고를 하고 그 사고의 결과물이 사상으로 정리되었다는 의미입니다. 만일 그 흐름이 하나의 특별한 사상으로 정립이 되었다면 그것을 부르는 사상으로 정리가 되는 것입니다."

후학이 다시 물었다.

"그럼 서양과 동양의 사상에 대한 의미는 차이가 있네요. 서양은 사고과정을 중심에 두고 있다면 동양의 경우는 사고의 대상에 두고 있다는 느낌이 드는 데요?"

선학이 대답을 했다.

"맞는 지적입니다. 서양은 사고과정을 중심에 두고 있기 때문에 논리학이 그 바탕에 있습니다. 논리적 접근이 안되는 사상은 사상으로 정립이 되지 않습니다. 하지만 동양의 사상은 다릅니다. 논리보다는 대상이 먼저입니다. 그러기에 일정 부분 비 논리적인 것도 존재를 합니다. 오히려 명분이나 당위성의 관점이 강한 것입니다."

후학이 다시 물었다.

"그럼 현대에도 사상은 끊임없이 만들어지고 있는가요?"

선학이 대답을 했다.

"서양의 관점으로 보면 사상은 그 계보를 가지고 지속적으로 발전하고 전개되고 있다고 봅니다. 각 사상들이 융합되고 분리되고 세분화되면서 현대까지 이어지고 있는 것이지요. 하지만 동양사상은 어느 순간 흐트러졌습니다. 이유는 서구 사상이 들어 오면서 서구의 생각이 옳은 것으로만 전해졌기 때문에 빚어진 일입니다. 하지만 동양 사상들은 다시 정립 중입니다. 왜냐면 서양사상으로 정리가 안되는 부분들이 많이 있기 때문입니다. 동양의 사상은 인간의 살아가는 문제에 집중하고 있는 것입니다. 서양의 논리보다는 오히려 동양의 비논리적으로 보이는 화두가 오히려 문제를 해결하게 하기 때문입니다. 서양은 동양으로 자신의 한계를 벗어나려고 하고 있고 동양은 서양의 논리체계를 동양사상 속으로 담으려고 하는 과정인 것입니다."

후학이 다시 물었다.

"그럼 한국의 사상은 있나요? 그런 흐름을 어떻게 보아야 하나요?"

선학이 대답을 했다.

"불행히도 한국의 사상은 서양의 사상체계처럼 융합되고 분리되고 발전하는 과정이 왜곡되었습니다. 일제 식민지 지배기와 한국 전쟁 그리고 분단으로 이어지면 사상적 흐름이 왜곡된 것이지요. 하지만 다행히도 80년대 이후 이른 흐름이 복원되면서 한국의 사상 체계도 정립되기 시작했습니다.

한국을 대표할 만한 사상가들이 등장할 시기가 온 것이지요. 한국의 전통 사상과 서구의 현대 사상 그리고 미래로 발전시켜야 할 사상으로 지양하면서 발전해야 할 시기입니다. 30년 정도 즉 한 세대의 사상적 학습이 본격적으로 이루어지면서 이제 나름의 정리들이 되기 시작하는 시기입니다. 하지만 아직은 아닙니다. 먼저 사상적 정리와 그것이 사회적 힘을 가지게 되기는 아직은 한계가 있는 시기입니다."

후학이 다시 물었다.

"그럼 한국의 사상의 핵심 화두는 무엇인가요?"

선학이 대답을 했다.

"사상적 흐름의 방향은 크게 3가지입니다. 첫째는 자본주의 사회에 대한 것입니다. 한국적 특수성이 있는 자본주의 사회에 대한 정립인데 기존의 방식은 일본에서 이식된 것입니다. 그것을 맹목적으로 받아들인 시기를 지나 이제는 그것이 가진 한계를 어느 정도 알게 된 것입니다. 그래서 새로운 형태의 사상이 정리되어야 하는 시기인 것이지요. 둘째는 지구 환경에 대한 것입니다. 한 나라의 문제로만 볼 수 없는 지구적 재앙의 시기입니다. 우리만 살아가고자 한다고 하여 모든 것이 극복되는 것이 아닌 것이지요. 셋째는 결국 이 두 가지의 문제 속에 개인들이 어떻게 살아가야 할 것인가 하는 것입니다. 결국 사상은 인간 개인이 어떻게 살아가야 할 지에 대한 답을 주기 위해서 필요한 것입니다. 이런 세 가지 방향에 대한 답을 한국 사상가들이 해야 할 시점입니다. 한국에서 사상적 정립이 되기 시작하면 아마도 많은 아시아 국가들에게도 도움이 될 것으로 보입니다. 한국이 가장 많은 문제를 가지고 있기에 그 해답도 한국에 있다고 보는 것이 맞는 것이라 봅니다."

바람은 불어, 자신을 나타내고,
어둠 속 지혜

후학이 물었다.

"지혜는 어디에 있습니까?"

또 이 물음에 선학이 대답을 했다.

"그럼 바람은 어디에 있습니까?"

그러자 후학이 이야기 했다.

"바람이야 보이지는 않지만 깃발을 보면 바람이 있다는 것을 느낄 수 있지 않습니까?"

이 대답에 선학이 말했다.

"그럼 지혜도 마찬가지지 않겠습니까? 지혜도 그 지혜를 가진 자의 행동을 보면 지혜가 있다는 것을 알 수 있는 것이 않겠습니까? 지혜가 어디에 있느냐고 물어보기 보다는 지혜를 실천하는 사람에게 지혜가 숨겨져 있을 것이라는 생각으로 그런 사람을 찾으면 지혜를 얻을 수 있을 것입니다."

이 대답에 후학이 또 물었다.

"그럼 지혜를 가진 분이 지혜를 나누어 줄까요?"

또 선학의 대답이 이어졌다.

"지혜는 등불입니다. 이 등불에서 저 등불로 옮겨갈 수가 있습니다. 다만 기름이 없는 등잔에는 불이 옮겨 붙지 않지요."

또 후학의 질문이 이어졌다.

"그럼 기름은 무엇을 의미합니까?"

선학의 대답이 이어졌다.

"기름은 지혜를 갈구하는 마음입니다. 지혜를 갈구하는 마음이 없이는 지혜가 옮겨지지 않고 타 버립니다. 또 그 마음을 유지하지 못하면 지혜의 등불은 꺼지고 말 것입니다."

후학이 또 다시 물었다.

"그런 갈구하는 마음이 없어지지 않게 하려면 어떻게 해야 합니까?"

선학이 대답을 했다.

"갈구하는 마음을 지키기 위해서는 도둑을 막아야 합니다."

후학이 물었다.

"도둑이 무엇입니까?"

선학이 대답을 했다.

"갈구하는 마음인 가난한 마음, 부족한 마음을 채우는 허세나 자만을 말합니다. 그래서 조그만 성공이나 성취에 흔들리지 않고 갈구하는 마음을 지켜야 합니다. 마음의 평화를 가지게 되면 지혜의 등불이 당신을 밝혀 줄 것입니다."

때론 필요해, 살아나갈 지혜가, 나만 가진 것

후학이 물었다.

"지혜가 많이 필요한데 잘 모르겠어요."

선학이 다시 물었다.

"지혜를 많이 가지고 있지 않나요?"

후학이 대답을 했다.

"아닙니다. 지혜가 없어요. 지혜를 가지고 싶습니다."

선학이 다시 물었다.

"어떤 지혜가 필요한가요?"

후학이 대답을 했다.

"살아갈 수 있는 지혜요. 아니면 성공할 수 있는 지혜요."

선학이 다시 물었다.

"살아갈 수 있는 지혜를 가지고 있지 않습니까?"

후학이 대답을 했다.

"있기는 한 것 같은데 잘 모르겠습니다. 무엇인가 부족합니다. 그래서 잘 모르겠습니다."

선학이 대답을 했다.

"모든 사람에게는 지혜가 있습니다. 살아가는데 문제가 없을 만큼 지혜가 많이 있습니다. 그런데 문제는 그 지혜가 지식으로 저장만 되어 있지요. 지혜로 바뀌어야 하는데 안 바뀌고 있는 것입니다."

후학이 물었다.

"지식과 지혜는 어떻게 다른가요?"

선학이 대답을 했다.

"지식은 알고 있다는 말이고 지혜는 그 지식을 응용할 수 있다는 것입니다. 즉 실천할 수 있다는 것이지요. 많은 지식 중에는 알아 두어도 되는 것들이 있습니다. 단순한 정보의 양이지요. 하지만 지식 중에는 상당수는 지혜로 바뀌어야 합니다. 그런데 알고 있는 수준에서 끝나고 마는 것입니다. 그래서 지혜가 없다고 느끼는 것입니다."

후학이 물었다.

"그럼 지식을 어떻게 지혜로 바꿀 수 있나요?"

선학이 대답을 했다.

"지식을 지혜로 바꾸기 위해서 자신의 체득과정을 거쳐야 합니다. 그 과정을 통해서 지식의 자기조직화 과정을 거치는 것입니다. 즉 단순한 지식들은 항상 연관성을 가지고 있습니다. 그것들이 조직화되어야 지혜로 활용이 되는 것입니다. 그래서 지식의 양보다는 지혜로 조직화는 것이 중요합니다. 삶의 지혜는 지식의 단순한 양으로 결정되는 것이 아닙니다. 절에 스님들이 수행을 할 때 붙잡고 하는 화두는 아주 단순합니다. 하지만 그것을 고민하고 정진하면서 그 화두를 통해서 지혜의 조직화를 이루는 것입니다. 옛날 어른들은 자신들이 가지고 있는 지식은 현재의 중학교나 초등학교 수준의 지식보다도 적을 수 있습니다. 하지만 그 작은 지식을 지혜로 바꾸어서 살아가는 데 문제가 없을 만한 지혜들을 많이 만들어 내었습니다. 단순하지만 분명한 지신만의 지혜를 만들어 가야 합니다. 그것은 바로 오뚝이의 무게 중심처럼 항상 자신을 지켜 줍니다."

행복 찾아서, 다니는 인생길에,
흰 꽃 한 송이

후학이 물었다.

"행복이 무엇입니까?"

선학이 대답을 했다.

"행복은 마음에 있는 것입니다."

후학이 다시 물었다.

"행복이 무엇이냐구요?"

선학이 대답했다.

"행복은 마음 안에 있습니다. 그 마음은 당신 것입니까? 아니면 다른 사람의 것입니까?"

후학이 대답을 했다.

"당연히 내 마음이니깐 내 것이지요."

선학이 다시 물었다.

"그럼 당신 마음이니 마음먹기에 달려있나요? 아니면 다른 사람 마음먹기에 달려있나요?"

후학이 대답했다.

"당연히 내 마음먹기에 달려 있지요."

선학이 물었다.

"그럼 행복이 무엇입니까?"

후학이 대답했다.

"내 마음 속에 든 생각입니다. 바로 기쁨에 찬 생각입니다."

후학이 물었다.

"그럼 이런 행복을 어떻게 누릴 수 있나요?"

선학이 대답을 했다.

"행복한 때는 순간입니다. 행복을 영원히 느낄 수는 없습니다. 행복은 바닷물과 같이 밀려왔다가 다시 돌아갑니다. 항상 행복하기를 바라지 마십시오. 때론 행복하지만 더 많이 불행하기도 합니다. 불행 가운데서도 행복했던 때의 마음을 항상 유지하는 것이 진정한 행복입니다."

후학이 물었다.

"그럼 그 사람이 행복했다는 것은 어떻게 알 수 있나요?

선학이 대답했다.

"그 사람은 자기가 죽기 직전에 알 수 있고, 세상 사람은 그 사람이 죽고 난 후에 알 수 있습니다. 그렇기에 남과 비교하여 행복하기를 바라기 보다는 자기 스스로 행복한 마음을 유지해야 합니다. 자기 마음 속 행복은 누구도 훔쳐가지 못하기 때문입니다."

문제의 열쇠, 비상시 드러나네,
훈련된 직관

후학이 물었다.

"현명함이란 무엇입니까?"

선학이 대답했다.

"비상 시에만 알 수가 있습니다."

후학이 물었다.

"왜 비상시에만 나타나는 것이지요?"

선학이 대답을 했다.

"평상시에는 누구나 현명함을 가지고 있다고 생각합니다. 그러나 진정한 현명함은 비상시에 그 모습을 드러냅니다."

후학이 물었다.

"평상시의 현명함과 비상시의 현명함은 다른 것입니까?"

선학이 대답을 했다.

"평상시에는 누구나 현명한 생각을 할 수가 있습니다. 시간은 걸려도 현명한 생각을 할 수도 배울 수도 있습니다. 그러나 현명한 생각이 비상 시에 나타나지 않으면 현명함이 뿌리내리지 못한 것입니다. 즉 현명함이 습관화 되어야 한다는 것입니다."

후학이 물었다.

"왜 현명함이 제대로 뿌리내리지 못한 것입니까?"

선학이 대답을 했다.

"머리로 익힌 현명함과 마음으로 즉 몸과 가슴으로 익힌 현명함의 차이 입니다. 머리에서 마음까지 이르는 데는 시간이 걸립니다. 반복된 학습이나 노력 훈련이 필요한 것이지요. 비상시가 되면 그런 준비를 한 사람은 언제 든 현명함이 드러나지만 머리로만 익힌 현명함은 쉽게 드러나지 않습니다. 결국 비상시에 대응방안을 놓치고 마는 것입니다."

후학이 물었다.

"그럼 마음으로 현명함을 익히려면 어떻게 해야 합니까?"

선학이 대답을 했다.

"먼저 문제의 본질을 이해하는 노력이 필요합니다. 많이 아는 것보다 정 확히 아는 것이 중요합니다. 그리고 그 알아낸 것을 항상 실천하는 것이 중 요합니다. 머리와 마음이 따로 움직이기 쉽습니다. 껍데기뿐인 현명함은 자 신의 것이 아니라 다른 이의 현명함입니다."

말할 수 있고, 말할 수 없을 때에,
찾아본 의미

후학이 물었다.

"의미란 무엇입니까?"

선학이 대답했다.

"의미란 유의미하다는 뜻입니다."

후학이 물었다.

"유의미하다는 말은 무슨 말입니까?

선학이 대답을 했다.

"유의미는 무의미의 짝 표현입니다."

후학이 물었다.

"유의미와 무의미는 항상 같이 존재하나요?"

선학이 대답했다.

"항상 유의미와 무의미는 같이 따라 다닙니다. 누가 무엇을 하든 즉 말을 하든 행동을 하든 사랑을 하든 돈을 쓰든 모두 유의미와 무의미로 구분하여 이야기 할 수 있습니다. 즉 삶은 유의미와 무의미의 연속입니다."

후학이 물었다.

"그럼 유의미하게 행동하거나 말하고 살면 잘 사는 것이네요. 어떻게 하면 유의미하게 살수 있을까요?"

선학이 대답을 했다.

"유의미하게 산다는 것은 유의미한 말과 행동을 하는 것을 의미합니다. 유의미하다는 것은 결국 자신의 의지를 표현한 것을 의미합니다. 즉 유의미하게 행동하는 하나 하나는 바로 자신의 실체인 것입니다. 만일 유의미하게 행동했다고 하지만 그렇지 못하다면 그 사람은 무의미하게 살아간 것이되고 자신의 존재를 사회 속에 드러내지 못한 것입니다."

후학이 물었다.

"대부분의 사람들은 자신이 유의미한 행동을 한다고 생각하지 않나요?"

선학이 대답을 했다.

"많은 사람들이 자신을 유의미한 존재로 인식하고 행동하지 않습니다. 어쩌면 자신도 모르는 구속이나 속박 또는 조종에 의해서 의사결정을 하는 것입니다. 따라서 그 사람 스스로 유의미한 행동을 했다고 볼 수가 없는 것입니다. 즉 광고를 보고 물건을 샀다면 그 사람의 행동은 유의미한 행동을 한 것일까요? 그렇지 않습니다. 광고라는 메시지에 반응한 것일 뿐 스스로의 유의미한 행동은 아닙니다. 그래서 유의미한 행동을 하고 살아가려면 스스로 자신의 존재성을 인정하고 행동하는데 있어 의미 하나하나를 구축해 가야 가능합니다. 항상 유의미와 무의미의 갈림길에서 스스로 결정하며 살아가야 합니다. 더 늦기 전에 말입니다."

흘려보내도, 남는 것은 있지요,
시간의 성과

후학이 물었다.

"시간이 무엇입니까?"

선학이 다시 되물었다.

"시간에 대해서 어떻게 생각하십니까?

후학이 대답을 했다.

"시간은 잘 정의가 안됩니다. 시간은 누구나 가지고 있지만 누구나 쓰고 있지만 다들 다르게 해석하는 것 같습니다."

선학이 대답했다.

"시간은 물리적 시간과 감각적 시간으로 구분이 됩니다. 그래서 정의도 달라집니다."

후학이 다시 물었다.

"그럼 물리적 시간이란 무엇입니까?"

선학이 대답을 했다.

"시간의 물리적 의미란 공간의 이동입니다. 즉 공간이 이동하는 것이 시간인 것입니다. 공간이 정지되어 있으면 시간은 흐르지 않습니다."

후학이 물었다.

"공간이 이동을 하지 않는 경우도 있나요?"

선학이 대답을 했다.

"공간이 이동을 하지 않는 것은 정지되고 변화가 없다는 것입니다. 그 변화의 속도가 떨어지면 질수록 시간의 길이는 길어지는 것이지요. 그래서 우주공간에 가면 시간이 느려집니다."

후학이 다시 물었다.

"그럼 감각적 시간의 정의는 무엇인가요?"

선학이 대답을 했다.

"감각적 시간이란 인간이 시간을 어떻게 느끼느냐에 달라집니다. 시간의 감각적 정의는 감정의 흐름입니다. 즉 감정의 변화가 바로 시간이지요. 감정의 변화가 심하면 시간이 늦게 느껴지지만 감정의 흐름이 느려지면 시간이 빨리 갑니다. 사랑의 감정을 가지고 있는 연인에게는 시간이 빨리 갑니다. 감정의 흐름이 느려지기 때문입니다. 그러나 발표를 기다리고 있는 수험생에게는 시간이 길어집니다. 그만큼 감정이 예민해지고 변화가 심하기 때문입니다."

후학이 다시 물었다.

"그럼 물리적 시간으로 시간을 해석해야 하나요? 아니면 감각적 시간으로 시간을 정의해야 하나요?"

선학이 대답을 했다.

"인간세계는 대부분 감각적 시간으로 해석을 하는 것이 올바릅니다. 성경에 하루가 천년 같다는 표현이 있는데 이것은 감각적 시간을 의미하는 것이지 물리적 시간을 의미하는 것은 아닙니다. 그러나 과학자들에게는 다르겠지요."

후학이 대답을 했다.

"시간에 대해 감각적 정의를 한다면 어떻게 시간을 응용해야 하나요?"

선학이 대답을 했다.

"누구나 시간은 동일하게 24시간이 주어집니다. 하지만 그 시간을 자신의 미래를 위해서 제대로 사용하는 사람이 있는 반면 그 시간들을 흘려보내는 사람들이 있습니다. 시간을 저장할 수는 없지만 그 시간의 결과물은 저장을 할 수가 있습니다. 바로 일이고 그 일의 결과물입니다. 때로는 돈이 되기도 하고 책이 되기도 하고 작품이 되기도 하며 발명품이 되기도 합니다. 그래서 시간을 쓰되 그것이 결과물로 남을 만한 일에 시간을 써야 합니다. 감정의 소비가 심해지면 시간이 많이 낭비됩니다. 결과가 있는 일에 시간을 쓰는 것이 가장 좋은 방안입니다."

과거의 새장, 항상 열려 있다네,
다만 모를 뿐

후학이 물었다.

"과거의 경험 때문에 자신의 인생에 문제가 생기는 사람들이 많이 있습니다. 과거로부터 탈출하는 방법은 있나요?"

선학이 대답을 했다.

"과거로부터 탈출할 방법은 없습니다. 다만 과거를 재해석할 수는 있지요."

후학이 다시 물었다.

"과거를 재해석한다는 것은 무슨 뜻입니까? 과거도 재해석이 되나요?"

선학이 대답을 했다.

"가령 초등학교의 문제가 있다고 합시다. 그 문제를 초등학교 때에 풀지를 못했습니다. 그런데 그 문제를 대학생이 되었을 때 다시 풀어 본다면 풀릴까요 안 풀릴까요?"

후학이 대답을 했다.

"당연히 풀리겠지요. 다만 인간의 근본적인 문제였다면 풀리지 않을 수도 있습니다."

선학이 대답을 했다.

"맞습니다. 대부분의 경우는 쉽게 풀 수가 있습니다. 다만 그 문제가 인간의 본질적인 문제였다면 다르겠지만 말입니다. 과거의 문제도 똑같습니다. 그때는 그 의미가 무엇인지를 몰랐는데 시간이 지나고 나면 새롭게 해석이 되는 것이지요. 그러면 그때 문제가 된 부분들이 풀리는 것이다. 그러면 과거의 문제로부터 자유로울 수 있는 것입니다."

후학이 물었다.

"그러면 나이가 들면 자연스럽게 해결이 될 것이라고 보는데 왜 사람들은 과거에 갇혀서 사는 것이지요?"

선학이 대답을 했다.

"문제는 정확히 그 문제를 파악하지 못하기 때문입니다. 과거의 문제에 빠져있기 때문에 그 문제가 무엇인지 과거의 경험만 기억하고 있는 것입니다. 그래서 그 문제로부터 자유롭지 못한 것입니다. 그래서 과거의 문제를 객관화 시키는 것이 가장 중요합니다. 그래야 문제를 풀 수가 있습니다."

후학이 다시 물었다.

"과거의 문제를 정확히 알았다면 어떻게 하는 것이 현명한 방법입니까? 그렇다고 무조건 답이 있는 것은 아닐 것으로 보는데요?"

선학이 대답을 했다.

"맞습니다. 문제를 안다고 하여 답이 있는 것은 아닙니다. 그러나 문제도 2가지 종류가 있습니다. 답이 있는 문제와 답이 없는 문제입니다. 세상에 모든 것에 답이 있는 것이 아닙니다. 그 답이 다만 정답이 아니라 다양한 답이 있는 것도 답이 없는 것입니다. 그래서 대부분의 경우는 답이 명확한 문제와 답이 여러 개인 문제로 구분되는 것입니다. 답은 명확한 하나의 답이 있는 것은 문제를 명확히 하면 답을 찾을 수 있습니다. 그러나 답이 여러 개가 될 수도 있는 것은 어려운 문제입니다. 즉 선택의 문제이기 때문입니다. 여러 개의 답 중 자신이 선택을 해야 하는 문제인데 여기서부터 갈등이 생기는 것입니다. 어느 하나를 선택하는 순간 여러 가지 문제가 생기기 때문에 어려운 것입니다. 이것을 선택하면 이 부분이 문제가 되고 저것을 선택하면 또 다른 문제가 발생되는 것입니다. 그래서 그 결정 속에서 갈등하는 것입니다. 그래서 문제의 답을 결정하기 어렵습니다. 하지만 결정할수가 있습니다. 그 기준을 명확히 세우는 것입니다. 답의 선택의 기준 말입니다. 대부분 선택의 기준은 첫째는 자신입니다. 둘째는 가장 사랑하는 사람입니다. 셋째는 명분입니다. 이 세 가지의 기준으로 선택을 해야 하는데 과거의 경우는 가능한 한 자신을 기준으로 선택하는 것이 가장 문제가 없습니다. 왜냐면 과거의 문제를 가지고 있는 것은 본인 자신이기 때문입니다. 어느 누구도 과거의 문제에 대해서 관련되어 있지 않고 오로지 자신만 관련된 것이기 때문입니다. 그래서 힘든 것이지요."

후학이 다시 물었다.

"간단히 말하면 자신 중심으로 과거의 문제를 풀라는 것이네요. 그러면 과거의 문제에 대해서 자유롭게 될 것이라는 것인데 쉽지는 않겠네요?"

선학이 대답을 했다.

"그렇겠지요. 모든 문제는 바로 자신의 생각에서 비롯됩니다. 과거도 자신의 생각이지 누구의 생각이 아닙니다. 과거로부터 자유로워진다는 것은 바로 생각으로부터 자유로워지는 것입니다. 과거에 중요하게 생각한 것들이 어느 순간 의미가 없어지면 그냥 과거로부터 자유로워지는 것입니다. 마치 새장처럼요. 새장이 있어서 날지 못했다고 생각했는데 알고 보니 새장의 문은 열려 있었지요. 그런데 과거의 생각 때문에 새장에 갇혀 있다고 생각하고 산 것입니다. 그런데 어느 순간 새장의 문이 열려 있다고 아는 순간 새장이 의미가 없어지는 것과 같습니다. 과거의 새장은 나이가 들면 이미 문이 열려 있습니다. 다만 그 문이 열려 있다는 것을 모르고 지내면서 문제가 되는 것이지요. 과거의 문은 열려 있습니다. 다만 느끼지 못해서 답이 없다고 느끼는 것입니다."

과거는 잔상, 현재는 삶의 중심, 미래는 불씨

후학이 물었다.

"시간 중 가장 중요한 시간은 언제이지요?"

선학이 대답을 했다.

"당연히 지금 곧 현재이지요."

후학이 다시 물었다.

"왜 현재가 중요한가요? 오히려 과거의 시간이 중요한 것 아닌가요?"

선학이 대답을 했다.

"과거의 결과가 현재이기 때문에 그렇게 생각할 수도 있습니다. 과거에 만들어 놓은 결과가 바로 현재이지요. 하지만 과거의 시간에 만들어진 것이 좋은 사람이라면 과거의 시간이 더 소중할 수 있지요. 대부분의 사람은 과거의 시간에 중요성을 부여하지 않습니다. 이유는 과거가 부끄러울 수도 결과가 없을 수도 아니라면 문제가 있을 수도 있기 때문입니다."

후학이 다시 물었다.

"그럼 과거가 중요한 것은 그 결과가 좋은 사람에게는 그렇겠네요. 하지만 미래와 비교해 보면 오히려 미래가 중요한 것이 아닌가요? 가능성이 있는 부분이니까요."

선학이 다시 대답을 했다.

"그것도 좋은 지적입니다. 미래는 가능성으로 열려 있지만 하지만 미래는 현재를 통해서 보는 미래입니다. 즉 현재가 없이는 막연한 미래가 없다는 것입니다. 현재를 보면 미래가 보입니다. 현재가 부실한데 미래가 밝을 것이라 생각하는 것은 허상입니다. 현재에 집중하지 못하면서 미래가 밝다고 하는 것은 거짓이지요. 그러기에 현재가 더 중요합니다. 미래는 현재의 그림자입니다."

후학이 다시 물었다.

"미래는 다가올 미래이기에 준비한 사람에게 미래는 밝아진다고 합니다. 목표나 비전을 가지고 나아가는 것도 중요하다고 봅니다. 현재만 생각하면 너무 답답하지 않나요?"

선학이 대답을 했다.

"분명 그렇게 보일 수도 있습니다. 비전을 제시하고 목표를 제시하면 무엇인가 대단해 보일 수도 있습니다. 문제는 실천입니다. 이것을 실행하기 위해서 비전을 정리하다 보면 발견을 하게 됩니다. 현재의 기반 없는 비전이나 목표는 허상이라는 사실을요. 미래의 비전의 환상이면 안됩니다. 미래는 분명한 실천 가능성이어야 하는데 미래의 환상만 이야기 하면 안됩니다. 분명히 그런 비전을 보여 주어 성공 가능성을 높일 수 있기는 합니다. 하지만 현재에 기반하지 않고 미래를 보여 주는 것이 얼마나 그 가능성이 있을까요?"

후학이 대답을 했다.

"현재의 기반 없이는 미래가 있을 수 없지요. 분명하게. 현재를 현재답게 분명하게 인식하고 준비 하는 방법은 어떤 것이 있나요? 중요하다고 말은 하지만 어떻게 해야 할지는 모르겠습니다."

선학이 대답을 했다.

"현재의 중요성을 인식하는 방법은 3가지로 나누어집니다. 첫째는 현재의 문제점을 정확히 알아내야 합니다. 현재의 문제점은 과거의 잔상입니다. 과거에 있었던 문제가 아직도 현재에 남아 있는 것이지요. 그것을 분명하게 알아야 합니다. 둘째는 현재 속에 잉태하는 미래를 봐야 합니다. 아무리 힘든 현재라도 미래의 불씨를 가지고 있습니다. 이 것을 찾아내야 현재의 중요성이 부각 됩니다. 이 불씨가 보이면 그것으로 출발을 하면 되는 것이지요. 셋째는 과거의 잔상을 정리해 내고 미래의 불씨를 살려 가는 방법이나 방향을 찾아야 합니다. 아무리 불씨가 있어도 과거의 잔상으로 인해서 소멸하게 되면 미래는 없어집니다. 불씨를 살려가고 잔상을 없앨 수 있는 방법을 현재에서 찾아야 합니다."

후학이 다시 물었다.

"아하. 그렇게 하면 나름의 방법이 생기겠네요. 과거도 정리하고 미래도 준비하는 현재가 될 수 있겠네요. 그런데 그렇게 자기 의지로 헤쳐 나가는 사람이 많지 않습니다. 의지가 약한 사람들이 많지요. 이들은 어떻게 해야 하나요?"

선학이 대답을 했다.

"그런 의지가 약해지는 이유는 바로 과거의 잔상이 너무 강하게 남아 있기 때문입니다. 한번에 모든 것을 정리 할 수는 없습니다. 그러나 최소한의 정리를 위해서는 성취 체험이 필요합니다. 어느 정도 미래를 위한 성취감을 가져본 사람이 계속하여 발전할 수 있습니다. 그런 체험이 없이 그냥 비전만 가지면 된다고 하는 것은 오히려 절망을 만들어낼 뿐입니다. 최소한의 성취 체험을 스스로 만들어 가든지 교육과정에서 만들어 주어야 합니다. 그래야 미래를 준비할 수 있는 힘이 생깁니다."

다가올 미래, 현재를 기반으로, 추론해야 해

후학이 물었다.

"다가올 미래에 대해서 걱정들을 많이 합니다. 미래는 어떻게 준비를 해야 하나요?"

선학이 대답했다.

"미래에 무엇을 걱정하는가요? 미래는 자신이 준비하든 안 하든 다가옵니다. 그러니 미래는 준비하든 안 하든 다가온다는 것입니다."

후학이 대답을 했다.

"미래가 불안하니까 그런 것이지요. 미래는 모르니 불안하지 않겠습니까?"

선학이 대답을 했다.

"미래는 떨어져 있는 막연한 것이 아닙니다. 미래는 이미 현재를 기반하여 미래가 이루어지는 것입니다. 한국의 미래와 아프리카의 미래는 다릅니다. 왜냐면 현재의 조건이 다르기에 미래도 다른 것입니다. 결국 미래는 바로 현재로부터 출발합니다."

후학이 다시 물었다.

"그럼 현재를 제대로 본다면 미래를 볼 수도 있겠네요?"

선학이 대답을 했다.

"현재를 보면 미래를 예측할 자료는 만들 수 있습니다. 하지만 미래를 바라보는 방법을 모르기에 미래가 안 보이는 것입니다. 미래를 불안하게 생각하는 사람들은 두 가지 노력을 하지 않습니다. 하나는 현재를 제대로 이해하려고 하지 않습니다. 현재가 미래를 예측하는 가장 중요한 자산입니다. 그리고 다른 하나는 미래를 보는 방법을 공부하지 않습니다. 아무리 좋은 리서치 조사 자료가 있어도 통계처리를 하지 않으면 무의미한 것과 같습니다. 그래서 두 가지를 준비 하면 미래가 보이기 시작합니다."

후학이 다시 물었다.

"그럼 이 두 가지만 준비하고 노력하면 미래가 열리나요? 그렇다면 그런 작업을 하는 연구기관이 정말 잘할 것 같은데요?"

선학이 대답을 했다.

"미래를 예측하는 문제와 실행의 문제는 다릅니다. 나온 결과를 기준으로 어떻게 신념을 가지고 그 미래를 준비하는가에 따라 달라지는 것입니다. 미래를 아는 문제는 학습이나 정보를 통해서 확인할 수 있지만 미래의 실행을 위해서는 신념이 필요한 것입니다. 아무리 좋은 정보가 있다고 하여도 실행할 수 있는 구체적인 계획이 없다면 그것은 무의미한 것입니다. 미래를 걱정하는 사람들은 정보의 문제와 실행의 문제를 동시에 가지고 있는 것입니다. 신념이 뚜렷한 사람은 미래가 불안하지 않습니다. 하지만 신념이 없거나 신념이 흔들리는 사람이 미래를 불안하게 느끼는 것입니다."

후학이 다시 물었다.

"그럼 미래를 보다 구체적인 신념과 실행을 할 수 있도록 만들기 위해서 효과적인 방법이 무엇인가요?

선학이 대답을 했다.

"미래 전망에 대해서 먼저 교류할 수 있는 집단이나 사람을 만나는 게 필요합니다. 미래에 대한 전망이 없는 사람을 대상으로 미래를 이야기하는 것은 시간 낭비입니다. 그러니 미래에 대한 정보를 공유할 수 있는 사람들을 스스로 찾아 다녀야 합니다. 쉽지는 않지만 그런 사람들이 많이 있습니다. 그리고 나면 그들과 실행할 공동의 과제들을 설정하고 실행계획을 세워야 합니다. 혼자 하는 것보다는 함께 하는 것이 훨씬 미래를 계획하고 실행하는데 도움이 됩니다. 그래서 미래는 혼자 준비하는 것이 아니라 함께 해야 합니다."

후학이 다시 물었다.

"미래를 바라보는 것은 개인의 문제와 사회의 문제는 다르다고 봅니다. 사회의 미래는 함께 준비한다고 하더라도 개인의 미래는 불투명할 수 있습니다. 이런 것은 어떻게 해야 하나요?"

선학이 대답을 했다.

"분명 개인의 미래와 집단 또는 사회의 미래는 다를 수 있습니다. 그렇다고 무조건 개인의 미래와 사회의 미래가 떨어져 있는 것이 아닙니다. 사회의 미래에 기초한 개인의 미래인 것입니다. 개인적인 미래를 위한 보다 구체적인 노력이 필요합니다. 사회의 미래는 전체적인 방향만 결정되는 것이지 개인적인 미래를 구체적으로 제어하지는 못합니다. 개인은 사회적 미래를 기반으로 재설정해야 합니다. 가끔 사회의 미래와 개인의 미래가 충돌하는 경우도 있습니다. 하지만 그때 판단의 기준은 먼저 개인의 미래에 깔려있는 전제가 무엇인지 정확히 이해해야 합니다. 그리고 개인의 미래가 사회적 미래에 상충되지 않는 부분에서 개인의 미래를 중심으로 실행해야 하는 것입니다.

후학이 다시 물었다.

"조금 이해 하기 어려운데 사례를 들어 설명해 주시면 좋을 것 같은데요?"

선학이 대답을 했다.

"예를 들면 공무원 정원을 줄이려고 하는 부분과 공무원 시험을 준비하는 청년은 시회적 미래와 개인의 미래가 차이가 납니다. 개인의 미래를 위해서 혼자서 공부만 하면 된다고 생각하지만 현실은 공무원의 수가 줄어들기 때문에 자신이 얼마나 열심히 공부하는 것과는 때로는 상관없어 지는 것입니다. 그럴 경우 혼자 공부하기보다는 사회적 이슈화 되고 공무원들의 수가 정말로 줄어야만 하는지 아니면 증원을 늘려서라도 경제적 효율을 높일 수 있는 방법이 없는지를 연구하고 조사하고 제안하여 사회적 미래를 바꾸는 것도 먼저 필요한 것입니다. 그래서 사회적 미래와 개인의 미래는 서로 상충되는 것이 아니라 보완관계에 있는 것입니다."

마음에 있어, 시름 가득 찼어도, 답은 아니네

후학이 물었다.

"마음은 어디 있습니까?"

선학이 대답했다.

"마음은 마음 가는 곳에 있습니다."

후학이 다시 물었다.

"마음이 있는 곳은 어디 있습니까?

선학이 대답을 했다.

"마음이 있는 곳은 마음이 있을 만한 자리에 있습니다."

후학이 다시 물었다.

"마음이 있을 만한 자리는 어떤 곳을 말합니까?"

선학이 대답을 했다.

"마음이 편한 곳에 마음이 머물러 있습니다."

후학이 다시 물었다.

"마음이 편하려면 어떻게 해야 합니까?"

선학이 대답을 했다.

"마음이 편하려면 마음에 아무 것도 담아 두지 않으면 됩니다. 즉 세상에 시름이나 근심을 담아 두지 않으면 됩니다. 그러면 마음은 편한 곳에 머무르는 것입니다."

후학이 다시 물었다.

"세상에 마음에 근심이나 시름을 담아 두지 않는 사람이 어디 있나요? 모두 마음에 시름이나 근심을 담아 두고 있지요. 다만 그렇게 표현을 안하고 있을 뿐이지요."

선학이 대답을 했다.

"마음에 시름이나 근심을 담아 둔다고 하여 그런 시름이 없어지거나 줄어들지 않습니다. 그 시름이나 근심은 마음에서 생겨서 마음에 마음에 남아 있습니다. 모든 것은 마음에서 비롯되는 것입니다. 즉 외부에서 생겼다고 생각하지만 그렇지 않습니다. 마음에서 생기기에 마음에서 없앨 수 있습니다."

후학이 대답을 했다.

"그럼 근심이나 시름을 마음에서 없앤다고 하여 모든 문제가 해결되는 것은 아니지 않습니까? 문제는 남아 있는데 마음에서 근심이나 시름을 없앤다고 하여 해결책이 만들어지는 것은 아니지 않습니까?"

선학이 대답을 했다.

"맞습니다. 그렇게 한다고 하여 해결책이 만들어지지 않습니다. 다만 그렇게 근심한다고 하여 해결책도 만들어지지 않습니다. 해결책은 객관적 문제 해결방법으로 만들어지는 것이지 근심한다고 하여 해결되지 않습니다.

문제의 해결과 마음의 근심은 분리하는 것이 중요합니다. 마음에 근심 때문에 오히려 객관적 해결책을 못 찾아내기도 합니다. 그게 더 문제이지요."

후학이 다시 물었다.

"객관적 해결책과 마음은 어떤 관계인가요?"

선학이 대답을 했다.

"문제가 해결되는 것과 마음의 문제는 관계가 없습니다. 문제는 객관적인 답이 있을 뿐입니다. 수학 문제를 풀려고 고민한다고 되는 것이 아니라 구체적으로 계산기를 들고 계산을 하든 공식을 찾든 해야 하는 것입니다. 이것은 근심이나 시름과는 다른 문제입니다. 즉 문제는 객관적으로 풀고 근심이나 시름은 마음에서 털어 내는 것이 중요합니다. 문제와 근심은 상관이 없습니다. 그러기에 마음과 해결책 또한 상관이 없는 것입니다."

후학이 물었다.

"그럼 객관적 해결책을 찾는 데 마음이 할 수 있는 일은 없는 것이네요?"

산학이 대답을 했다.

"마음은 마음 가는 대로 갑니다. 그래서 해결책을 찾는 데는 상관이 없습니다. 다만 마음이 근심으로 차 있다면 오히려 해결책을 찾는데 방해가 되는 것이지요. 근심과 해결책은 전혀 다른 문제이므로 먼저 근심을 털어 내는 것이 중요합니다."

후학이 물었다.

"근심을 털어 내는 방안은 무엇이 가장 좋습니까?"

선학이 대답을 했다.

"근심을 마음에서 털어내는 가장 좋은 방법은 근심이나 시름이 마음에

있다고 하여 해결책이 생기지 않는 다는 사실을 인식하는 것이 가장 중요
합니다. 그것을 인식하지 못하면 자꾸 기대하게 됩니다. 근심하면 할수록
답이 나올 것이라는 희망 말입니다. 그런 것이 아니라는 것을 명확히 인식
할 때 마음에서 털어낼 수 있습니다."

기억의 창고, 가끔 문을 열고서, 되돌아 보네

후학이 물었다.

"기억력이 낮아지고 있어 걱정입니다. 기억을 잘 할 수 있으면 좋을 텐데요."

선학이 물었다.

"무엇을 기억하려고 하나요?"

후학이 대답을 했다.

"시험치기도 좋고 대화할 때 여러 가지 빠른 답도 얻을 수 있고 전화번호나 용어를 정확히 기억해 내면 좋은 것 아닙니까? 그러니 기억력이 좋으면 좋지 않겠습니까?"

선학이 물었다.

"그런 것 기억한다고 하여 인생에 무슨 도움이 되지요? 그것이 삶의 문제에 얼마나 도움이 되나요?"

후학이 대답을 했다.

"기억이 좋다고 하여 크게 도움되는 것은 없지만 그래도 기억력이 좋은 것은 좋아 보입니다."

선학이 대답을 했다.

"살아가면서 모든 것을 기억하는 것만큼 불행한 것은 없습니다. 좋은 것 꼭 기억해야 할 것만 기억하면 좋겠지만 기억의 회로는 그렇게 되어 있지 않습니다. 기억하려면 좋은 것도 기억하고 나쁜 것도 기억하는 법입니다. 그래서 기억을 다 하기 보다는 적당히 기억이 지워져 있는 것이 좋습니다."

후학이 물었다.

"그럼 필요한 기억도 없어지는 것 아닌가요?"

선학이 대답을 했다.

"기억의 회상이란 창고의 열쇠에 따라서 달라집니다. 즉 기억 창고의 열쇠가 정확하지 않으면 그 기억은 살아나지 않습니다. 하지만 필요한 정확한 열쇠를 찾으면 기억의 창고의 문이 열리고 그 기억이 되살아 나는 것입니다. 가끔은 나쁜 기억들의 창고도 열리기도 합니다. 하지만 모두 기억하는 것보다는 필요할 때 기억의 창고 문을 열 수 있는 것이 좋습니다."

후학이 다시 물었다.

"좋은 기억이야 되살릴 수 있으면 좋겠지만 나쁜 기억들은 사실 되살리는 것은 문제가 많아 보입니다. 어떻게 하면 그런 기억들은 지울 수 있나요?"

선학이 대답을 했다.

"완전히 기억을 지우는 것은 불가능합니다. 하지만 나쁜 기억은 가능한 기억을 하지 않는 게 좋겠지요. 그러나 가끔은 그런 기억이 되살아나서 괴롭기도 합니다. 그러나 그런 기억은 잠시 뿐이라는 것을 알아야 합니다. 나쁜 기억도 좋은 기억도 잠시 뿐입니다. 그리고 나쁜 기억은 때로는 오해에서 비롯된 경우가 많습니다. 즉 나쁜 기억이 오해로 인해서 나쁜 기억으로 저장되어 있는 것이지요. 그런 경우는 때가 되면 풀어 주어야 합니다. 정면으로 그 기억의 실체를 확인하는 것이 좋습니다. 가장 좋은 방법은 나쁜 기억의 실체에게 물어보는 것이지요. 가령 부모로부터 학대를 받았다고 느끼는 사람이 있다면 외면하고 싶은 기억이지만 이 기억의 당사자인 부모를 찾아가서 그때는 왜 그렇게 학대를 하였는지 구체적으로 물어보는 것입니다. 그러면 그때 기억하고 있는 것과는 전혀 다른 이야기를 듣게 됩니다. 그러면 자신의 기억이 나쁜 기억에서 보통이거나 아니면 좋은 기억의 창고로 옮겨질 수도 있기 때문입니다."

후학이 다시 물었다.

"기억해야 할 것들을 잊어 버리는 것들이 있습니다. 이런 것은 어떻게 하는 것이 좋을까요?"

선학이 대답을 했다.

"기억해야 할 것은 먼저 기록을 남기는 것이 가장 중요합니다. 자신의 기억력을 믿는 것만큼 어리석은 것은 없습니다. 그래서 가장 중요한 것은 기록입니다. 기록하지 않은 것은 기억되지 않는다고 보면 됩니다. 그 다음은 기억의 연결 고리를 만들어야 합니다. 기록한 것을 기억하지 못할 수도 있기 때문에 항상 연결고리를 가져야 한다는 것입니다. 즉 기록한 것은 보관하는 것은 언제나 옷장 안이다 라고 연관시켜 두면 기억이 안 날 때는 바로 옷장을 뒤지게 되는 것입니다. 자신의 기억을 언제나 연관시킬 수 있는 장소나 물건 아니면 보관 장소 등을 정해 두는 것이 좋습니다. 이런 연관을 통해서 기억 창고의 열쇠를 언제나 가질 수 있게 됩니다. 가끔씩 보는 사진도 그런 역할을 하지요. 기억은 자연이 준 생존 방법이라면 망각은 신이 준 선물입니다."

몸으로 익혀, 버리지 못하지만,
또 다른 자아

후학이 물었다.

"습관이란 무엇입니까?"

선학이 대답을 했다.

"습관은 몸이 하고 싶어 하는 것입니다."

후학이 물었다.

"몸이 하고 싶어 하는 것과 마음이 하고 싶어 하는 것은 다릅니까?"

선학이 대답을 했다.

"몸이 하고 싶어 하는 것이 습관이고 마음이 하고 싶어 하는 것을 욕망이라고 합니다."

후학이 물었다.

"그럼 몸과 마음이 따로 놀 수도 있는 것이네요?"

선학이 대답을 했다.

"그렇습니다. 습관에 길들여지면 이것이 나쁜 줄 알면서 버리지 못합니다. 마음대로 제어가 되지 않는 것이지요."

후학이 물었다.

"그럼 나쁜 습관에 길들여지면 몸이 그것을 좇아 가기에 문제가 많이 생기겠군요. 어떻게 하면 나쁜 습관들을 버릴 수 잇습니까?"

선학이 대답을 했다.

"나쁜 습관을 버리기 위해서는 좋은 습관을 길들여야 합니다. 즉 나쁜 습관은 좋은 습관으로 대체를 하여야 하는 것입니다. 많은 경우 나쁜 습관을 버리려고 노력은 하지만 좋은 습관으로 대체하려고 하지 않습니다. 그렇기에 나쁜 습관이 지속적으로 몸에 남아 있는 것입니다."

후학이 물었다.

"나쁜 습관과 좋은 습관의 차이는 무엇인가요? 어떻게 하면 나쁜 습관과 좋은 습관을 구분할 수가 있습니까?"

선학이 대답을 했다.

"나쁜 습관과 좋은 습관의 구별은 사람마다 다릅니다. 어떤 이에게는 나쁜 습관이지만 어떤 이들에게는 좋은 습관일 수 있는 것입니다. 그래서 사람들이 습관을 따라 배우는 것입니다. 이것이 나쁜지를 판단하기보다는 타인의 좋은 습관처럼 보였기 때문에 익혀진 것입니다. 그렇기에 나쁜 습관과 좋은 습관은 사람마다 다른 것입니다. 하지만 사람마다의 기준은 있습니다. 첫째, 미래가 있는 것인가? 둘째, 건강에는 이상이 없는 것인가? 셋째, 사람관계를 해치는 것은 아닌가? 하는 것들입니다. 도박은 미래가 없습니다. 그러니 나쁜 습관이 되겠지요. 도박사라면 다르겠지만 말입니다. 담배는 나쁜 습관이지요. 하지만 스트레스 많이 받는 직업을 가진 사람에게는 좋은 것입니다. 강압적으로 말하는 사람은 나쁜 습관이지만 때로는 군대나 강력한 조직이 필요한 곳에서는 필요한 습관입니다. 기본적으로 이 세 가지의 기준으로 자신이 느끼는 습관을 평가해보고 그 나쁜 습관이라면 대체할 습관을 찾아서 노력해야 합니다. 습관도 바로 자신의 경쟁력이고 하나의 인격입니다."

올바른 정신, 사회적 원칙으로,
판단을 하네

후학이 물었다.

"최근 들어 많은 사람들이 민족 정신이나 바른 정신이 없다고 합니다. 그러면 정신은 무엇을 말하는 것인가요?"

선학이 말했다.

"정신의 근본적인 물음입니까? 아니면 특정 정신에 대한 물음입니까?"

후학이 대답했다.

"정신의 근본적인 물음부터 할까 합니다."

선학이 대답을 했다.

"정신이란 사물이 가지고 있는 논리구조입니다. 이에 대칭 하는 물질과 한 쌍이지요. 즉 정신은 물질을 통해서 정신이 표현됩니다. 물질은 정신을 통해서 자신의 정체성이 보여지는 것입니다."

후학이 다시 물었다.

"너무 어려운 것 같습니다. 쉽게 말하면 무엇인가요?"

선학이 대답을 했다.

"간단히 생각하면 컴퓨터 본체나 모니터 또는 키보드 및 저장 드라이브 등은 물질이지만 이 속에 들어 있는 소프트웨어는 정신인 것입니다. 즉 이 둘의 관계를 생각해 보면 소프트웨어가 없으면 컴퓨터는 가동을 할 수가 없는 고철 덩어리에 불과합니다. 하지만 소프트웨어 자체만으로는 컴퓨터의 역할을 할 수가 없습니다. 소프트웨어는 구체적으로 보면 바로 논리구조인 것입니다. 조금 더 확장하면 의사결정 논리구조인 것입니다. 정신도 바로 그런 의사결정 논리구조입니다."

후학이 다시 물었다.

"그럼 모든 사람은 정신이 있는 것이 아닌가요? 정신병자나 치매 환자가 되는 것은 정신에 문제가 생긴 것이니 이게 컴퓨터 소프트웨어 에러라고 볼 수 있는 것이네요?"

선학이 대답을 했다.

"맞습니다. 치매나 정신 병자는 바로 논리구조의 오류나 아니면 컴퓨터에 하드웨어적인 문제가 생겨서 생기는 것처럼 인간의 뇌에 문제가 생겨도 생기는 문제인 것입니다. 정신이 나갔다는 의미는 육체적인 문제나 정신구조의 논리 구조의 문제까지도 같이 봐야 하는 것입니다."

후학이 다시 물었다.

"그렇다면 바른 정신이란 무엇을 의미하나요?"

선학이 대답했다.

"바른 정신이란 정상적인 논리구조로 주어진 원칙에 맞추어서 의사 결정하는 것을 의미합니다. 주어진 원칙이란 바로 사회적 합의 사항을 말하는 것입니다. 법률이나 사회적 관습 등을 말하는 것이지요. 그러니 이런 원칙을 기준으로 정상적으로 의사 결정하는 논리 구조를 가지고 있느냐 없느냐를 보는 것입니다. 즉 원칙을 지키고 의사결정을 하는 사람이라면 바른 정신을 가지고 있다는 것을 의미합니다."

후학이 다시 물었다.

"그럼 사회적 원칙에 따라서 의사 결정할 수 있으면 바른 정신을 가졌다고 할 수 있는 것이라면 사회적 원칙이 바뀌면 그런 바른 정신도 바뀌는 것이네요?"

선학이 대답을 했다.

"그렇습니다. 사회적 원칙이 바뀌면 바른 정신도 바뀌는 것입니다. 조선시대에는 머리카락을 자르지 않는 것이 사회적 원칙이었습니다. 그런데 지금은 머리카락을 자르는 것이 사회적 원칙입니다. 만일 머리카락을 자르는 조선시대 사람이나 머리카락을 자르지 않는 현대인은 사회적 원칙을 지키는 사람이 아니기에 바른 정신이 아니라고 봐야 합니다."

후학이 다시 물었다.

"그럼 사회적 원칙은 계속 바뀌는 것이네요. 그것이 바르게 변하기도 하지만 안 좋게 변하기도 하는 것 같습니다. 또 최근 들어 많은 논란이 되는 동성애나 미혼모 문제 같은 것도 어떤 의미로는 바른 정신을 소유한 사람의 행동이라고 볼 수 없네요. 현재의 사회적 원칙에 따르지 않은 것이니까요. 이런 문제는 어떻게 보아야 합니까?"

선학이 대답을 했다.

"이런 문제들은 결국 사회의 변화와 연관이 깊습니다. 부분적으로 보면 과거의 사회적 원칙을 현재에는 깨려는 것이지요. 그런 노력들에 의해서 새로운 사회적 원칙이 생기는 것입니다. 즉 사회적 원칙을 바꾸는 과정이라

보면 됩니다. 하지만 하나는 분명히 해야 하는 것은 바른 정신이란 근본적인 문제에 접근하는 것을 의미합니다. 즉 인간답게 사는 것 즉 자유의 권리와 평등의 권리 등등 가장 원칙적인 권리를 중심으로 사회적 합의가 이루어지는 것이어야 합니다. 가끔 헌법소원을 통해서 하위법률을 바꾸듯이 사회적 원칙도 인간 사회에 주어진 가장 중요한 원칙들을 기준으로 사회적 원칙이 위배된다면 사회적 원칙은 바뀌어야 하는 것입니다. 동성애는 한국은 아직은 아니지만 서구 여러 나라에서는 인간의 평등권과 행복추구권으로 보장되어야 하기에 인정하는 사회적 원칙을 확인할 수 있는 것과 같습니다. 그러기에 바른 정신도 사회적 변화에 따라 변하기에 누가 무슨 말로 바른 정신이 없다고 하는 것은 바로 그 사람이 가지고 있는 사회적 원칙을 먼저 확인해 보아야 합니다. 조선시대 사람인지 아니면 근대 사회인지 또는 서구 사람인지 등등 그 정신의 뿌리가 무엇인지를 알아야 그 말의 진위 여부가 가름되는 것입니다. 모든 정신에는 그 정신이 만들어진 시기와 시점이 있는 것입니다. 즉 소프트웨어의 버전에 따라 그 성능이나 역할이 다르듯이 말입니다."

물질화된 신, 시간이 필요하지,
세상은 물질

후학이 물었다.

"물질이란 게 무엇입니까? 왜 물질이냐 아니냐에 따라서 그렇게 많은 시간을 논쟁하고 보냈나요?"

선학이 대답을 했다.

"이 세상에 만들어진 모든 것은 물질입니다. 다만 그 물질 중에 물질화되지 않은 것을 정신이라고 합니다."

후학이 다시 물었다.

"그러면 물질화되지 못했다는 것은 무엇을 의미하지요?"

선학이 대답을 했다.

"물질화된다는 것은 물질로 증명이 되는 것을 말합니다. 즉 물질화하는 증명 과정이 있어서 물질로 변하는 것입니다. 물질화시키는 과정을 과학이라고 할 수 있지요. 즉 과학적으로 증명이 되면 물질이고 증명이 안되면 정신입니다."

후학이 다시 물었다.

"그러면 물질로 증명이 되기 전까지와 증명된 이후는 어떻게 달라지나요?"

선학이 대답을 했다.

"물질적인 증명 과정이 있어서 물질로 증명이 되면 물질로 인정되는 것이지요. 물질로 증명이 되면 모든 사고체계가 바뀝니다. 간단히 생각해도 소프트웨어와 하드웨어를 생각하면 소프트웨어를 물질로 인정하기 시작한 것은 오래되지 않았습니다. 그리고 나서 소프트웨어로 개발이 가능한 것이지요. 즉 물질로 증명이 되면 연구개발이 가능한 것입니다."

후학이 다시 물었다.

"소프트웨어가 물질로 인정된다는 것은 일종의 논리가 물질이라는 말도 되는 것이네요?"

선학이 대답을 했다.

"맞습니다. 논리화된 것도 물질인 것이지요. 즉 사고 자체가 물질인 것입니다. 과거에는 이것은 물질이라고 하지 않았습니다. 하지만 과학의 수준이 높아지면서 바뀐 것이지요. 과학의 수준이 높아진다는 것은 바로 물질적인 증명과정이 발달한다는 것을 의미합니다. 그러니 과학의 수준이 높아지는가 아닌가에 따라 달라지므로 어떤 비물질로 되어 있는 것도 때가 지나면 물질로 변화 한다는 것을 의미합니다."

후학이 다시 물었다.

"물질로 인정되는 것이 왜 중요한 것이지요? 물질과 정신으로 나누는 것 자체가 문제가 있는 것은 아닌가요?"

선학이 대답을 했다.

"정신과 물질로 나누는 근본적인 의미는 미지의 세계와 현실의 세계를 구분하는 것과 같습니다. 미지의 세계를 예측하지 못하면 현실의 비워진 구조를 메울 수가 없습니다. 그러니 그 구조를 유추하기 위해서 정신이란 개념이 필요한 것이지요. 그러다가 정신이 물질화되면 그 부분은 메워지는 것입니다. 그러면서 시간이 가멸 갈수록 정신의 세계는 물질화되는 것입니다. 아마도 우리가 대표적으로 정신 작용이라고 표현하는 꿈도 어느 단계가 되면 물질로 증명이 될 것입니다. 그러면 꿈 자체도 과학적 분석이 가능해 지는 것이지요."

후학이 다시 물었다.

"물질화된다고 하여 좋은 것만 아니지 않습니까? 신이 물질로 증명이 되면 좋을 것 같지 않은데요?"

선학이 대답을 했다.

"신의 존재가 물질로 증명이 되는 순간이 세상의 모든 것은 물질이라는 사실이 증명되는 순간이 될 것입니다. 하지만 신은 물질화되기 이전에 일종의 신념입니다. 인간이 생각할 수 있는 가장 이상적인 상태를 신격화시킨 것이지요. 그러니 신이 물질로 증명이 되는 순간이 오려면 그 만큼 많은 시간이 필요합니다. 많은 사람들이 신을 증명하라고 하지만 신을 증명하기에는 아직까지는 그 증명과정이 발달하지 않은 것입니다. 그만큼 시간이 필요한 것이지요. 그래서 신을 증명하는 과학이 있어야 가능한 것입니다. 그 전에는 신념 또는 믿음일 뿐입니다."

하루 하루가, 달라야만 사는 것,
변화는 생명

후학이 물었다.

"생명이란 무엇인가요?"

선학이 대답을 했다.

"살아 있는 것이지요."

후학이 다시 물었다.

"살아 있다는 것은 무슨 말입니까?"

선학이 대답을 했다.

"살아 있다는 것은 멈추어 있지 않은 것입니다."

후학이 다시 물었다.

"멈추어 있지 않다는 것은 또 무슨 말이지요?"

선학이 대답했다.

"멈추어 있지 않다는 것은 변화하고 있다는 것입니다. 즉 살아 있는 생명은 변화하는 것입니다."

후학이 물었다.

"변화가 생명의 본질이군요. 그럼 생명은 언제나 변화해야 하나요?"

선학이 대답했다.

"변화란 간단히 말해 오늘과 내일이 다르다는 말입니다. 즉 오늘의 삶이 내일도 반복된다면 죽은 생명이란 뜻입니다. 생명의 본질은 바로 오늘 보다 더 나은 내일의 삶을 의미하는 것입니다."

후학이 물었다.

"그럼 생명은 언제나 변해야 살아 있다는 것이라면 어떻게 변해야 하나요?"

선학이 대답을 했다.

"생명이 변화하고자 하는 본질적 방향은 생존입니다. 즉 가장 효과적인 생존을 위해서 변화하는 것입니다. 생존 방식은 살아 있는 생명이 존재하는 방식에 따라 다릅니다. 하지만 동일한 목적을 가지고 있습니다. 이것은 가장 효과적인 생존입니다. 생명체 별로 효과적인 생존의 방법은 다양합니다. 협력하기도 하고 특별한 생존 방식을 만들기도 하고 때로는 자신만의 무기를 만들기도 하지요. 인간이 생존하기 위해서 사용한 가장 대표적인 것이 사회를 구성하는 것과 도구입니다. 그래서 인류가 가장 강력한 생명체로 이 지구상에 살아 남은 것입니다."

후학이 다시 물었다.

"인류라는 생명체가 생존 방법을 찾았다면 개인은 어떻게 해야 하나요? 인류의 생존의 문제와 개인의 생존의 문제는 다르지 않습니까?"

선학이 대답을 했다.

"기본적으로는 동일합니다. 인류가 사회와 도구로 생존 방법을 찾았다면 개인도 사회적 역할과 자신만의 생존 도구을 찾아야 하는 것입니다. 인류가 사회도 씨족 부족 국가 세계 등으로 조직적으로 발전해 왔듯이 개인도 자신이 속해야 하는 집단을 확장시켜 나가야 합니다. 또 도구도 인류가 석기, 청동기, 철기, 반도체 등으로 확장시켜 왔듯이 자신만의 무기를 확장시켜야 하는 것입니다. 사회가 발달하거나 도구가 발달하면서 생존 능력이 증가되듯이 개인도 자신만의 사회와 도구를 확장해 나가야 하는 것입니다."

죽음의 의미, 정지된 인생들이, 죽음의 상태

후학이 물었다.

"죽음을 어떻게 받아들여야 하나요?"

선학이 대답을 했다.

"죽음은 정지입니다. 차가 가다가 정지되면 연료가 없을 수도 있고 엔진이 부서졌을 수도 있고 전자장비에 문제가 생겼을 수도 있습니다. 하지만 모든 게 정지되는 원인이 됩니다. 즉 정지가 죽음입니다."

후학이 물었다.

"단순한 생물학적 죽음만 죽음이라고 보지 않는 것이네요?"

선학이 대답을 했다.

"예 그렇습니다. 죽음이란 바로 정지된 상태입니다. 정신적인 죽음과 의료적인 죽음 즉 뇌사나 안면 장애 등과 그리고 생물학적 죽음으로 나뉘어서 생각할 수 있습니다. 하지만 공통적인 것은 바로 정지된 상태의 정도입니다. 비록 육체적으로는 움직일 수 있지만 정신적으로는 이미 죽은 사람일 수 있고 의료적으로 뇌사에 빠졌을 수도 있고, 생물학적으로 완전히 죽을 수도 있습니다. 하지만 이 모든 것들 죽음으로 봐야 합니다. 인간의 존엄성을 생각하면 생물학적인 죽음만을 죽음이라고 봐야 하지만 철학적으로 보면 이 세 가지를 모두 죽음으로 봐야 하는 것입니다."

후학이 다시 물었다.

"죽음을 정지하고 본다는 것은 바로 죽음 이후에 변화하거나 발전하지 못한다는 것이네요. 그럼 결국 발전하지 못하는 삶이란 죽음을 의미하는 것일 수도 있네요?"

선학이 대답을 했다.

"그렇습니다. 만일에 하루를 살고 다음날에 눈을 뜨는데 똑같은 하루가 반복되고 있다고 한다면 그 삶이란 살아 있는 것일까요? 그 다음 날도 같고 또 그 다음 날도 같이 반복된다면 그 사람이 살아야 하는 이유는 무엇일까요? 그래서 정지된 상태란 단순히 멈추는 것을 의미하기보다는 오히려 동일하게 반복되는 삶도 그렇게 봐야 하는 것입니다. 발전이 없는 삶이 바로 죽음의 상태라고 봐야 하는 것입니다."

후학이 다시 물었다.

"그럼 실제 그렇게 사는 사람이 많을 수도 있네요. 그저 살아가는 것이고 반복적으로 살아가는 삶이 생각보다 많을 수 있네요. 그런 사람들은 자신이 죽은 상태라는 것을 의식할까요?"

선학이 대답을 했다.

"아마도 의식하지 못할 것입니다. 만일 의식을 한다고 하더라도 그 죽음의 상태를 벗어나지 못할 것입니다. 그렇게 발전이 없는 상태를 오히려 즐기고 그 속에서 죽음은 아니라고 할 지라도 죽어 가는 상태를 그저 시간만

보내고 있을 수도 있습니다. 하지만 그 상태에서 깨어나야 하는데 쉽게 그 정지 상태를 벗어나지 못하는 경우가 많이 있습니다."

후학이 대답을 했다.

"그런 사람들은 어떻게 해야 하나요? 그런 사람들이 많아지면 질수록 사회는 황폐하게 될 것으로 보이는데요?"

선학이 대답을 했다.

"그런 사람들이 많아지면 죽어가는 사회가 되는 것이지요. 사회가 변화가 없이 모든 사람들이 변화의 가능성이 없다고 보여지면 그만 포기하게 됩니다. 정신적으로 죽음의 상태에 이르게 되는 것이지요. 그러면 그 틀을 벗어나지 못합니다. 사회의 문제가 생기는 것은 바로 정신적인 죽음이 많아질 때 사회는 급속도로 몰락하게 되는 것입니다. 이를 방지하기 위한 최선의 방식은 꿈을 가지는 것입니다. 구체적이고 실행 가능한 꿈을 키우도록 만드는 것이 그런 죽음의 상태를 깨어나게 하는 것입니다. 꿈이란 단순히 공상이 아니라 바로 죽음의 상태를 일깨우는 가장 중요한 동기가 되는 것입니다."

후학이 다시 물었다.

"그럼 결국 꿈이 없는 사람이 죽었다는 의미가 되네요. 자신의 꿈이 좌절되거나 그런 꿈을 꾸어 보지 못한 사람이 결국 죽음의 상태라는 말이네요. 그럼 결국 꿈을 꾸게 만드는 것이 바로 죽음의 사회를 변화시키는 것이란 말씀이면 어떻게 하는 것이 가장 꿈을 꾸게 만드는 효과적인 방식인 것인가요?"

선학이 대답을 했다.

"만남입니다. 자신이 원하는 욕구가 무엇인지 몰라서 꿈을 꾸지 못합니다. 꿈을 꾸게 만드는 방법 중 가장 효과적인 것이 바로 만남을 통해서 입니다. 사랑을 하든 존경을 하든 좋아하는 사람이 생기든 교육을 제대로 받든 간에 만남을 통해서 이루어지는 것입니다. 그리고 그 만남을 통해서 자신의 목소리를 누군가 들어 주게 되면 죽음에서 깨어나는 것입니다. 소통을 통해서 그리고 자신의 꿈을 구체적인 모습을 바라보면서 죽음에서 깨어나는 것입니다. 만남이 진실되지 못할 때 결국 정지된 상태가 됩니다. 아마도 그런 상태에 있는 사람의 대부분은 바로 만남이 제대로 이루어지지 않아서 그런 것입니다. 주위에 많은 사람이 죽어 가고 있을 수 있습니다. 그들을 일깨우는 방법은 바로 소통이고 만남입니다. 혹시나 죽어가고 있는 사람을 일깨우게 되면 그 사람도 또 다른 사람을 일깨우게 되는 것입니다. 그렇게 되면 사회가 죽음으로부터 인간성 회복을 하게 되는 것입니다. 지금이 바로 가장 필요한 시기입니다."

누구나든지, 가지고 있는 한계,
답 찾기 나름

후학이 물었다.

"인간의 한계는 어디까지입니까?"

선학이 대답을 했다.

"한계가 무엇이라고 생각하지요?"

후학이 대답했다.

"한계야 견딜 수 없는 단계까지를 말하는 것이라 봅니다. 즉 홍수가 나서 댐이 무너지듯이 그 무너지기 직전까지를 한계라고 본다고 봅니다."

선학이 다시 물었다.

"그럼 그 한계가 무너지고 나면 한계가 없는 것인가요?"

후학이 대답을 했다.

"글쎄요? 한계가 무너졌다고 하여 한계가 없어지는 것은 아닌 것으로 보이는데요."

산학이 대답을 했다.

"한계란 시스템의 붕괴 직전까지를 말합니다. 하지만 그 시스템이 무너졌다고 하여 시스템이 만들어지지 않는 것이 아니라 그 시스템을 이어받은 시스템이 다시 재구성되는 것이지요. 일시적인 혼란이 있지만 그 다음 단계가 생기는 것입니다."

후학이 다시 물었다.

"그럼 새로 재구성된 한계는 그전 한계와는 어떻게 다른가요?"

선학이 대답을 했다.

"일종의 집합과 같습니다. 재구성된 한계에는 그 전의 한계가 부분집합으로 존재하는 것이지요. 재구성된 한계도 붕괴되고 나면 다시 형성될 재구성된 한계에 부분집합이 되는 것입니다."

후학이 대답했다.

"결국 한계는 사라지는 것이 아니라 끊임없이 만들어지는 것이네요. 단지 그 수준이 높아져 가는 것일 뿐이네요."

선학이 대답을 했다.

"맞습니다. 한계는 깨어지고 나면 그 다음 한계가 재구성되어 나타나지요. 그러기에 끊임없이 한계를 극복해 가는 과정이 바로 인간에게 있어서는 자유의지의 실현입니다."

후학이 다시 물었다.

"인간의 한계란 그럼 없을 수도 있다는 의미인가요?"

선학이 대답을 했다.

"인간의 한계는 분명 존재합니다. 다만 그 한계를 깨고 나면 다시 한계가 새로운 도전 과제 즉 한계가 생기는 것이지요. 그렇게 한계를 넘어 서는 과정이 인간의 능력이 확장되는 과정인 것입니다. 한계를 많이 넘은 사람이 그 만큼 능력이 확장된 것입니다."

후학이 다시 물었다.

"그렇다면 사람 마다 시기별로 한계는 다른 것이네요?"

선학이 대답을 했다.

"한계는 일종의 단계와 같습니다. 초등학교를 졸업하고 나면 다시 중학교가 있고 중학교를 졸업하고 나면 다시 고등학교 시험이 있듯이 시기 별로 한계를 가지는 것입니다. 만일 초등학교를 졸업하는 것을 하지 않고 중학교 올라갈 수도 있습니다. 하지만 그렇다고 하여 초등학교의 과정을 완전히 무시하고 갈 수는 없는 것입니다. 한계의 수준은 그 능력의 수준에 따른 것입니다."

후학이 다시 물었다.

"그럼 한계란 사람마다 다르고 시기마다 다르다면 어떻게 극복할 수 있나요?"

선학이 대답을 했다.

"한계를 극복하는 방법은 자신과의 싸움입니다. 한계는 누구나 가지고 있습니다. 자신 스스로 알고 있습니다. 하지만 그 한계를 극복하는 방법은 사람마다 다릅니다. 그러나 한가지 분명한 것은 바로 한계는 극복된다는 것입니다. 다만 그 방법을 알고 있지 않거나 아니면 알아도 실행하지 않아서 그렇습니다. 한계에 부딪치면 그 한계를 극복하는 방법을 찾아야 합니다. 단순히 자신의 노력만이 아니라 누군가 그 답을 알고 있는 사람을 찾아 내야 합니다. 그리고 방법도 알아야 하구요. 한계가 문제가 아니라 그 극복 방법을 모르는 것이 문제가 될 뿐입니다."

혼자서 나서, 혼자 죽어 가는 생,
그래 백합 꽃

후학이 물었다.

"고독이 무엇입니까? 많은 사람들이 고독하다고 합니다."

선학이 대답을 했다.

"고독은 말 그대로 혼자입니다."

후학이 말했다.

"가족도 있고 친구도 있는데 왜 고독하지요?"

선학이 말했다.

"인간은 본질적으로 고독합니다. 왜냐면 태어날 때도 죽을 때도 혼자입니다. 그래서 고독하지요."

후학이 물었다.

"그럼 가족도 친구도 다 소용이 없는 것이네요?"

선학이 대답했다.

"예 본질적으로는 그렇습니다. 그래서 사람들이 고독하지 않으려고 가족과 친구들 또는 소통하려는 사람들을 만들려고 노력합니다."

후학이 물었다.

"그런데 왜 고독하다고 하는 것입니까? 본질적으로 그런데 안 그러려고 가족도 만들고 친구도 만들지 않습니까?"

선학이 대답을 했다.

"고독은 섬과 같습니다. 즉 아무리 쳐다본다고 하여도 물이 있어 가지 못하는 섬과 같지요. 그래서 고독은 바로 경계에서 나오는 것입니다. 자신의 울타리를 만들고 그 속에 있는 것입니다."

후학이 물었다.

"그럼 결국은 울타리를 만들어서 고독한 것이네요. 왜 울타리를 만드는 것일까요?"

선학이 대답을 했다.

"울타리를 만드는 이유는 다양합니다. 그러나 가장 중요한 이유는 마음을 다치지 않기 위해서입니다. 울타리를 허물면 너무 많은 사람들이 드나들어서 오히려 마음에 상처를 입게 되는 것이지요. 그래서 경계를 만드는 것입니다. 그러면 그 속에서 또 고독해지는 것입니다."

후학이 다시 물었다.

"결국 고독은 어쩔 수 없는 것이네요. 울타리를 허물어도 상처를 받고 안 허물어도 상처받으니까요."

선학이 대답을 했다.

"경계란 모래사장의 바닷물과 같습니다. 바닷물이 밀려 오기도 하고 밀려 가기도 하지요. 그 경계는 분명히 생기지만 때마다 달라지는 것입니다. 그래서 아름다운 것이지요. 서로 어울리는 경계가 필요한 것입니다. 그러면 그 속에는 고독이 줄어 듭니다."

후학이 물었다.

"그럼 어울리는 경계는 어떻게 만들어야 하나요?"

선학이 대답을 했다.

"어울리는 경계는 바로 자신이 받고자 하는 마음만큼 상대에게 베풀어 주는 마음입니다. 남에게 더 많이 받으려고 하기에 마음에 상처가 생기는 것입니다. 먼저 마음을 베풀어 주는 것이 중요합니다. 그것이 돌아오지 않는 것이라 하더라도 말입니다. 먼저 베풀어 줄 때 어울리는 경계가 생기고 그 울타리는 열린 공간이 되는 것입니다. 대우받기를 원하면 그만큼 대우하는 것입니다."

존재하는 건, 존재 방식에 의해, 결정되겠지

후학이 물었다.

"존재한다는 게 어떤 의미입니까?"

선학이 대답했다.

"존재란 말 그대로 존재하는 것입니다."

후학이 다시 물었다.

"존재하면 되는 것인데 왜 존재에 대해서 이야기를 많이 하는 것이지요? 존재하는 것에도 방법이 있나요?"

선학이 다시 물었다.

"가령 종이 위에 사과를 그렸습니다. 그럼 그 사과는 존재하는 것인가요? 아니면 그냥 아무것도 아닌가요?"

후학이 대답을 했다.

"음 어려운 질문이네요. 종이 위에 분명 사과가 그려져 있다고 하니 사과라고 해야겠지만 그렇다고 그것이 사과이지는 않지요."

선학이 다시 물었다.

"그럼 그 사과를 그린 그림을 들고 다른 사람에게 보여 주면 그 사람이 사과라고 할까요 아니면 아니라고 할까요?"

후학이 대답을 했다.

"아마도 사과라고 하겠지만 그 전제는 바로 그림 속의 사과라고 하겠지요."

선학이 대답을 했다.

"맞는 이야기입니다. 존재란 바로 존재 방식에 의해서 결정되는 것입니다. 즉 사과라고 하는 일반적인 개념보다는 오히려 어떤 조건 속의 사과이냐에 따라서 존재 방식이 달라지는 것입니다. 존재란 존재 방식의 결과물입니다."

후학이 다시 물었다.

"그럼 무존재란 존재 방식이 정해지지 않은 것을 의미하나요?

선학이 대답을 했다.

"그렇습니다. 무존재란 존재 방식이 아직 보편화되어 있지 않은 상태를 의미합니다. 즉 존재의 구성원리가 형성되지 않은 것을 의미합니다. 우리가 알지 못했던 과학적 사실을 인식하고 나면 그 인식 이후에 우리는 나름의 공식이나 원리를 이야기 합니다. 그렇게 되면 그 사실은 존재로 확인되는 것이지요. 그러나 그 사실이 그 전에 없었던 것이 아닙니다. 하지만 존재 원리를 규명하지 못함에 의해서 무존재 상태로 되었던 것이지요."

후학이 다시 물었다.

"그럼 무존재란 존재의 증명이 되지 않은 상태를 의미함으로 만일 존재 증명이 된다고 하면 무존재란 없어지겠네요?"

선학이 대답을 했다.

"맞는 이야기이긴 하지만 그렇다고 결론은 아닙니다. 무존재란 존재의 상대적 개념이지 절대적 개념이 아닙니다. 무존재의 영역은 새벽이 와서 어둠이 사라지듯이 명확해지면 질수록 줄어 들어 갑니다. 그렇다고 하여 동굴 속의 어두움까지도 걷어가지는 못합니다. 존재의 증명이 가능해질 수록 또 다른 영역에서는 무존재 또한 존재한다는 것을 의미합니다. 그래서 무존재의 영역이 완전히 사라진다는 것은 있을 수가 없는 것이지요. 무한대라고 하여 끝이 있는 것이 아니듯이 말입니다."

후학이 다시 물었다.

"존재의 문제가 중요한 것은 살아가는데 어떤 의미가 있나요? 말장난이 될 수도 있는 것이 아닌가요?"

선학이 대답을 했다.

"존재의 문제가 중요한 것은 존재 자체의 결정성을 부정하는 것이기 때문입니다. 이분법적인 사고로 존재와 무존재를 이야기해서는 안 된다는 것을 의미합니다. 즉 계급이 존재한다고 하여 그 계급과 하층 계급이 변화가 일어나지 않을 것이라고 보는 관점은 계급의 존재에 관한 변화를 부정하는 것입니다. 하지만 그 존재가 존재 방식에 의해서 결정된다고 보면 그 존재 방식의 변화가 바로 계급의 소멸을 의미할 수도 있다는 것을 의미합니다. 그러기에 현재 인식하는 존재의 존재 방식이 변하면 그 존재에 대한 변화가 생기고 그 결과는 기존의 인식하고 있는 상황과는 달라집니다. 그러기에 존재론이란 절대적인 원리로서의 존재라 아니라 존재와 무존재의 상대적 존재과정에 바탕을 두고 있다는 것을 의미합니다. 그러기에 현재의 존재를 부정할 수 있는 힘이 있는 것입니다. 즉 변화를 인식하고 실천할 수 있는 것입니다."

후학이 다시 물었다.

"알 듯 하면서도 모르겠습니다. 결국 존재론의 의미는 결정론이 아니라 과정론이란 이야기네요. 변화의 과정을 인식하는 하나의 사고 방법론으로 존재론이 필요하다는 것이네요?"

산학이 대답을 했다.

"맞습니다. 존재의 결정성을 주장하면 변화를 부정하게 되는 것입니다. 하지만 존재의 과정론을 이해 하면 변화가 곧 존재 방식이라는 것을 받아들이는 것입니다. 신이 있다고 인식하는 것은 신이 존재하는 방식으로 신이 있다고 인식하는 것입니다. 즉 인간이 신에 대해서 형상화 하고 그 신이 가져야 할 권위나 능력을 정의하고 나면 그 정의에 의해서 신이 인간을 만들어 내었다라는 존재방식을 추론할 수 있는 것입니다. 하지만 신이 실재론 적으로 존재하는가 아닌가를 따지기 시작하면 신의 존재 자체가 답이 없어 지는 것이지요. 그때의 답은 신의 존재를 맹목적으로 인정할 것인가 아니면 철저히 부정할 것인가로 귀결됩니다. 신도 인간의 문화적 산물로 규정하는 순간 신의 존재성은 의미가 있어지는 것이지요. 그리고 그 신의 변화 과정도 인정을 하게 되는 것이구요. 그러기에 존재의 의미를 어떤 관점으로 보느냐는 바로 변화를 어떻게 받아들이는가에 관한 문제입니다."

인간성 회복, 누구나의 문제지.
그 답은 실존

후학인 물었다.

"철학 용어 중에 실존이라는 말이 있습니다. 한자로 보면 實실 存존 이라고 하여 한자로 풀면 현실에 있다라는 뜻으로 해석됩니다. 왜 실존이라는 말이 중요한가요?"

선학이 대답을 했다.

"실존이란 외부의 환경에 영향을 받지 않고 스스로 자유와 책임을 가진다는 뜻입니다. 그러기에 환경에 대한 주관성을 중요하게 보는 것이지요."

후학이 다시 물었다.

"결국 실존이란 말이 탄생하게 된 것도 환경 문제 때문에 그런 것이네요?"

선학이 대답했다.

"맞습니다. 2차 대전 이후 2차 대전 때 이루어진 비극에 대해서 어떻게 해야 하는지 사유하는 과정에서 나온 것입니다. 인간이 그 만큼 환경의 영향을 많이 받아서 살아 가는 존재라는 것을 인정하면서 어떻게 하면 그 환경이 가지는 폭력에 대해서 저항할 수 있을까 하는 그런 상황에서 나온 개념입니다."

후학이 다시 물었다.

"그럼 왜 조직적인 저항에 대한 것을 고민하지 않았을까요?"

선학이 대답을 했다.

"맞는 말입니다. 고민을 했지만 그게 답은 아니라고 본 것입니다. 그렇게 조직적 저항 자체도 환경적 비극으로 보았기 때문에 거부한 것입니다. 이에 대한 배경은 바로 소련에서 이루어진 스탈린의 폭압과 비극 때문에 오히려 반대를 한 것입니다. 조직적이라는 것은 곧 스탈린처럼 될 수도 있는 의미였으니까요."

후학이 다시 물었다.

"결국 극우든 극좌든 극단적인 사고가 빚어낸 비극에 대해서 저항하기 위해서 만들어진 개념이군요. 그런 이런 개념이 현대에도 유용한가요?"

선학이 대답을 했다.

"유용합니다. 그 이유는 자신의 내면을 정확히 바라보려는 노력 때문입니다. 실존이 바로 인간성 회복이기 때문입니다. 인간성 회복을 주장하려면 스스로를 주체로 세우지 않으면 안 되는데 그런 과정이 실존적 존재로 자신을 만들어 내야 하기 때문입니다."

후학이 다시 물었다.

"그럼 한국 사회에서 실존의 문제가 중요해진 시기가 있나요?"

선학이 대답을 했다.

"그 시기는 70년대 80년대였습니다. 겉으로는 인간성에 대한 회복을 주장하지만 실제는 독재에 대한 대항 의지를 인간의 본질적 가치인 자유와 책임의 문제로 인식했기 때문입니다. 하지만 이 시기를 지나면서 서서히 잊혀져 갔지요. 환경의 영향력이 줄어들고 나름의 자유가 주어지기 시작할 때 실존의 문제는 해결된 것처럼 느껴진 것이지요. 하지만 그렇지 않다는 사실이 가면 갈 수록 강해지고 있습니다."

후학이 물었다.

"그럼 그런 환경이 심화되면 될 수록 실존의 문제는 중요해지는 것인가요?"

선학이 대답을 했다.

"아마도 과거의 실존의 문제처럼 같은 모습은 되지 않겠지만 새로운 모습의 실존이 등장할 가능성은 있지요. 변화되었다고 생각했는데 그렇지 않다는 것을 확인하고 그 벽이 느껴지기 시작하면 많은 사람들이 자신의 한계에 대해 고민하게 될 것입니다. 그것을 철학적으로 고민하게 되면 실존의 문제와 직면합니다. 그런 의미로 실존문제가 중요해지는 것이지요."

후학이 다시 물었다.

"만일 그 벽을 극복하기 힘들다고 생각하면 어떻게 해야 하나요? 그게 현실이라는 것을 받아들여야 하는지 아니면 나름 새로운 대안을 찾아야 하는지?"

선학이 대답을 했다.

"실존에서 답을 찾기란 쉽지 않습니다. 실존이 문제 해결을 해주지는 않습니다. 실존적 의식이 가지는 가장 어려운 문제가 바로 문제 해결 방안입니다. 실존적 자각과 문제 해결의 간격 사이에 놓이게 되는 것입니다. 문제 해결을 위해서는 정치적 조직적이어야 하는데 실존 의식은 그것 자체에 대한 거부감을 가지고 있기 때문입니다. 모든 사람이 실존적 의식을 가지게 되면 해결되겠지만 대다수의 사람들은 그렇지 않기 때문에 힘든 것이지요.

일정 정도 지식인의 한계에 머물게 되는 것도 바로 이런 이유입니다. 그래서 자아 의식 중에서 실존적 자각의 단계에서 다음 단계로 나아가는 것이 필요한 것입니다. 그게 어떤 단계로 진행이 되어야 하는지는 각자 주어진 조건이나 의식에 따라서 달라질 것입니다. 분명한 것은 실존적 의식은 자신의 존재를 자각하는데 많은 도움이 된다는 것입니다."

시회적 실존, 그 어떠한 폭력도,
허용 안되지

후학이 물었다.

"실존은 하나밖에 없나요?"

선학이 대답을 했다.

"실존은 3가지 영역에서 존재합니다. 개인적 실존, 사회적 실존, 역사적 실존으로 구분이 되지요."

후학이 다시 물었다.

"실존은 개인의 문제인데 왜 그렇게 구분해야 하나요?"

선학이 대답을 했다.

"개인은 유기체입니다. 그러나 사회도 유기체입니다. 뿐만 아니라 역사도 유기체입니다. 개인적 차원의 실존이 조직 또는 집단으로 확대되면 사회적 실존의 문제로 변하는 것입니다. 하지만 이런 사회적 실존이 역사적 과정 즉 시간의 경과에 의해서 역사적 실존으로 변화하는 것입니다."

후학이 대답했다.

"이해가 되는군요. 결국 개인과 조직의 문제네요. 하지만 실존의 문제를 이야기할 때 조직과의 갈등 때문에 실존의 중요성을 인식하는 것은 아닌가요?"

선학이 대답을 했다.

"개인의 실존 문제가 중요해진 시점은 전쟁이나 독재 체제하의 실존의 문제인 것입니다. 즉 개인이 어떻게 하든 이 문제를 극복할 수 없다는 무력감이 존재했던 것이지요. 하지만 그 시기를 극복하는 과정에서 사회적 실존이라는 의식이 분명해진 것입니다. 개인적 실존을 주장하는 의식이 중첩되면서 이것이 조직화되고 사회적 흐름으로 변하면서 사회적 실존이 형성된 것입니다. 즉 지배체제에 대항하는 사회적 실존이 탄생한 것입니다. 이것이 초기 실존주의자들이 주장했던 부분에서 부족한 부분을 메워주는 역할을 하는 것입니다. 개인적 실존은 결코 전쟁의 문제나 독재의 문제를 해결할 수 없고, 비인간적인 사회적 폭력에 대항할 수 없기에 사회적 실존이 부각된 것입니다."

후학이 다시 물었다.

"그럼 사회적 실존도 일종의 조직화 작업이 필요한 것이네요?"

선학이 대답을 했다.

"맞습니다. 이런 조직화와 그 운동방향에 따라서 시민운동이나 계층 또는 사회 주체성 회복 운동 등과 같은 형태로 조직화되어 나타나는 것입니다. 사회적 실존을 이루기 위해서는 개인적 실존을 넘어서는 사회적 실존에 대한 훈련과 조직화 경험이 필요합니다."

후학이 다시 물었다.

"그럼 역사적 실존은 어떻게 해석해야 하나요?"

선학이 대답을 했다.

"사회적 실존이 형성되기 시작하면 그 시간과 공간의 변화에 따라 다양한 형태의 변화가 일어납니다. 또한 민족이나 국가별로도 그 대응방식이 차이가 나는 것이지요. 그런 과정 속에서 만들어진 차이와 연관성에 따라서 역사적 실존 유형을 결정하는 것입니다. 역사란 시간 공간의 변화 과정이기 때문입니다."

후학이 다시 물었다.

"역사적 실존은 결과론적 이야기이고 사회적 실존은 결국 사회적 실천의 형태로 나타날 수밖에 없다는 것이네요."

선학이 대답을 했다.

"사회적 실존은 시대 정신의 형태로 존재합니다. 일종의 사회적 합의 내용이지요. 사회적 합의 내용은 그에 대응되는 지배 집단의 합의도 있습니다. 이 지배 집단의 합의가 권력 의지로 나타난다면 사회적 실존은 시대정신으로 나타나 대중들의 지지와 열망으로 표현되는 것입니다. 그 결과가 선거로 나타나든 혁명으로 나타나든 아니면 사회적 운동으로 표현되든 하는 것입니다."

후학이 다시 물었다.

"그럼 폭력 혁명도 사회적 실존으로 봐야 하나요?"

선학이 대답을 했다.

"그렇지 않습니다. 실존의 문제에서 가장 혐오하는 것이 조직 폭력입니다. 실존주의자들에게 가장 어려운 문제가 방어적 폭력에 대한 해석입니다. 즉 방어적 폭력은 폭력이 아니다라는 관점이지요. 개인적 실존에서는 허용이 될 수 있을 지 모르지만 사회적 실존에서는 문제가 됩니다. 방어적 실존의 판단 기준이 조직화되는 순간 그것은 비록 지배 집단의 조직폭력에 대항 한다고 하지만 그 자체가 조직폭력화되기 때문입니다. 그래서 폭력 혁명을 허용하지 않는 것이지요. 이런 부분에서 사회적 실존과 다른 사회 변혁 운동이 차별성이 존재하는 것입니다."

후학이 다시 물었다.

"알겠습니다. 그럼 실존주의자로 살아 가기 위해서 어떤 부분을 조심해야 하나요?"

선학이 대답했다.

"실존의 핵심은 휴머니즘입니다. 개인의 존중과 사회적 존중이 되어야 한다는 의미이지요. 어떤 식의 개인과 시회적 구속을 주장하는 행위는 결국 사회적 폭력이 될 수밖에 없습니다. 사회규범화 시켜낼 수 있는 합의 과정이 중요합니다. 그러기 위해서는 자각이 선행되어야 하는 것이고 너무 빠르게 모든 문제를 해결하려고 하는 욕망 또한 문제가 될 수 있습니다. 따라서 오래 걸리더라도 실존주의자로서 인간성 회복을 위해서 개인적 사회적으로 행동하고 의지를 모아 가는 과정이 있어야 합니다. 이런 과정은 힘들지는 모르지만 역사적인 한 발 한 발 나아가는 과정이라고 봅니다."

찾아온 기회, 잡지도 못하더라,
준비된 인생

후학이 물었다.

"기회란 무엇입니까?"

선학이 다시 물었다.

"인연이란 무엇입니까?"

후학이 대답했다.

"인연과 기회는 다르지 않습니까?"

선학이 대답했다.

"기회는 인연의 다른 모습입니다."

후학이 다시 물었다.

"그럼 인연과 기회는 어떤 관계인가요?"

선학이 대답을 했다.

"기회는 인연의 정화된 모습입니다. 즉 많은 인연 중에서 기회로 추려지는 것이지요."

후학이 물었다.

"그럼 많은 인연을 지으면 기회가 많이 생기는 것인가요?"

선학이 대답을 했다.

"땅을 파서 돌을 고른다고 모두 보석이 되는 것은 아닙니다. 좋은 인연을 지어야 합니다."

후학이 다시 물었다.

"좋은 인연이란 무엇인가요?"

선학이 대답을 했다.

"좋은 인연은 준비된 인연입니다. 준비된 인연은 자신이 하고 싶거나 해야 할 일에 대해서 준비를 하고 이를 통해서 맺어 가는 인연을 말합니다. 모든 인연은 준비되어 있거나 아니면 우연히 맺어지는 것입니다. 기회는 준비된 인연에서 나옵니다. 좋은 기회를 만들려고 하면 준비해야 합니다. 그리고 인연을 맺어가면 됩니다."

우연과 필연, 서로 다른 그림자,
변하기 나름

후학이 물었다.

"우연과 필연이 서로 다른 한 얼굴이라고 합니다. 필연은 이해가 되는데 우연은 이해가 되지 않습니다. 도대체 우연은 어떻게 바라봐야 하는 것인가요?"

선학이 대답을 했다.

"우연은 정말 우연처럼 보이지만 모든 자극과 적용을 분석해 보면 필연적으로 이루어질 수밖에 없는 것입니다. 그래서 우연의 필연의 다른 모습이지요."

후학이 다시 물었다.

"그럼 꼭 필연이라고 하면 될 것인데 왜 우연을 같이 이야기하나요?

선학이 대답을 했다.

"그것은 사람의 마음 때문입니다. 세상이 너무 필연에 의해서만 이루어진다고 하면 얼마나 답답하겠어요. 우연적인 요소도 있어야 나름 기대나 가능성도 있는 것이지요. 그래서 사람들은 우연을 필연으로 귀속시키기보다는 독립적인 요소로 파악을 하려고 하는 것입니다."

후학이 다시 물었다.

"그렇게 한다고 하여 우연이 필연적이라고 하는 사실은 변하지 않는데 어떤 차이가 있는 것인가요?"

선학이 대답했다.

"모든 우연은 짧게 보면 우연이지만 멀리 보면 필연입니다. 어떤 필연이라도 멀리 보면 필연이지만 가까이 보면 우연입니다. 우연과 필연은 과점의 차이라고 봐야 합니다."

후학이 다시 물었다.

"그럼 우연도 필연도 보는 관점에 따라 달라진다는 의미네요."

선학이 대답을 했다.

"예 그렇습니다. 어떤 필연도 우연에 의해서 깨어질 수 있고 어떤 우연도 멀리 보면 필연입니다. 하지만 우연과 필연을 대하는 자세의 문제는 다릅니다."

후학이 다시 물었다.

"자세에 따라 다르다는 말씀이 무엇인가요?"

산학이 대답을 했다.

"필연을 대하는 사람이 이것은 우연이라고 생각하고 지속적으로 노력을 하면 필연적으로 나타날 수밖에 없었던 일들이 변하기도 합니다. 우연이라고 생각하는 사람이 큰 문제 없을 것이라고 방심하고 있다가 필연적인 요인에 의해서 큰 문제를 당하기도 하는 것입니다. 즉 우연과 필연을 대하는 자세에 따라서 그 결과는 바뀔 수도 있는 것이지요."

후학이 다시 물었다.

"그럼 우연도 없고 필연도 없다고 보는 것이 맞는 거 아닌가요?"

선학이 대답을 했다.

"사실은 그렇습니다. 인생에서 필연도 없고 우연도 없습니다. 다만 과정만 있을 뿐입니다. 모든 과정 속에서 우연의 요소도 있고 필연의 요소도 섞여 있습니다. 그런 것은 어떤 방식으로 이해를 하고 대응하는가에 따라서 개인의 삶은 달라집니다. 우연이라고 너무 방심하지도 말아야 하고 필연이라고 하여 포기도 말아야 하는 것입니다. 사람들은 생각보단 많이 운명론을 믿습니다. 스스로 안될 것 같다고 하면 포기도 쉽게 하고 잘될 것 같다고 하면 무모하기도 하는 것이지요. 그래서 우연이든 필연이든 그게 중요한 것이 아니라 과정 속에 대응하는 자세가 더 중요합니다."

후학이 다시 물었다.

"그럼 우연적인 요소에 대해서는 어떻게 행동해야 하는 것인가요?"

선학이 대답을 했다.

"만일 우연히 산 로또 복권이 당첨 되었다면 우연이라고 생각할 것입니다. 그러나 실제는 몇 천분의 1 만큼은 확률이 있고 그것은 필연적으로 나타날 수밖에 없는 요소입니다. 그것이 돌아가면 당첨되듯이 빨리 당첨이 된 것에 불과합니다. 그러나 이런 요소들을 개관화시키게 되면 단순히 운이 좋아 당첨되었다고 생각하고 흥청망청은 하지 않을 것이라 봅니다. 우연 속에 내재한 필연을 볼 줄 알아야 하는 것이지요. 결국 계속하면 또 다시 당첨될 확률은 없는 것이니까요."

후학이 다시 물었다.

"그럼 필연에 대해서는 어떻게 대응해야 하는 것인가요?"

선학이 대답을 했다.

"필연의 가장 대표적인 것이 바로 운명론입니다. 자신의 운명은 정해져 있다고 믿는 것이지요. 하지만 이런 운명론을 믿고 스스로 변화를 하지 않으려고 하면 결국 그 운명대로 되고 말지요. 운명론은 그 사람의 약점과 강점을 이야기해 주지, 무엇이 될 것이다 아니다를 결정하는 것이 아닙니다. 즉 그것을 참조하고 극복방법을 찾는 것이 중요하다는 것이지요. 모든 필연은 우연에 의해서 깨어집니다. 필연은 우연에 의해서 다시 조정되는 것이지요. 그래서 우연도 필연도 중요한 것이 아니라 바로 과정의 노력이 더 중요합니다."

창조의 과정, 파괴와 함께하지, 희생 있어도

후학이 물었다.

"창조를 이야기하는데 창조란 무엇을 의미하나요?"

선학이 대답했다.

"창조는 항상 파괴와 같이 다닙니다."

후학이 물었다.

"그럼 파괴 없이 창조는 이루어지지 않나요?"

선학이 대답을 했다.

"창조는 파괴를 전제로 하는 것입니다. 파괴할 것이 없으면 창조가 되지 않는 것이지요."

후학이 다시 물었다.

"파괴 없는 창조를 이야기하지 않습니까? 파괴를 전제로 한 창조라면 누가 하고 싶어 하겠습니까?"

선학이 대답을 했다.

"창조란 새로운 힘의 구조를 만드는 과정입니다. 기존의 세력과는 대치되는 것이지요. 그래서 기존의 세력들에 의해서 나오는 창조란 그냥 개량일 뿐입니다. 개량을 창조라고 잘못 쓰고 있는 것입니다."

후학이 대답했다.

"그럼 개량이면서 왜 창조라고 주장을 하는 것이지요?"

선학이 대답을 했다.

"그것은 창조가 더 이상적이라 보이기 때문입니다. 창조의 가치는 개량과는 비교할 수 없으니 그것을 인용하는 것이지요. 창조와 개량은 그 근본이 다릅니다. 창조는 힘의 질서를 재구성하는 것이라 기존의 기득권을 인정하지 않는 것입니다. 기존의 관점을 가진 사람의 입장에서는 위험하지요. 왜냐면 자신들의 기득권을 인정해 주지 않기 때문에 창조하는 과정을 방해하기 시작합니다. 때로는 비하시키기도 하고 때로는 너무 이상적이라 말하기도 합니다."

후학이 다시 물었다.

"그럼 창조를 해내면 파괴당하는 것도 많겠네요?"

선학이 대답했다.

"그렇습니다. 창조가 성공적으로 이루어지면 그 파괴되는 희생자가 있습니다. 대표적인 사례로 애플이 스마트 폰의 시장을 창조해서 성공하였습니다. 그런데 가장 크게 파괴당한 것은 휴대폰 시장의 1위였던 노키아입니다. 즉 노키아는 바로 망하는 수준까지 떨어졌습니다. 노키아의 입장에서는 스마트폰 시장이 열리지 않기를 바랐을 것입니다. 하지만 열리자 기존의 기득권 모두가 사리진 것입니다. 그래서 기존의 세력은 창조되는 것을 무서워합니다."

후학이 다시 물었다.

"그럼 창조를 성공적으로 하려면 어떻게 해야 하나요?"

선학이 대답을 했다.

"창조를 하기 위해서는 전제가 없어야 합니다. 즉 기존의 기득권 또는 학습된 사고 또는 사회적 억압 종교적 믿음 등등을 무시해야 합니다. 그런 것을 먼저 전제하고 시작하는 창조는 개량의 수준을 벗어나지 못합니다. 무엇을 하든지 자신의 창조를 위해서 먼저 경계지워지는 것이 무엇인지 그 것을 벗어나야 합니다. 그 벽을 허무는 과정이 바로 창조의 과정이며 그 벽을 허물고 새로운 세계로 나아간 것이 창조에 성공한 것입니다. 그래서 보통 사람은 창조를 해내기가 힘든 이유가 바로 여기에 있습니다. 자신의 전제를 무너뜨리고 새로운 세계로 나아갈 힘을 가지는 것이 정말 힘들기 때문입니다."

후학이 물었다.

"그럼 기존의 세력이나 기득권 집단이 창조를 하려면 어떻게 해야 하나요?"

선학이 대답했다.

"자기 파괴 과정을 거쳐야 합니다. 즉 자기 혁신 과정을 거쳐야 한다는 것을 의미합니다. 그런 후에야 창조가 가능해집니다. 많은 조직이나 기업은 이 과정을 하다가 그만둡니다. 그만큼 힘들기 때문입니다. 그래서 기존의 세력 또는 조직에서 창조하는 것보다는 새로운 조직이나 개인이 이루는 것이 훨씬 쉽습니다. 그래서 외부의 창조적 작업을 내부로 끌어들이며 창조력을 강화시켜 나가는 것이 훨씬 쉽습니다. 즉 창조역량을 수혈하는 방식이 이상적인 방법이지만 이 방법도 기존의 세력의 저항에 부딪치는 경우가 많습니다. 그렇게 저항에 부딪쳐 극복하지 못하는 집단이나 기업 또는 개인은 도태되고 맙니다. 그러니 창조의 과정이란 무서운 것이지요. 바로 대단한 위협인 것입니다. 하지만 이 과정을 받아들이지 않으면 도태됩니다. 창조란 자기 파괴를 전제해야 가능한 것이지 말로 하는 창조는 결국 때가 되면 진정한 창조에 의해서 사라지고 맙니다."

모든 것들을, 버려야만 가능해, 인생의 혁신

후학이 물었다.

"사회가 변해가면서 그 변화에 적응하기 위해 혁신을 부르짖습니다. 혁신은 무엇이라고 생각해야 하나요?"

선학이 대답을 했다.

"혁신을 말 그대로 자신의 가죽을 벗겨낼 만큼 큰 고통을 느끼며 변해야 한다는 뜻입니다. 조금 더 깊이 생각해 내면 다른 의미로는 탈피라고 봐야 합니다. 나비가 번데기에서 벗어나와 나비로 바뀌듯이 완전히 바뀌는 것입니다. 자신의 가죽을 벗긴다는 뜻은 지금까지 자신이 사고하고 존재했던 모든 것들을 벗어날 수 있어야 한다는 뜻입니다."

후학이 다시 물었다.

"대단히 어려운 일이네요. 그렇게 어려운 일을 사람들은 아무렇지 않게 하자고 하는데 무엇 때문에 그럴까요?"

선학이 대답을 했다.

"근본적인 이유는 몰라서 그런 것입니다. 지금까지 가지고 있는 것은 그대로 두고 새로운 것을 채워 넣으려는 욕심인 것이지요. 번데기가 탈피를 하는데 반만 하고 나머지는 그대로 있겠다고 하면 그 순간 번데기도 아니고 나비도 아니라 죽고 맙니다. 그렇게 혁신을 일정 정도 하다가 포기하는 순간에는 결국 탈피를 실패한 번데기 꼴이 되고 마는 것입니다. 그러기에 혁신은 자신의 존재를 통째로 바꿀 수 있어야 하는 것입니다."

후학이 다시 물었다.

"그렇게 목숨 걸고 바꾸지도 못하고 그렇다고 가만히 있을 수도 없다면 어떻게 해야 하나요?"

선학이 대답을 했다.

"그럴 경우 개량이나 개선이라고 이야기하는 것입니다. 대부분의 경우 개선이나 개량 만으로도 크게 문제가 없습니다. 하지만 더 크게 변하려고 하면 혁신이 필요한 것이다. 절대 절명의 순간에 가능한 것이지 평상시에 혁신을 부르짖는다고 하지만 그것은 개선의 다른 말일 뿐입니다."

후학이 다시 물었다.

"그렇게 어려운 혁신을 입버릇처럼 말하는 것은 이해가 되지 않네요. 그럼 혁신을 시작하려면 무엇부터 해야 하나요?"

선학이 대답을 했다.

"사고의 전환입니다. 사고의 전환은 기존의 사고의 틀을 완전히 벗어나야 하는 것입니다. 세계관이 바뀐다고 보면 됩니다. 천동설에서 지동설로 바뀌듯이 완전히 사고의 틀이 바뀌어야 혁신이 가능합니다. 그러기에 자신이 가진 근본적인 사고의 틀이 무엇인지를 정확히 알고 그 다음 단계의 사고의 틀이 무엇인지 확인해야 하는 것입니다. 그렇지 않은 혁신은 결국 원점으로 돌아오고 마는 것입니다. 사고의 틀을 완전히 바꾸는 것은 새로운 영혼을 다시 집어 넣는 것과 같은 것입니다.”

후학이 다시 물었다.

“그러면 그런 사고의 변화가 이루어지면 어떻게 해야 하나요?”

선학이 대답을 했다.

“그 다음 순서는 오히려 쉽습니다. 혁신의 계획을 세우고 그리고 가장 효과적인 혁신의 순간을 찾아내어 전력 질주를 하는 것입니다. 이 순간에 모든 것을 걸고 하는 것이라 사고의 틀을 바꾸는 순간보다는 짧습니다. 빠르면 6개월 늦어도 2년 이내에 다 바꿀 수가 있습니다. 문제는 사고의 틀을 바꾸는 작업은 어쩌면 평생 걸릴 수도 있을 만큼 어렵습니다. 몸에 붙은 습관을 버리는 것이 어려운 것과 같습니다. 끊임없이 회기하려고 하기에 이것을 모두 제거해야만 가능한 것입니다. 마약 중독자들이 마약을 못 끊는 것처럼 힘든 것입니다. 특히나 자신의 강제하는 제재가 없는 상황에서 사고의 틀을 바꾼다는 것은 스님이 득도를 하는 것처럼 힘든 일인 것입니다. 그래서 사고의 틀을 바꾸는 일에 집중해야 합니다. 그 다음은 오히려 어렵지 않습니다. 마치 어린 아이일 때 못하던 일들을 성인이 되면 할 수 있는 것처럼 말입니다.”

후학이 다시 물었다.

“결국 사고의 틀을 바꾸는 게 혁신의 핵심이군요. 사실 바꾸어야 할 틀이 무엇인지 모르는 사람들이 더 많은 것 같은데 그런 사람들에게는 어떻게 해야 하나요?”

선학이 대답을 했다.

“스스로 바뀌고자 하는 열정이 없는 사람은 바뀌지 않습니다. 혁신의 에너지는 내적인 것이지 외부적인 것이 아닙니다. 그러기에 말로만 지식으로만 이해하는 혁신은 불가능합니다. 스스로 내적인 열정으로 변화하려고 하는 사람에게 필요한 것입니다. 그런 사람을 보면 어느 길로 가는 것이 혁신의 길이라는 것을 모르는 사람이 있습니다. 그런 사람에게는 혁신으로 가는 길을 알려 주면 됩니다. 그것도 많은 노력이 들기보다는 그냥 터닝 포인트로 제공이 되면 됩니다. 그런 사람을 만나든 책을 보든 아니면 사건을 경험하든 하게 되면 그 순간부터 사고의 틀이 완전히 바뀌는 것입니다. 그 이후는 필요에 따라 조절하면서 혁신을 해 나가면 됩니다. 혁신의 출발은 바로 존재 그 자체 속에 있습니다."

자신의 확신, 기다림의 인내로,
세상을 얻네

후학이 물었다.

"인내가 부족한 사람들이 많이 있습니다. 왜 인내가 부족한 것이지요?"

선학이 다시 물었다.

"인내가 부족하다는 것과 인내가 부족하지 않다는 것을 어떻게 구분하지요?"

후학이 대답을 했다.

"정확히 구별하지는 못하지만 인내가 부족하면 일을 그르치기 쉽지요. 인내가 부족해서 싸우기도 많이 하고요. 사람들이 가면 갈수록 인내가 부족해 지는 것 같습니다."

선학이 대답을 했다.

"인내는 두 가지 성격의 인내가 있습니다. 하나는 감각적 인내 즉 생물학적 인내입니다. 또 다른 하나는 기회를 기다리는 인내 즉 타이밍을 맞추는 인내를 말합니다."

후학이 물었다.

"이 두 가지의 인내는 어떻게 다른가요? 그리고 그 다른 인내들을 어떻게 구별하며 인식해야 하나요?

선학이 대답을 했다.

"먼저 감각적 인내는 생물학적 용어로 역치가 높다고 표현합니다. 즉 신경과학적으로 참고 견디는 능력이 뛰어난 것입니다. 만일 어떤 사람이 줄에 매달리는 능력을 테스트 한다고 했을 때 오래 매달릴 수 있는 사람은 그 무게를 견디는 역치가 높은 것입니다. 그 역치가 높다는 것의 이유가 운동을 해서 높든 몸무게가 낮아서 높던 다양한 이유가 있을 수 있지만 평가되는 기준은 오래 견디는 것입니다. 비슷한 사례로 어떤 사람은 술을 열 잔을 마셔도 취하지 않는데 어떤 사람은 한 두 잔만 마셔도 쉽게 취하는 것입니다. 그럴 경우 술에 대해서 역치가 높은 사람과 낮은 사람을 구분하는 것입니다. 현대인들은 감각적 인내가 과거의 사람들보다 낮습니다. 근본 이유는 너무 다양한 자극에 노출되어 있기에 감각의 반응이 순간적으로 일어나는 것 때문에 감각적 인내가 약한 것입니다. 오래 집중해서 책을 읽지 못한다든가 아니면 오래 기다리지 못한다든가 하는 것들이지요."

후학이 물었다.

"감각적 인내에 대해서는 알겠습니다. 그럼 다른 인내는 어떤 성격의 것인가요?"

선학이 대답을 했다.

"인내라기보다는 기회를 기다리는 사람입니다. 인내를 해야 하는 이유는 기회를 기다린다는 것이지요. 열매를 맺기 위해서는 가을을 기다려야 합니다. 봄에 열매를 따려고 하면 아무것도 얻을 수 없지요. 그래서 기다리는 것입니다. 기다리면서 많은 어려움이 있지만 가을이 되면 열매를 딸 수 있다는 확신으로 기다리는 것입니다. 기다림의 인내는 그 사람의 삶의 철학과 관련이 있는 것입니다. 그런 사람에게는 인내의 시간은 오히려 자신을 소중히 길러내는 학습의 시간이요 단련의 시간인 것입니다. 그래서 인내가 있거나 없거나 중요하지 않습니다. 최적의 타이밍을 기다리는 것이지요. 때로는 빠르게 반응할 수도 있고 때로는 아주 느리게 반응할 수도 있는 것입니다."

후학이 다시 물었다.

"그럼 인내란 결국 성과를 얻기 위한 기다림이네요. 그런데 왜 사람들은 그런 기다림을 하지 않지요? 또 때로는 감각적 인내가 약해서 그렇게 사회문제가 되는 것인가요?"

선학이 대답했다.

"가장 중요한 차이는 인내는 알고 기다리는가 아니면 모르고 기다려야 하는가 하는 차이입니다. 누구든 1시간을 기다리면 10만 원을 받을 수 있다고 합시다. 그러면 대부분의 사람들이 한국은행이나 정부가 준다고 하면 기다립니다. 하지만 누가 줄지도 모르는 상태에서 기다려야 한다고 하면 그때 갈등을 하는 것입니다. 즉 기다려서 성과를 볼 수 있을 것인지 아닌지를 고민하는 것입니다. 그대 중요한 것은 바로 자신의 확신입니다. 확신이 있는 사람은 기다리지만 주변에 의존하며 확신이 없는 사람은 기다리지 못합니다. 확신을 얻기를 원하지요. 하지만 인생에서 누구도 그 사람에게 확신을 주지 않습니다. 그 사람 스스로 확신을 하지 못하는 일에 누가 그 사람을 믿을 수 있겠습니까? 그래서 인내의 출발은 바로 자기 확신입니다. 인내하지 못하는 사람은 바로 자신의 확신이 부족한 것입니다. 다른 표현으로는 아직 자신의 삶의 철학이 정리되지 못했다고 볼 수 있지요."

후학이 물었다.

"그럼 인내하려면 자신에 대한 확신이 명확해야 가능한 일이네요. 자신의 확신은 어떻게 얻어야 하는 것이지요. 인내도 못하면서 어떻게 자신에 대해서 확신을 하지요?

선학이 대답을 했다.

"어려운 문제입니다. 자신에 대한 확신은 외부적으로 누군가 말을 해서 가질 수 있는 것이 아닙니다. 자신이 스스로 가지지 않으면 불가능합니다. 다만 그 확신을 얻는 과정은 설명할 수 있습니다. 자신이 확신을 얻는 과정은 바로 스스로 해보는 것입니다. 두려움 없이 해보는 것이 가장 중요합니다. 확신을 얻기 위해서는 두려움을 없애는 과정이 필요한 것입니다. 다이빙 대에서 최고의 다이빙 포즈를 만들려고 노력한다면 먼저 해야 하는 것이 다이빙대에서 뛰어 내릴 때 주저하는 두려운 마음을 없애야 합니다. 다이빙 대가 아닌 다른 곳에서 최고의 모습을 만들어낸다고 하더라도 아무런 소용이 없습니다. 다이빙대에서 물속으로 떨어지는 것을 두려워하면 할 수가 없는 것이지요. 그래서 두려움을 없애야 자신에 대한 확신을 할 수 있는 것입니다. 그런 두려움이 없어지면 자신의 확신을 가지기 위해서 전문성을 연마하는 과정이 필요하지요. 충분히 연마된 후에는 자기자신에 대한 확신을 가질 수 있습니다. 그러고 나면 기회를 기다리는 인내가 필요한 것이지요. 누구든 인내는 필요합니다. 하지만 두려움 없이 자신에 대한 확신이 먼저지요."

좋아하는 일, 평생 할 수 있는 일, 그게 답이야

후학이 물었다.

"인생이란 게 무엇일까요? 그냥 지나가는 바람인지 아니면 차곡차곡 쌓아둔 곡간인지 잘 모르겠습니다."

선학이 다시 물었다.

"인생의 의미에 대해서인가요? 아니면 어떻게 인생을 살아가야 하는지 하는 것인가요?"

후학이 대답을 했다.

"먼저야 인생의 의미에 대해서겠지요. 그 의미가 와 닿으면 그러면 잘 살아갈 수 있는 방법이 무엇인지 또 궁금하고요."

선학이 대답을 했다.

"인생은 분명히 한 사람에게 주어진 시간입니다. 그 시간은 누구도 빼앗아 갈 수가 없습니다. 그 시간을 어떻게 쓰는가 하는 것은 오로지 그 사람에게 달려 있습니다. 그러기에 인생 그 자체는 중립적입니다. 좋은 것도 나쁜 것도 올바른 것도 부정한 것도 아닙니다. 다만 그 시간을 어떻게 사용하는가에 따라서 인생의 모양과 색깔이 달라집니다."

후학이 다시 물었다.

"그럼 인생이 중립적이라면 부자도 가난한 사람도 권력 있는 사람도 없는 사람도 똑같다는 의미이네요? 실제 현실은 그렇지 않지 않습니까?"

선학이 대답을 했다.

"인생은 태어날 때 혼자 태어나고 죽을 때 혼자 죽습니다. 그런 의미로 중립적이라고 하는 것이지요. 누가 대신해 주거나 권력 있다고 연장되거나 돈 있다고 더 길어 지거나 할 수가 없는 것이라는 것입니다. 인간에게는 적정 수준의 기간이 주어지는 것뿐이지요. 조금씩 관리하는 수준에 따라서 길어질 수도 줄어 들 수도 있지만 그렇다고 돈 없는 사람은 일찍 죽고 돈 많은 사람은 오래 산다는 그런 식은 아닙니다. 그 모든 것은 스스로의 관리 수준에 따라서 달라집니다.

후학이 다시 물었다.

"그럼 인생을 가치 있게 주어진 인생을 살아가는 방법은 무엇인가요? 하고 싶은 일만 하고 살면 되는 것인가요?

선학이 대답을 했다.

"물론 하고 싶은 일만 하다 죽으면 좋지요. 하지만 하고 싶은 일이 무엇인지를 알아야 합니다. 오늘 아침에 하고 싶은 일과 일년 동안 하고 싶은 일과 10년을 하고 싶은 일이나 평생 하고 싶은 일이 다를 수 있습니다. 하고 싶다는 일은 시기와 기간 그리고 환경에 따라서 달라집니다. 진정으로 평생 하고 싶은 일이 무엇인지를 알고 살아가면 좋은 것이지요."

후학이 다시 물었다.

"그럼 하고 싶은 일도 제대로 찾지 않으면 모른다는 것인가요? 사람들은 그냥 하고 싶다는 막연한 생각뿐인 것이네요? 실제로 하고 싶은 일을 정말 찾아 내는 것은 힘든 일인가 봅니다."

선학이 대답을 했다.

"인생에서 제대로 하고 싶은 일을 찾는 것은 평생 걸리는 것입니다. 그 이유는 학습이나 경험이나 나이나에 따라서 달라지기 때문입니다. 아이 때 하고 싶었던 꿈이 나이가 들어서 달라지는 것도 비슷한 경우지요. 달라지는 이유가 다양하지만 그래도 진정 살아온 인생을 통틀어 하고 싶은 일이 무엇인지를 알아내야 하지만 쉽지 않습니다. 스스로 잘 할 수 있는 일과 하고 싶은 일이 차이가 나기에 그것부터 바로 잡아야 하거든요."

후학이 다시 물었다.

"그럼 하고 싶은 일과 잘 할 수 있는 일과 평생 할 수 있는 일, 이 세 가지의 공통 분모를 만족하는 일을 찾는 것이 인생에서는 가장 중요한 것이네요. 그럼 진정으로 잘하고 만족하면서 평생 할 수 있는 일이겠네요."

선학이 대답을 했다.

"사람의 인생은 자신이 하는 일을 통해서 표현됩니다. 핵심적인 일이 있고 부수적인 일이 있습니다. 인생의 가치를 만들어 주는 것은 바로 핵심적인 일입니다. 그 일이 평생 살아가면서 이룬 성과로 평가를 받는 것이지요. 예술가가 평생 만들어낸 예술 작품으로 평가를 받고, 과학자는 평생 연구한 업적으로 평가를 받고, 기업가는 이룬 기업으로 평가를 받는 것입니다. 출발은 잘하고 하고 싶고 평생 할 수 있는 일에 달려 있습니다. 그런 일을 할 수 있다면 그 인생은 나쁜 인생이 아닙니다. 그러다가 좋은 성과를 이루면 그것으로 인정도 받고 죽어도 좋은 인물로 남는 것이지요."

후학이 물었다.

"그럼 그런 일은 어떻게 찾아야 하나요? 쉽게 찾아지지는 않을 것으로 보입니다. 많은 사람들이 갈등하는 것도 그런 부분인 것 같습니다. 진정으로 맞는 일인지 아닌지를 모르는 것이지요."

산학이 대답을 했다.

"정말로 자기의 마음속을 들여다 봐야 알 수가 있습니다. 어떤 일을 할 때 가장 자신이 흥분되고 열정적이 되고 최선을 다하는지 스스로 알 수 있습니다. 다만 그것을 알기 위해서는 다양한 시도를 해봐야 합니다. 한두 가지로 알 수 있는 것이 아닙니다. 다양한 시도를 통해서 스스로 걸러내야 합니다. 때로는 시도가 어려우면 그런 일을 하는 사람을 만나기도 하고 그런 사람들이 지은 책을 보기도 하면서 간접경험도 좋습니다. 분명한 것은 다양한 시도를 통해 자신이 가장 좋아하고 잘하는 것이 무엇인지 찾아야 하는 것이지요. 그런 것을 몇 가지 정하면 평생 할 수 있는 일이 무엇인지 정하는 것입니다. 그러면 보다 구체적이 됩니다. 그 시기는 늦어도 40살 전에만 결정하면 남은 인생을 의미 있게 보낼 수 있을 것입니다. 나이에 제약은 없지만 나름의 성과를 이루기 위해서는 40살 전에 다양한 시도를 통해서 찾아내는 것은 꼭 필요합니다. 그리고 그 일을 평생 해가면 되는 것이지요. 노력과 운이 따르면 좋은 성과를 낼 수도 있는 것이고요. 주어진 인생의 길이는 똑같습니다. 다만 그것을 어떻게 살아가도록 결정하는가에 따라 달라질 뿐입니다."

인생도 여행, 언제 끝나더라도,
찾고 봐야지

후학이 물었다.

"사람들은 왜 어디론가 떠나고 싶어 할까요? 본성적으로 떠나지 않으면 안 되는 것인가요?"

선학이 대답을 했다.

"떠나려고 하는 것은 인간의 본성입니다. 즉 자신을 찾아 떠나는 것으로 생각하지만 두 가지 의미로 떠나는 것입니다. 첫째는 자신의 새로운 짝을 찾기 위해서, 또 다른 의미로는 새로운 것을 찾아서 가는 것입니다. "

후학이 대답을 했다.

"새로운 짝을 찾으러 왜 여행을 가야 하나요?"

선학이 대답을 했다.

"과거 공동체 사회에서는 짝을 선택하는 데 제한이 있습니다. 즉 친족 결혼이 될 가능성이 높고 유전적으로 문제가 될 가능성이 높지요. 그래서 다른 공동체의 유전적 결합을 위해서는 여행을 통해서 짝을 찾아야 하는 것입니다."

후학이 대답을 했다.

"그렇군요. 그럼 왜 새로운 것을 찾아 가야 하나요?"

선학이 대답을 했다.

"그것은 자신의 기량을 높이기 위한 것입니다. 새로운 기술이든 학문이든 아니면 새로운 사람이든 이것들을 통해서 강력한 생존 능력을 향상 시키기 위해서입니다. 즉 과거 공동체의 유지란 내부적으로 가진 자원으로 유지되지 않는다는 것 때문에 항상 청년 시절에 공동체를 떠나서 새로운 세계의 문물을 받아들이는 그런 종족 유지 프로그램이 있었던 것입니다. 일정 정도 공동체와 떨어져 지내는 기간을 강제적으로 만든 것입니다. 그것이 일반적으로는 성년식으로 많이 표현되었지요."

후학이 다시 물었다.

"여행을 가서 제대로 된 목적을 이루려면 어떻게 해야 하나요?"

선학이 대답을 했다.

"떠나는 것은 도망가는 것도 그냥 쉬기 위해서 떠나는 것이 아닙니다. 여행은 일종의 고통입니다. 그 여행의 고통을 통해서 자신을 성숙시키는 것입니다. 쉬운 여행으로는 아무것도 얻을 수 없습니다. 여행을 통해 얻어지는 경험은 오히려 고통의 산물이고 그 결과로 공동체의 생존에 도움을 주는 것입니다. 그래서 먼저 고통을 받는 것에 주저함이 없어야 합니다. 즉 편안한 여행을 기대하면 안 되는 것입니다. 둘째로는 여행에서 끊임없이 무엇인가 찾아서 돌아다니는 것이 중요합니다. 여행에는 단순한 목적만 있는 것이 아닙니다. 기본 목적이 있다고 하더라도 끊임없이 찾아야 하는 것이지요."

후학이 물었다.

"이 두 가지만 지키면 여행을 효과적으로 할 수 있나요?"

선학이 대답을 했다.

"그리고 안전입니다. 항상 여행을 하면 안전의 문제가 발생합니다. 그 안전의 문제는 조절이 필요합니다. 너무 과감해도 그렇다고 너무 소극적이어도 안 되는 것이지요. 처음부터 과감하면 위험을 초래할 수 있으니 조절을 해야 합니다. 그게 안전의 출발입니다."

후학이 다시 물었다.

"여행은 많이 필요한 것이군요. 그런데 왜 사람들 중에는 여행을 떠나지 못하는 사람도 많습니다. 그런 사람들은 어떻게 해야 하나요?"

선학이 대답을 했다.

"여행을 떠나지 못하는 것은 불안감 때문입니다. 왜냐면 새로운 것을 받아들이기에 불안하기 때문입니다. 현재의 모습으로도 충분한데 새로운 불안감을 가지지 싫다는 것이지요. 그런 불안감이 여행을 가지 못하게 하는 것입니다. 하지만 인생도 여행입니다. 언제 시작해서 언제 끝날지 모르지만 항상 내일은 불안합니다. 그것을 즐길 수 있어야 여행을 할 수 있는 것입니다."

정치적 개념

마음 다스려, 옳고 그름 잡으니, 정치 잘하네

후학이 물었다.

"정치란 무엇입니까?"

선학이 대답을 했다.

"정치란 이름 그대로입니다. 바로잡는 것이지요."

후학이 물었다.

"바로 잡는다는 것은 무엇을 말하는 것입니까?"

선학이 대답을 했다.

"백성들의 마음을 바로잡는 것입니다. 백성들의 마음을 바로잡는 것이 바로 정치입니다."

후학이 물었다.

"모든 백성들의 마음을 정치하는 사람들이 조정을 할 수는 없는 것은 아닙니까?"

선학이 대답을 했다.

"모든 사람의 마음을 바로잡을 수는 없습니다. 때로는 과한 마음을 쳐내기도 하고 대로는 부족한 마음을 북돋우는 것입니다. 그래서 모든 사람들이 하나의 기준으로 생활하도록 만드는 것이 정치입니다. 완벽하게 같아질 수는 없지만 그런 방향으로 누구나 동의하며 나아가게 만드는 것입니다."

후학이 물었다.

"현실 정치는 그렇지 않지 않습니까? 힘이 강한 사람이 정치 권력을 쥐는 것이 현실이 아닙니까?"

선학이 대답을 했다.

"그렇지요. 힘이 강한 사람이 정치권력을 쥐지요. 그래서 바른 정치가 안 이루어지는 것입니다. 장치란 바른 정치를 말하는 것입니다."

후학이 물었다.

"바른 정치를 하려면 어떻게 해야 합니까?"

선학이 대답을 했다.

"바른 정치의 출발은 백성의 마음입니다. 그 마음이 모이고 바로 서는 것이 중요합니다. 백성들이 자신의 마음을 바로 세우기 위해서는 먼저 바로 아는 것이 중요합니다. 그래서 백성들의 마음이 바로 서는 언론과 교육이 가장 먼저입니다."

후학이 물었다.

"바른 정치를 하려면 언론과 교육이 바로 서는 것이 먼저네요. 그리고 나면 미래의 정치는 바로 선다는 것이네요. 그렇다면 현재의 정치는 어떻게 바로 세워야 합니까?"

선학이 대답을 했다.

"현실 정치를 바로 세우기 위해서는 경계심을 늦추지 말아야 합니다. 백성의 마음을 훔쳐가는 도둑들이 몰래 와서 가져가지 못하도록 경계심을 풀지 말이야 합니다. 제대로 된 이해와 분석이 선행되어야 하는 것입니다. 모든 정책이나 법은 경계심을 늦추지 않을 때 바로 세워집니다. 정치의 마지막 결과물이 정책이나 법입니다. 이것이 바로 설 수 있도록 경계심을 늦추지 않는 것이 최선입니다."

국민을 위해, 권한을 위임 받았네, 국가의 존재

후학이 물었다.

"요즘은 국가 권력 기관에 대해서 말이 많습니다. 국가란 무엇입니까?"

선학이 다시 물었다.

"국가가 왜 필요하지요?"

후학이 대답을 했다.

"국가가 있으니 어쩔 수 없지 않나요?"

선학이 다시 물었다.

"그럼 태평양의 섬들에 있는 부족에게도 국가가 존재하나요?"

후학이 대답했다.

"그렇기는 하지만 지금으로 보면 태어나면 국가는 있는 것이 아닌가요?"

선학이 대답을 했다.

"국가는 필요에 의해서 만들어진 것입니다. 즉 국민들의 필요에 의해서 만들어진 것입니다."

후학이 다시 물었다.

"그럼 그 필요라는 것이 무엇인가요?"

선학이 대답을 했다.

"국가가 필요한 이유는 국민들의 입장에서는 2가지의 필요성 때문에 존재하는 것입니다. 첫째가 안전이고 둘째가 공공이익 때문입니다. 안전이라는 것은 외부적인 침략에 대한 안전과 내부적인 파괴에 대한 안전을 의미합니다. 그리고 공공의 이익이란 개인의 이익에는 반할지 모르지만 장기적으로나 집단적으로 필요한 이익을 말하며 결국 개인에게도 일정 정도 돌아오는 이익을 말합니다. 쉽게 말하면 도로를 놓거나 소방서를 운영하거나 하는 것들입니다."

후학이 대답을 했다.

"그럼 이 두 가지를 국가로부터 국민이 보장 받으려면 무엇을 해야 하나요?"

선학이 대답을 했다.

"이 두 가지의 필요는 두 가지의 의무를 동반합니다. 그게 병역과 세금의 의무입니다."

후학이 대답을 했다.

"그럼 안전이나 공공이익의 필요성이 낮아지면 질수록 의무도 낮아질 수 있다는 것이네요?"

선학이 대답을 했다.

"그렇지요. 그래서 국가적인 위협이 줄어들면 병역의 의무가 줄어들고 공공의 이익을 위해 투자하는 공익사업이 줄어들면 세금이 줄어들어야 하는 것이 바른 것입니다."

후학이 다시 물었다.

"그런데 왜 국가 기관이 정의롭지 못한 일을 하는 것인가요? 공공성을 확보하면 되는 것 아닌가요?"

선학이 대답을 했다.

"국가 권력을 사유화시키면서 발생하는 문제입니다. 국가 권력의 핵심은 권한위임입니다. 국민은 대통령과 기관장 의원을 뽑아서 권한을 위임해 줍니다. 자신들이 위임 받은 권한의 범위 안에서 역할을 하는 것입니다. 그런데 권한을 위임 받았다기보다는 자신이 이 권한을 돈을 주고 샀거나 자신의 노력에 의해서 쟁취했다고 하는 순간 문제가 생기는 것입니다. 즉 사유화하기 시작하는 것이지요. 그러면서 모든 문제는 사적인 관점으로 진행이 되는 것입니다. 그렇게 되면 법이 필요가 없어지는 무정부 상태가 되는 것입니다. 즉 법의 정의가 사라지는 순간 무정부 상태로 변하는 것입니다. 그것이 부분적이라 하더라도 말입니다."

후학이 물었다.

"그럼 국가 권력기관이 문제가 생기는 것은 정부의 통제권이 강화되는 것이 아니라 무정부 상태로 변하는 것이란 말입니까?"

선학이 대답을 했다.

"그렇지요. 정부가 유지되는 것은 공공의 정의에 의해서 법적으로 유지되는 것입니다. 법적인 테두리를 벗어나 자신의 이익을 위해서 정부 권력을 사용하는 것은 법을 어기는 것이고 무정부 상태로 만드는 것입니다."

후학이 다시 물었다.

"만일 그런 일이 지속된다면 어떻게 해야 하나요?"

선학이 대답을 했다.

"권한 위임하는 절차인 선거를 통해서 바로 잡는 것입니다. 선거를 통해서 바로잡지 못하게 되면 그때는 더 큰 일이 일어나게 됩니다. 그것을 바로 잡을 방법이 없어질 때 혁명이 일어나는 것입니다."

후학이 다시 물었다.

"결국 국가 기관의 문제는 현재의 틀 안에서 보면 선거의 문제네요. 선거가 바로 된다면 그 문제를 줄일 수 있다는 것이네요. 선거로도 바로잡지 못하게 될 때 혁명이라는 과정이 일어나게 되는 것이군요."

선학이 대답을 했다.

"선거라는 의사표현이 제대로 이루어지지 않을 때 집약적으로 의사 표현하는 과정이 혁명이라는 과정입니다. 그렇기에 선거라는 과정만 제대로 이루어진다면 비록 지금은 문제가 된다고 하더라도 조금씩 개선이 되는 것입니다. 그래서 선거 과정이 중요합니다. 선거란 누구를 뽑는 것이 중요한 것이 아니라 국가 권력의 권한 위임 과정이기 때문에 사유화하지 않는 사람을 뽑는 것이 가장 중요합니다. 즉 인기나 재력이 있다거나 아니면 조직을 동원하는 능력이 있다고 뽑으면 그것은 결국 권력의 사유화를 부추기는 일입니다. 권력을 사유화하지 않을 때 국가는 바로 서는 것입니다. 국가는 단지 국민의 권한을 위임 받은 조직입니다. 그 필요성이 사라진다면 국가는 해체되는 것입니다."

민족이 달라, 같은 나라에서도,
서로 싸우네

후학이 물었다.

"민족이란 무엇입니까?"

선학이 다시 물었다.

"민족의 개념 정리는 무엇 때문에 필요한 것입니까?"

후학이 대답했다.

"많은 사람들이 민족을 위해서 목숨을 바친다고 합니다. 그런데 민족이
란 무엇입니까?"

선학이 대답을 했다.

"민족은 세 가지로 나눕니다. 혈연공통체인 민족과 말과 글과 같은 문화
공동체인 민족과 정신과 같은 역사 공동체인 민족으로 나눕니다."

후학이 다시 물었다.

"그러면 가장 강한 결속력을 가진 민족은 무엇입니까?"

선학이 대답을 했다.

"가장 강력한 민족 공동체는 혈연 공동체인 민족입니다. 그러나 대부분이 경우는 씨족과 부족으로 대체됩니다. 조금 더 확장된 개념의 민족인 문화공동체가 민족이라 말할 수 있습니다. 역사 공동체의 경우는 결속력이 가장 낮은 것으로 때로는 분리되기도 합니다."

후학이 다시 물었다.

"민족이란 것이 중요합니까? 현대를 살아가는데 꼭 민족의 정신이니 민족혼이니 하는 것이 필요한 것인가요?"

선학이 대답을 했다.

"민족의 개념은 항상 후차적인 개념입니다. 즉 민족이라는 개념을 지키지 못해서 차별을 받거나 박해를 받거나 할 때 발생되는 개념입니다. 즉 민족과 민족으로 구별되기 시작하는 순간 민족이란 개념이 중요해지는 것입니다. 민족은 인류라는 개념과 인종의 개념의 하위 개념으로서 민족이 존재하는 것입니다."

후학이 물었다.

"그럼 차별이 없는 경우라면 민족이라는 개념이 꼭 필요한 것은 아니네요?"

선학이 대답을 했다.

"그렇습니다. 차별이 없으면 민족이라는 개념은 존재해도 유용하지 않습니다. 그러나 어떤 국가나 사회든 차별이 존재합니다. 그 차별이 존재하는 한 민족이라는 개념은 유용합니다."

후학이 물었다.

"그럼 민족 정기를 지켜야 한다는 것은 무엇을 의미합니까?"

선학이 대답을 했다.

"민족 개념의 출발은 바로 구별 짓기에 달려 있습니다. 그러므로 민족 정기를 지킨다는 의미는 바로 민족을 구별 짓는 문화양식을 지킨다는 의미입니다. 만일 판소리나 민요 사물놀이를 잊어버리고 서양의 오케스트라를 연주하는 한국이라면 이미 민족의 정기를 상실한 것이지요. 그래서 가장 무서운 것이 구별 지을 수 있는 민족 문화를 상실하는 것입니다."

후학이 대답을 했다.

"그래서 일제 시대에 우리말을 없애려고 노력했군요. 우리말을 쓰는 순간 일본인으로 동화되지 못하니까 말입니다."

선학이 대답을 했다.

"그렇지요. 민족은 차별에 의해서 존재하는 개념입니다. 민족성이 강하면 결국 독립의지도 강합니다. 즉 차별 받을 때 독립하고자 하는 의지가 강하다는 뜻을 의미합니다. 차별이 존재하지 않는 한 국가 내의 민족은 독립의 의지가 약합니다. 최종적으로는 동화되어서 민족의 개념이 사라지는 것이지요."

후학이 물었다.

"그렇다면 민족의 개념이 꼭 필요한 것은 아니지 않습니까? 민족간의 차별이 없다면 꼭 민족의 개념을 지킬 의무는 없는 것이 아닌가요?"

선학이 대답을 했다.

"그렇습니다. 차별이 존재하지 않으면 민족의 개념은 약해집니다. 그러나 문화적 차이성은 언제나 존재합니다. 이런 문화적 차이는 문화의 다양성을 가지게 만들어 주는 것입니다. 차별이 존재하지 않으면 차이로 민족의 문화의 개념이 존재하는 것이지요. 그러면 민족 내에서의 문화는 불편함이나 이질감이 없이 유지되는 것입니다. 이 유지되는 문화가 차별이 존재할 때를 대비한 일종의 보호장치인 셈입니다. 그리고 문화의 다양성이 결국은 문화의 질적 향상을 이루는 것뿐 아니라 민족의 개념을 유지하는 것이 민족의 개념이 없이 동화되는 것보다는 미래가 있는 것이지요."

잘못된 권력, 출발은 권력 위임, 이제 바꿀 때

후학이 물었다.

"권력이란 게 그렇게 좋은가요? 무엇 때문에 사람들은 권력을 가지려고 그러는 것이지요?"

선학이 대답을 했다.

"권력의 본질적인 의미는 권한을 위임 받아 힘을 발휘하여 문제를 해결할 수 있다는 의미입니다. 즉 권한을 위임 받은 것이지요."

후학이 다시 물었다.

"현실은 그렇지 않지 않나요? 권력을 세습으로 인식하려고 하지 않나요?"

선학이 대답을 했다.

"역사상의 어떤 경우라도 권력은 위임 받은 권력입니다. 다만 권력을 위임 받은 자가 자신의 위임된 권력을 사용하여 자신의 권력의 원천이 위임이 아닌 신으로부터 부여받았다고 또는 조상들로부터 받았다고 주장함으로써 자신의 권력을 유지하려고 하는 것이지요."

후학이 다시 물었다.

"그렇다면 권력이 위임 받아 그렇다는 것을 왜 대중들은 모를까요? 아니 알더라도 그것을 왜 중요하게 생각하지 않나요?"

선학이 대답을 했다.

"지배 논리에 갇혀서 그런 것입니다. 지배 논리의 핵심은 바로 권력이 대중과는 관계 없는 것으로 만드는 것입니다. 즉 권력자들간의 투쟁으로 보이면 그 권력은 서로 나누어 먹기라고 하는 효과를 보이거든요. 올바른 권력이냐 아니냐보다는 저 중요한 문제가 권력의 출발이 바로 대중으로부터 출발해야 한다는 것이지요. 즉 권력자들이 가장 좋아하는 것은 바로 정치적 무관심입니다."

후학이 다시 물었다.

"하지만 모든 사람들이 권력을 좋아하고 따르고 때로는 권력의 보호를 받기를 원하지 않습니까? 이중적인 모습을 보이는 것 같은데요?"

선학이 대답을 했다.

"그렇지요. 얼마나 많은 사람들이 그럴까요? 그런 사람들은 결국 지배 권력의 하수인 역할을 하는 것입니다. 일반적인 대중들은 권력과는 무관하게 살아갑니다. 주어진 자신의 위치에서 살아가지만 그런 모습보다는 권력 지향적인 사람들은 권력을 자신의 발판으로 삼으려고 하기에 쫓아 다니는 것입니다. 즉 권력과는 또 다른 권력의 추종자를 만들어 내고 그들이 결국 권력을 유지하게 만들도록 훈련되고 조종되는 것이지요."

후학이 다시 물었다.

"만일 잘못된 권력이 있다면 그런 권력은 어떻게 해야 하나요?"

선학이 대답을 했다.

"잘못된 권력에는 여러 가지 성격을 가지고 있습니다. 총구에서 권력이 나온다고 믿는 권력도 있고, 군림하나 다스리지 않는다고 하는 권력도 있으며, 아무런 일도 할 필요가 없다고 느끼는 권력도 있으며, 권력이 자신의 것이라고 생각하여 권력을 이용해 개인적인 이익을 극대화시키기도 합니다. 이 잘못된 권력의 출발은 권력을 가지기 위해서 수단 방법을 안 가려야 하고 그 결과로 얻은 것이기에 그 만큼 보상을 받아야 한다는 의식이 깔려 있는 것입니다. 이런 권력은 항상 자신의 권력 유지에 초점이 맞추어져 있기에 권력의 위임이라는 것을 감추려고 합니다. 가장 중요한 것이 바로 권력의 위임이라 것을 대중들이 알아야 한다는 것입니다. 그게 제대로 훈련되지 못하면 항상 권력은 권력자의 손에 있을 수밖에 없습니다. 즉 민주주의 훈련이 필요한 것이지요."

후학이 다시 물었다.

"그렇게 민주주의 훈련이 되어도 결국 잘못된 권력을 바꿀 수 있는 힘은 없는 것 아닌가요?"

선학이 대답을 했다.

"출발은 권력의 위임에 대해서 대중들이 모두 제대로 아는 것입니다. 즉 자신의 권리를 알아간다는 의미이지요. 만일 자신의 권리를 알고 나니 잘못된 권력의 문제점이 보인다면 자신의 권리를 지키기 위해서 나름의 투쟁을 할 것입니다. 다만 이 투쟁 과정에서 어떤 전략과 전술이 필요한가 하는 것은 다른 문제입니다. 즉 이를 얼마나 효과적으로 대응하는가 하는 것은 새로운 문제인 것이지요. 그러기에 잘못된 권력을 바꾸는 문제는 주도 세력의 전략 전술의 문제입니다. 그런 세력이 제대로 역할을 하게 되면 가능한 것이지요."

후학이 다시 물었다.

"현실적으로 주도 세력이 어떻게 해야 권력을 바꿀 수 있나요?"

선학이 대답을 했다.

"주도 세력의 가장 중요한 문제도 바로 권력의 속성을 제대로 아는 것과 같습니다. 즉 변화의 의지 또한 위임 받았다는 사실을 인식하는 것이 출발입니다. 목적의 선함이 과정의 선하지 못함을 정당화시켜 주지는 않습니다. 민주주의의 기본을 주도 세력 또한 지킬 수 있어야 권력의 재대로 된 재구축이 가능한 것입니다. 그러기에 정치 세력의 기본은 바로 권력은 대중 즉 국민으로부터 나온다는 사실을 자각하는 것이 가장 중요하고 이런 원칙을 변화의 주도세력 스스로가 만들어내고 지켜야 합니다. 그러지 못하면 또 다른 잘못된 권력을 양산할 수도 있기 때문입니다. 그런 과정은 오래 걸릴 수 있지만 이 과정을 통해서 민주주의의 대중적 교육이 이루어지는 것입니다. 글자를 읽는 훈련을 한 사람은 그 글자를 읽는 것을 포기하지 못하듯이 민주주의를 이해하는 훈련을 받은 사람은 그 민주주의의 본질인 권력 위임에 대해서 포기하지 않습니다. 그것이 권력 변화의 출발입니다."

누구나 가진, 나름의 올바름에,
빛 바랜 정의

후학이 물었다.

"정의란 무엇입니까?"

선학이 대답을 했다.

"누구의 정의를 말하는 것입니까?"

후학이 대답했다.

"정의야 하나뿐인 것 아닙니다. 정의란 올바름이라 생각합니다."

선학이 물었다.

"누구의 올바름입니까?"

후학이 대답했다.

"누구란 무엇입니까?"

선학이 대답했다.

"누구란 개인이기도 하고 집단이기도 합니다. 개인에서 출발하여 가족, 회사, 민족, 국가, 종교 등등 다양하게 존재합니다. 그래서 누구의 정의인가가 가장 중요합니다."

후학이 물었다.

"그럼 개별 존재마다 정의가 다른가요?"

선학이 대답을 했다.

"개별 존재마다 정의는 다릅니다. 그래서 개별 정의마다 상충되는 부분에서 분쟁이 있는 것입니다. 한 개인의 정의와 국가의 정의는 다릅니다. 민족의 정의와 종교의 정의도 다릅니다."

후학이 물었다.

"그렇게 다르다면 어떻게 사회가 유지가 되나요?"

선학이 대답을 했다.

"정의란 힘있는 자의 선택입니다. 정의란 이름으로 힘있는 개별 존재가 자신을 정의롭게 만드는 것이지요. 그러므로 사회를 유지하는 그 근원은 힘에 있습니다. 경제적 논리든 군사적 논리든 말입니다."

후학이 물었다.

"그럼 진정한 의미의 정의란 없는 것이네요?"

선학이 대답을 했다.

"진정한 의미의 정의란 하나밖에 없습니다. 절대적인 것에 해당하는 것입니다. 즉 생명을 존중하는 것이 가장 기본이 되는 정의입니다."

후학이 대답을 했다.

"생명을 위협하는 어떤 것이라도 정의롭지 못한 것이네요?"

선학이 대답을 했다.

"생명은 무엇과도 바꿀 수 없는 정의입니다. 인간의 생명을 죽이는 어떤 정의도 그것은 정의 모습을 한 힘의 논리일 뿐입니다."

후학이 물었다.

"그럼 정의란 힘의 논리일 뿐이네요?"

선학이 대답을 했다.

"힘의 논리를 인정해야 정의를 인정할 수 있습니다. 힘의 논리를 부정하는 정의는 없습니다. 자연계에는 정의가 존재하지 않습니다. 단지 인간세계에만 존재합니다. 강자가 약자를 잡아먹는 것이 자연의 섭리입니다. 이것은 정의가 아니라 자연계의 질서입니다. 인간 사회에서 강자가 약자를 희생시키는 것을 정의롭지 못한다고 합니다. 그것은 정의 개념이 존재하기에 부정하는 것입니다. 그래서 항상 정의의 탈을 쓴 힘의 논리를 경계해야 합니다. 비록 그것을 인정할 수밖에 없다고 하더라도 다수의 정의를 존중하기도 하지만 소수의 정의도 이해하려고 하는 노력이 필요합니다. 절대적인 정의는 생명을 제외하고는 없으니까 말입니다."

사람은 같아, 비록 관습적으로,
차별하여도

후학이 물었다.

"평등이란 무엇입니까?"

선학이 다시 물었다.

"평등해야 하는 이유가 뭐지요? 인간은 태어나면서 같지를 않기 때문에 평등할 수가 없습니다."

후학이 다시 물었다.

"하지만 모든 사람들이 평등하기를 원하지 않습니까?"

선학이 대답을 했다.

"평등이란 단순히 원해서 이루어지는 것이 아닙니다. 평등은 두 가지 관점으로 보아야 합니다. 단순히 동일한 조건의 평등이란 있을 수가 없습니다. 인간은 태어날 때부터 불평등합니다. 신체적으로나 정신적으로 평등하다고 하는 것은 불가능합니다. 그러나 평등을 원하는 것은 기본적인 사회적 조건의 평등입니다. 즉 누구에게나 필요한 조건을 말하는 것이지요. 기본조건이지 이것이 최대치가 아닌 것이지요."

후학이 다시 물었다.

"그러면 기본조건이라는 것은 무엇으로 기준이 되는 것인가요?"

선학이 대답을 했다.

"기본적으로는 계급사회에서는 누구에게나 평등하지 않습니다. 즉 왕이 있는 나라는 다르다는 것을 말합니다. 그래서 예외가 있는 것이지요. 그렇지 않은 나라에서는 남자와 여자의 평등과 다시 계층적 평등이 중요해지는 것입니다. 이 평등의 기본 조건은 바로 동일한 룰이 적용되어야 한다는 것입니다. 룰이란 법이나 사회적 관습을 말하는 것입니다.

후학이 다시 물었다.

"동일한 룰이란 단순히 법만이 아니란 이야기네요?"

선학이 대답을 했다.

"법은 주권자의 합의 사항입니다. 하지만 사회적 관습은 다릅니다. 아무리 법으로 적용된다고 하더라도 사회적 관습으로 평등하게 대우를 하지 않으면 불평등해지는 것입니다. 법으로 보장되었다고 하여도 관습적으로 평등하게 대우하지 않으면 불평등해지는 것입니다."

후학이 물었다.

"그럼 법적인 불평등보다 더 무서운 것은 관습적인 불평등이겠네요?"

선학이 대답을 했다.

"그렇습니다. 남녀의 평등 문제도 사실 출발은 관습적인 문제가 더 많습니다. 사회적 제도보다는 관습적인 이유로 불평등을 만들어내는 것입니다. 그래서 관습적인 불평등이 해소되는 것이 바로 평등해지는 것입니다."

후학이 물었다.

"관습적인 불평등을 해소하는 가장 좋은 방법은 무엇인가요?"

선학이 대답을 했다.

"가장 좋은 방법은 어릴 적의 교육입니다. 어릴 때부터 교육을 받게 되면 많이 좋아집니다. 많은 평등주의자들은 어릴 적 환경 때문에 그렇게 되는 경우가 많습니다. 흑인인권운동에 참여한 백인들은 어릴 적에 같이 놀거나 만난 사람들이 차별을 받는 것을 보고 운동에 참여한 경우가 많지요. 그래서 어릴 때 누구나 같이 평등한 사람이라는 것을 깨닫는 게 가장 중요합니다."

후학이 다시 물었다.

"어릴 적에 교육은 구체적으로 무엇을 가르쳐야 하는 것이지요?"

선학이 대답을 했다.

"사람은 역할에 따라 차이가 있을 뿐이지 차별이 존재해서는 안 된다는 것을 가르쳐야 합니다. 부자와 가난한 것도 돈으로 판단하기보다는 진정한 가치가 무엇인지도 가르쳐야 하는 것입니다. 부자의 의미가 단순히 돈만을 가지고 있다고 하는 것이 아니라는 것도 말입니다. 많이 배우고 적게 배워서 차별이 된다는 것도 진정한 지혜와 지식의 차이를 가르쳐야 합니다. 그러니 어떻게 가르치냐에 따라 관습적 불평등은 차츰 해소가 되는 것입니다. 시간이 많이 걸리지만 가장 확실한 방법입니다."

절차와 결과, 제대로 되어야만,
공정하다네

후학이 물었다.

"공정하지 못한 권력의 집행이 많습니다. 왜 공정하지 못한 걸까요?"

선학이 다시 물었다.

"공정하지 못하다는 말은 무엇을 의미합니까?"

후학이 대답을 했다.

"공정하지 못한 것은 차별한다는 말이 아닌가요?"

선학이 대답을 했다.

"맞기는 합니다. 하지만 공정은 두 가지 의미로 다시 해석됩니다. 공정은 절차의 공정성과 결과의 공정성에 의해서 공정하냐 아니냐를 결정하는 것입니다. 차별과는 다른 의미입니다."

후학이 물었다.

"절차의 공정함이란 무엇인가요? 있는 그대로 진행하면 되는데 왜 절차의 공정함이 필요한 것인가요?"

선학이 대답을 했다.

"공정의 출발은 바로 절차의 공정함에서 비롯됩니다. 법에서도 소송법이 중요합니다. 바로 절차의 공정함 때문에 나타나는 것이지요. 즉 모든 사람에게 동일한 절차를 통해서 법을 집행하거나 취업을 하거나 진학을 하거나 아니면 세금을 부과하거나 해야 한다는 것입니다. 절차가 공정하게 되어 있지 않으면 거기서부터 공정함이 상실되는 것입니다. 그래서 먼저 절차의 공정함이 중요합니다. 만일 시험을 치는데 어떤 사람은 어디서부터 어디까지 시험 문제가 나올 것이라고 가르쳐 주고 시험을 치도록 하는 집단과 그렇지 못하고 범위를 가르쳐 주지 않고 시험을 치는 집단이 있다고 하면 결과 이전에 이미 절차의 공정함을 벗어난 것입니다. 그래서 공정의 출발은 바로 절차부터 시작됩니다."

후학이 다시 물었다.

"절차의 공정함이 중요하군요. 그럼 결과의 공정함이란 무엇인가요?"

선학이 대답을 했다.

"결과의 공정함이란 동일한 사항에 대해서는 동일한 판단을 받아야 한다는 것입니다. 즉 시험을 쳤는데 어떤 집단은 같은 문제를 맞추어도 3점을 주고 다른 집단은 5점을 준다면 그것을 결과의 공정함이 상실된 것입니다. 특히 재판의 판결을 할 때 만일 동일한 사건의 판결이 전혀 다르게 나타난다면 결과의 공정함이 상실된 것입니다. 그래서 결과의 공정함까지 이루어져야 공정하다고 할 수 있는 것입니다."

후학이 다시 물었다.

"생각보다 공정하게 한다는 것이 어렵군요. 절차와 결과의 공정함을 지키기 위해서 어떻게 해야 합니까? 단순히 공정해야 한다고 말하는 것으로는 부족할 것 같은데요?"

선학이 대답을 했다.

"공정하게 처리된다는 것은 단순한 행정적 사무적 절차이기는 하지만 그 속에는 두 가지의 문제가 있습니다. 먼저 공정함을 이루는 과정을 잘 모르는 경우입니다. 공정하다는 것이 무엇인지를 몰라서 사회적 관습에 따라 행동하는 경우에 해당합니다. 사회적 관습으로 문제가 없다고 하면 되는 것으로 착각하는 경우가 많습니다. 그래서 공정함에 대한 이해가 필요합니다. 정확한 이해에 의해서만 가능한 것입니다. 단순히 몇 명이 아니라 모든 사람이 공정에 대한 이해가 학습되고 훈련되어야 하는 것입니다. 둘째 문제는 바로 공정하지 못하게 되면 이익이 생기는 집단이 생기는 경우입니다. 즉 이익이 생기는 집단은 가능한 공정하지 못하게 만드는 것이고 이것은 자신의 이익과 일치하도록 유도하는 것입니다. 즉 공정성을 집행하는 기관이 권력자의 이해관계에 충실한 경우지요. 이런 경우는 생각보다 많이 있습니다. 이것이 쌓여서 부정부패가 만연하게 되는 것입니다."

후학이 다시 물었다.

"생각보다 공정하게 하기란 쉽지도 않고 이해관계자도 많아지는군요. 그렇다고 공정함을 포기할 수는 없으니 어떻게 해야 하나요?"

선학이 대답을 했다.

"공정함의 출발은 어릴 적부터의 교육과 훈련입니다. 공정함이 없으면 한두 개인의 문제가 아니라 사회적 문제이며 이것이 바로 최종적으로는 자신의 문제로 나타난다는 것을 인식해야 합니다. 즉 공해 문제와 비슷합니다. 공해를 일으키는 사람은 자신이 공해로 인한 손해보다는 이익이 크다고 봅니다. 하지만 사회적으로는 훨씬 큰 손해를 보는 것이지요. 그래서 공해 문제에 관해서 교육훈련도 하지만 최종적으로는 공해 문제를 일으키는 사람에 대해서는 사회적 손해 발생 비용 만큼을 물려야 하는 것입니다. 그래야 사회적 손실이 자신의 손실로 연결되는 것을 알게 되는 것입니다. 공정해야 한다는 문제도 같습니다. 공정하지 못해서 발생하는 개인의 피해는 결국 그 피해 만큼을 자신도 이후에는 지게 됩니다. 그런 공정함의 피해가 부메랑처럼 돌아온다는 사실을 교육해야 하는 것입니다. 부자나 권력자가 되게 교육하는 것보다 중요한 것이 바로 공정함에 대한 교육입니다."

갈등이 있어, 평화가 어려워도,
가능한 건 힘

후학이 물었다.

"평화란 무엇입니까?"

선학이 대답을 했다.

"평화는 갈등이 없는 것이지요."

후학이 대답을 했다.

"갈등이 없을 수는 없지 않습니까? 갈등이 없는 게 이상합니다. 평화는 갈등이 있어도 지켜져야 하는 것이 아닌가요?"

선학이 대답을 했다.

"맞습니다. 엄밀한 의미로는 갈등이 없는 곳에 평화가 있지요. 하지만 현실은 갈등이 없을 수 없습니다. 그래서 평화가 어려운 것입니다."

후학이 다시 물었다.

"갈등이 있는 곳에 평화가 유지되려고 하면 어떻게 해야 하나요?"

선학이 대답을 했다.

"갈등은 갈등의 주체가 있는 것입니다. 즉 갈등하는 주체끼리의 문제이지요. 국가 간의 갈등은 각 국가의 정부가 있을 것이고, 가족 간의 갈등은 가족 구성원 간의 갈등이 있는 것입니다. 그래서 주체가 어떤 모습을 취하는가에 따라 갈등의 양상은 달라집니다."

후학이 다시 물었다.

"갈등의 주체가 분명하면 어떻게 해야 평화가 유지되나요?"

선학이 대답을 했다.

"갈등이 있는 곳에 평화가 있기 위해서는 갈등을 누르는 힘이 있어야 합니다. 즉 갈등보다도 더 강한 힘이 존재를 할 때 그 갈등이 있어도 평화가 유지되는 것입니다."

후학이 다시 물었다.

"그 힘이라는 게 어떻게 되는 것인가요?"

선학이 대답을 했다.

"힘은 3가지로 구분됩니다. 첫째의 힘은 갈등 주체 간의 힘 중에 한 쪽이 일방적으로 강한 경우에 해당합니다. 즉 힘이 일방적으로 강하기에 약한 쪽이 갈등으로 인해 피해를 보더라도 참고 평화를 유지하는 경우에 해당합니다. 두 번째 경우는 힘의 균형에 의해서 서로가 갈등을 일으켜서 평화를 깨면 서로가 피해를 본다는 것을 분명히 알기에 힘의 균형을 유지하는 경우에 해당합니다. 세 번째 경우는 외부의 힘이 너무 강해서 당사자 간에는 어쩔 수 없이 평화를 유지하는 경우에 해당합니다. 즉 힘이 그 평화 유지의 바탕이 되는 것이지요."

후학이 다시 물었다.

"결국 힘이 있어야 평화가 유지된다는 것이네요. 만일 자신에게 없으면 외부의 힘을 빌려서라도 힘을 가져야 평화가 지켜진다는 것이네요?"

선학이 대답을 했다.

"맞습니다. 평화는 힘에 의해서 지켜지는 것이지 결코 명분이나 염원에 의해서 지켜지는 것이 아닙니다. 그래서 현명한 행동은 힘의 원천이 무엇인지 알고 준비하고 기르고 갈고 닦아야 하는 것입니다."

후학이 다시 물었다.

"그럼 힘은 어떻게 길러야 하는 것인가요?"

선학이 대답을 했다.

"힘은 3가지로 구분됩니다. 첫째의 힘은 정치적인 힘입니다. 이 정치적 힘은 바로 외교력이라고 표현됩니다. 두 번째 힘은 경제력입니다. 국가의 경제력 수준이 바로 힘이 되는 것입니다. 세 번째 힘은 문화적 힘입니다. 즉 문화적으로 얼마나 많은 영향력을 가지고 있는가 하는 것입니다. 문제는 하나만으로 그 힘이 되기보다는 상호 결합된 통합적인 힘을 의미합니다. 하지만 이 힘의 바탕에는 개인들이 있습니다. 즉 개인들의 능력에 의해서 이것이 총체적으로 발휘될 때 힘이 강력해지는 것입니다. 힘은 일종의 벡터 힘입니다. 방향이 있는 것이지요. 한 방향으로 모두가 함께 움직이면 힘이 배가 되지만 동일한 힘이라도 방향이 반대가 되면 오히려 힘이 분산되어 힘이 줄어드는 것과 같습니다. 그래서 힘을 극대화시키는 것은 바로 같은 목표로 같은 방향으로 움직일 때 강해지는 것입니다. 그래서 힘을 기르는 가장 좋은 방법은 같은 비전을 공유하는 것입니다. 서로가 신뢰하고 받으면서 같은 방향으로 나아갈 때 힘이 강해지는 것이고 이것이 평화를 지키는 힘이 됩니다."

자신의 뿌리, 조국의 이름으로,
바로 서야지

후학이 물었다.

"조국이 무엇입니까? 많은 사람들이 이에 의문을 가집니다. 조국이 무엇을 해주었는지 물어 보는 사람들이 많이 있습니다."

선학이 다시 물었다.

"조국과 국가는 어떤 차이가 있다고 생각하나요?"

후학이 대답을 했다.

"비슷한 것이 아닌가요? 조국이나 국가나 비슷하게 사용하는 것 같은데요?"

선학이 다시 물었다.

"그럼 이민을 간 사람에게는 한국은 조국인가요? 국가인가요?"

후학이 대답을 했다.

"조국이겠네요. 국가는 이미 자신이 시민권을 가지고 있는 국가이니 조국이라 해야겠네요."

선학이 대답을 했다.

"맞습니다. 조국의 의미는 조상들이 살아온 국가이고 자신이 태어나거나 부모가 태어난 곳이라 볼 수 있습니다."

후학이 다시 물었다.

"그럼 조국에 대해서 사람들이 조국을 위하여 무엇인가를 해야 한다는 것이 맞나요?"

선학이 대답을 했다.

"조국이란 엄밀하게는 이민간 사람에게는 조상의 국가이지 현재의 국가를 의미하지는 않습니다. 하지만 조국이란 자신의 뿌리 국가이고 이 뿌리가 튼튼하지 못하면 자신도 어디에도 바로 서기 어렵다는 의미를 포함합니다."

후학이 다시 물었다.

"그럼 조국에 문제가 있다는 것은 결국 자신의 뿌리에 문제가 있다는 것이네요?"

선학이 대답을 했다.

"자신을 지탱하는 기반입니다. 이민을 가든 다른 나라에 가서 살든 상관없이 조국에 문제가 생기면 조국을 기반으로 하여 지탱해온 자신의 뿌리에 문제가 생기는 것입니다. 현대는 다국적 국가가 대부분입니다. 즉 국제적으로 수없이 교류하고 왕래를 하기 때문에 자신이 거주하는 곳이 중요한 것이 아니라 자신의 조국이 더 중요합니다. 국가와 조국이 분리되지 않았던 시기에는 국가나 조국이나 같은 의미로 사용해도 무방했지만 이제는 다릅니다. 국가와 조국의 의미가 다르게 분화된 것입니다. 조국의 중요성이 더 중요해진 것이지요."

후학이 다시 물었다.

"그럼 조국이 무엇을 해주어야 하는가 하는 질문은 맞는 말인가요?"

선학이 대답을 했다.

"사실은 그 말은 맞지 않습니다. 조국은 무엇을 해 줄 수 있는 것이 아니라 조국을 만들고 구성하는 것은 바로 그 조국을 뿌리로 삼고 있는 사람들입니다. 하지만 이 질문에 담겨진 의미는 조국을 움직이는 위정자들에 대한 불만으로 봐야 합니다. 즉 조국의 위정자들이 무엇을 해 주었는가 또는 얼마나 제대로 정치를 해야 하는가 하는 질문인 것이지요."

후학이 다시 물었다.

"그럼 조국을 위해서 무엇을 해야 하는 것인가요? 실제 조국이라고 하지만 조국과 현실적으로 상관없이 사는 사람들이 많이 있습니다. 오히려 외면하고 싶은 경우도 많이 있고요."

선학이 대답을 했다.

"실제 외국에 나가 살아 보면 애국자가 된다고 합니다. 여기서 애국해야 하는 것은 바로 조국을 의미합니다. 즉 해외에 나가보면 그만큼 조국의 의미를 강하게 느낀다는 의미입니다. 조국이 바로 서지 못하면 그만큼 어려움을 겪게 된다는 것을 말해 주는 것입니다. 조국이 안좋아서 해외로 도망간다고 하여 그렇게 살수 있는 것이 아니라 조국의 모습을 끝까지 따라 다닙니다. 몇 세대를 지나 현지화되기 전까지는 그럴 수밖에 없습니다. 그러니 조국 모습은 바로 자신의 기반이 되는 것이지요. 한국에 살고 있더라도 해외로 나가면 바로 그렇게 되는 것이지요. 그러기에 조국이 제대로 바르게 서는 것이 가장 중요한 자신의 기반입니다."

후학이 다시 물었다.

"그럼 왜 한국의 정치를 외국에 이민간 사람들이 이야기를 하는지 알겠습니다. 그럼 국내에 살고 있는 사람들은 조국에 대해서 어떻게 행동해야 하나요? 절망스러운 순간에도 조국이 해 줄 수 있는 것이 있나요?"

선학이 대답을 했다.

"국가관을 바로 세우는 것이 중요합니다. 즉 국가관이라 국가의 중심이 국민에게 있고 그 국민의 의지에 따라서 국가가 운영 발전해야 한다는 의미입니다. 즉 민주주의를 실현할 수 있도록 만드는 것이 가장 핵심입니다. 그리고 그런 민주주의에 의한 발전이 이루어지는 그런 모습을 만들어 가야 하는 것이지요. 분열보다는 통일을, 부패보다는 청렴을, 독재보다는 민주를, 차별보다는 평등을 유지할 수 있도록 만들어야 하는 것이지요. 결국 국가의 주인이 누구여야 하는지를 명확히 해야 하고 그렇게 교육받고 실천해야 하는 것입니다. 바로 세운 국가관이 후세들에게도 중요하게 계승됩니다. 그래야 남부럽지 않은 조국을 후손들에게 물려 줄 수 있습니다. 조국의 모습은 바로 자신의 모습이 되는 것이지요."

후학이 다시 물었다.

"그럼 국가관이 바로 서면 좋은데 현실은 그렇지 못한 경우가 많습니다. 특히 편향되어 있는 경우도 많이 있고요. 그렇게 편향되어 있는 국가관에 대해서는 어떻게 해야 하나요?"

선학이 대답을 했다.

"국가관을 편향되지 않게 만드는 가장 좋은 방법은 경험의 공유입니다. 편향의 이유는 인간은 경험을 가장 중요하게 느낍니다. 자신이 경험한 것에 가장 큰 의미를 부여하는 것이지요. 서로의 경험들이 공유되면 객관적인 눈을 가지게 되는데 그렇게 하지 않지요. 그런 기간이 길어지면 편향으로 나타납니다. 지나고 좀더 넓은 시각으로 보면 아무것도 아니었던 문제들이 그때는 모든 것을 좌우할 만큼 큰 문제였던 것도 바로 경험의 교류가 없을 때 그런 일이 발생하기 쉽습니다. 사회적이든 학습과정이든 경험의 교류가 이루어지고 그것이 늦지 않는 시기에 공유되고 서로의 본질에 대한 이해가 높아지면 편향은 줄어듭니다. 조국은 버릴 수도 잊을 수도 없습니다. 마치 부모가 없이 태어나지도 당장 부모가 없다고 하여 그리워하지 않을 수도 없는 존재이듯이 조국도 그렇습니다. 그런 조국에 편향된 국가관은 결코 개인에게도 사회에도 도움이 되지 않습니다. 조국이 없으면 뿌리가 없는 것과 같습니다."

실행 안 하면, 안 되는 정책들을, 만들어야지

후학이 물었다.

"선거 때가 되면 정책에 대해서 많이 이야기 합니다. 정책은 무엇을 의미하나요?"

선학이 다시 물었다.

"정책에 대해서 무엇을 알고 싶은가요?"

후학이 대답을 했다.

"정책이 왜 필요한지 또는 정책은 그냥 만들어지는 것인지 아니면 정책을 만들고 안 지켜도 되는지 등등입니다. 실제로 잘 만드는 문제와 실행을 제대로 하는 문제는 달라 보이거든요."

선학이 대답을 했다.

"선거에서 만들어지는 정책에 대한 가장 출발이 되는 지점은 바로 자신이 뽑히고 나면 가장 하고 싶은 것이 무엇인가 하는 것입니다. 일종의 자신만의 운영 철학이 필요한 것이지요. 그것이 결정되어야 정책을 만들어 낼 수 있습니다. "

후학이 대답을 했다.

"실제로는 안 그런 것 같은데요? 정책은 국민들이 요구하는 사항을 반영한 것이 아닌가요? 그리고 그것을 일종의 정치적 형식을 갖춘 것을 정책이라고 하지 않나요?"

선학이 대답을 했다.

"거기서 문제가 생기는 것입니다. 자신이 하고 싶은 것과 국민이 원하는 것 사이의 차이가 존재합니다. 그러니 국민이 원하는 정책을 만들고도 뽑히고 나면 지키지 않는 것이지요. 지킬 수 없는 정책을 만들어 내는 것 자체가 잘못된 것입니다."

후학이 다시 물었다.

"그럼 자신이 실행할 수 있는 정책을 만들어 내면 다 지킬 수 있나요? 지키는 것도 있고 없는 것도 있을 것 같은데요?"

선학이 대답을 했다.

"분명 그런 부분도 있지요. 실행을 못하게 되는 이유 중 가장 큰 것이 예산과 이해관계자들의 조율문제입니다. 대부분 이 두 가지 이유로 실행이 어려운 것입니다. 어떤 후보든 자신이 하고 싶은 일에 대해서는 그 결과를 만들어 내고 싶어 하지요."

후학이 다시 물었다.

"예산은 이해가 되지만 이해관계자들의 조율은 무엇인가요?"

선학이 대답을 했다.

"어떤 정책을 펼치든 이해관계자가 존재합니다. 이익을 보는 사람들도 있고 손해를 보는 사람들도 있는 것입니다. 이런 충돌이 조정되어야 정책이 실행 될 수 있는 것입니다. 겉으로 보면 모두가 동의하는 정책으로 보이지만 실제 내용적으로는 이해관계자가 존재하고 그들 간에는 사전에 조율이 안 된 상태로 진행이 되는 순간 그 정책은 실패로 끝나게 됩니다."

후학이 다시 물었다.

"그럼 모든 정책은 이런 조율과정을 거치고 나서 실행이 되어야 하나요?"

선학이 대답을 했다.

"맞습니다. 그렇게 하지 못한 정책은 꼭 문제가 생기기 쉽습니다. 정책은 그런 조율을 거치고 실행된 정책이 오래 살아 남아서 사회를 바꾸어 줍니다. 그 후보가 임기가 끝내고 물러 나더라도 꾸준히 집행이 되는 것이지요."

후학이 다시 물었다.

"정책들도 정책 간의 충돌이 있는 것은 아닌가요? 그것으로 인해서 많은 혼란이 생기기도 하는 것처럼 보이거든요."

선학이 대답을 했다.

"정책들 간의 충돌은 많이 발생합니다. 그런 충돌의 원인은 이해관계자들의 요구 사항이 다르기 때문입니다. 결국 정책은 그 중에서도 이해 관계자들의 힘이 강한 쪽으로 정책이 결정되기 쉽습니다. 힘이 강하다는 것은 보다 많은 사람들이 혜택을 보든지 아니면 그 이해관계자의 권한이나 영향력이 크든지 하는 것이지요. 결국 이해관계자들의 조율이 이루어져야 그 정책적 충돌을 방지하고 실행을 할 수 있어지는 것입니다."

후학이 다시 물었다.

"그럼 사전에 이런 정책적 충돌을 방지할 수는 없는 것인가요?"

선학이 대답을 했다.

"잘 만들어진 정책일수록 이런 충돌이 적습니다. 정책들 간의 조율이 잘

되어 있는 것이지요. 국민들을 정확히 파악을 할 수 없지만 정책을 짜는 실무진들은 알고 있습니다. 하지만 여론에 밀려서나 아니면 이해관계자들의 요구에 의해서 정책이 짜여지기 시작하면 그런 충돌이 분명 존재하지만 그대로 정책 공약으로 발표가 되는 것입니다. 그래서 정책으로 실행되는 순간이 되면 문제가 발생합니다. 그런 정책들은 수없이 많이 있습니다. 그때는 당선된 후보들은 그것을 조율이 안 되었다고 하며 실행을 포기하기도 하는 것입니다. 좋은 정책이란 이런 충돌이 없이 실행될 수 있는 정책들만 모아둔 것이지 모든 것을 할 수 있다고 하는 정책은 사실 거짓말입니다. 그저 표를 얻기 위해서 일시적으로 보여주는 것에 지나지 않습니다."

후학이 다시 물었다.

"정책 선거라는 말도 그럼 문제가 될 수 있는 것이네요? 행하지 못할 좋은 정책을 내어 놓고 그것으로 정책 선거를 한다는 것은 무의미한 것이 아닌가요?"

선학이 대답을 했다.

"가장 중요한 이유는 정책에 대한 당선된 후보들에 대한 평가 절차가 없기 때문에 생기는 문제입니다. 뽑히고 나서 정책에 대한 실행 평가가 없으니 선거 때만 이야기 하고 그 후는 어찌되든 상관없다고 하는 것도 바로 평가하는 절차나 제재 방식이 없기 때문에 발생하는 것입니다. 좋은 정책도 필요하고 실행을 구체적으로 할 수 있는 정책도 필요하며 실행 후의 평가도 정확히 할 수 있는 절차가 필요한 것입니다. 정치는 결국 정책으로 말하는 것이고 실행으로 평가를 받는 것입니다. 실행할 수 없는 정책을 잘 만들었다고 한다면 그것부터 문제가 되는 것입니다. 한국의 정치는 정책을 기반해야 합니다. 그런 정책적 실행이 제대로 이루어질 때 정치가 발전하는 것입니다."

직접적으로, 보이지 않는다네,
투명한 폭력

후학이 물었다.

"폭력이란 게 어떤 것이 있는가요? 육체적 폭력만 있는 것이 아닌 것 같은데요?"

선학이 대답을 했다.

"폭력의 모습은 다양합니다. 하지만 원칙은 있습니다. 가해자가 있고 피해자가 있는 유무형의 정신적, 물리적, 사회적 억압을 폭력이라고 할 수 있습니다."

후학이 다시 물었다.

"가해자가 사람만 아니라는 이야기네요?"

선학이 대답을 했다.

"그렇습니다. 가해자는 조직이기도 하고 시스템이기도 하고 개인이기도 합니다."

후학이 다시 물었다.

"그런 그런 폭력과 개인적 폭력의 차이는 무엇인가요?"

선학이 대답을 했다.

"개인적 폭력의 출발은 감정의 표현이나 자신의 이익을 지키기 위해서 이루어지는 폭력입니다. 하지만 조직적 폭력은 감정의 문제가 아니라 조직의 이해관계에 철저하게 개입하여 이루어지는 폭력입니다. 개인으로 보면 누구인지는 알 수 없지만 이해관계로 뭉친 조직은 조직의 이익을 위해서 폭력을 행사하는 메커니즘을 만들어 낸 것입니다."

후학이 다시 물었다.

"조직의 리더도 있고 때로는 책임자가 있다면 이 책임자에 의한 개인적인 감정이 개입될 수는 없나요? 그런 것도 충분히 일어날 수 있는 일 같은데요?"

선학이 대답했다.

"그런 경우도 많지요. 하지만 본질은 조직의 이해관계입니다. 설사 일시적으로 조직의 책임자가 그런 폭력을 개인적 감정에 의해서 이루어진다고 하더라도 결국은 조직의 이해와 상반되면 오히려 조직의 책임자가 물러 나는 현상이 생깁니다. 그래서 본질적으로는 조직의 이해가 바로 폭력의 핵심이 되는 것이지요."

후학이 다시 물었다.

"왜 꼭 폭력을 써야만 그런 조직의 이익을 지킬 수 있나요? 안 쓰고도 가능할 것이라고 보여지는데요?"

선학이 대답을 했다.

"그러면 좋겠지만 폭력을 써야만 하는 경우는 바로 상호 협상이 되지 않는 일방적인 경우에 해당합니다. 즉 폭력을 사용하기 전 단계로 협상 단계가 있는 것이지요. 그 단계에서 일방적인 희생을 피해자에게 요구합니다.

그런 요구를 피해자가 받아들여지지 않을 때 폭력이 행사되는 것이지요."

후학이 다시 물었다.

"그렇구요. 폭력의 전 단계는 일방적인 협상의 단계가 있고 그 다음 단계에서 폭력이 행사되는군요. 그럼 이런 폭력을 줄이는 방법은 없는 것인가요? 가면 갈수록 그 강도가 심해질 것 같은 느낌이 드는데요?"

선학이 대답을 했다.

"사회가 어려워지면 질수록 폭력의 강도는 심해집니다. 자신의 이익을 지키려는 개인이나 조직은 폭력에 의해서 약자인 피해자로부터 자신의 이익을 갈취하려고 하기 때문입니다. 이런 갈등의 조정을 위해서 법이 있는 것입니다. 즉 법은 국민들의 합의된 권한이양입니다. 의사결정의 이양이기도 하고 힘의 사용에 대한 이양이기도 합니다. 적어도 법을 통해서 공정한 절차에 따라 이해관계가 조정되기를 원하는 것이지요. 하지만 법이 자신의 역할을 제대로 못하는 순간 폭력이 증가됩니다. 조직적 폭력이든 개인적인 폭력이든 말입니다. 법이 특정세력의 사유물로 전락하는 순간 그 사회는 폭력이 지배하는 사회가 되는 것이지요. 그런 사회는 독재라고 합니다. 즉 폭력에 의해 지배되는 독재 사회가 되는 것입니다. 즉 법이 제대로 역할을 할 수 있을 때 폭력의 빈도와 강도는 줄어 듭니다."

후학이 다시 물었다.

"폭력도 결국 법적인 틀 안에서 관리되어야 한다는 의미네요. 또한 법이 제대로 운용이 되려면 민주주의가 제대로 작동해야 하는 것이고요. 그런데 이런 연관관계를 잘 모르지 않나요? 실제 폭력을 당한 사람이 자신이 민주주의가 안 되어서 폭력의 희생자라고는 생각하지 않지 않나요?"

선학이 대답을 했다.

"사람들은 폭력의 피해자가 되면 직접 당한 것에만 이야기 합니다. 그러니 그 배후나 배경이 안 보이는 것이지요. 직접 당하면 누구인지가 명확해지니 항의나 대항할 대상이 생기는 것입니다. 하지만 폭력행사의 고도화가 이루어지면 항의할 대상이 없어집니다. 즉 누가 하는지도 모르는 폭력의 피해자가 양산되는 것입니다. 현대 사회는 투명한 폭력의 시대입니다. 보이지 않는 폭력에 피해자만 늘어 가는 것이지요. 직접 구체적인 대상으로부터 폭력을 행사 당해야 하는 시대는 지났습니다. 그래야 가해자들은 자신의 이익을 지속할 수 있기 때문에 숨는 방법을 철저하게 진화시켜 온 것입니다."

후학이 다시 물었다.

"그럼 어떻게 해야 하나요? 투명한 폭력에 계속 당해야 한다면 이익을 보는 소수를 제외한 나머지 사람들은 지속적인 폭력의 희생자가 되는 수밖에 없나요?"

선학이 대답을 했다.

"결국은 법을 통해야 하고 법은 정치적 타협이기 때문에 정치가 바로 서야 합니다. 민주주의는 다수의 타협에서 이루어지기에 타협을 통해서 모두가 만족할 수는 없지만 그래도 대다수가 폭력의 피해자가 되지 않게는 할 수 있습니다. 구체적으로 자신이 당하고 있는 폭력의 피해가 그 출발이 정치에 있다는 것 그리고 민주주의가 제대로 지켜지지 않아서 생긴다는 것을 알아야 합니다. 눈앞의 조그만 이익에 정치를 역행하게 하는 순간 그 결과는 자신이 안 받아도 그 가족이 받게 되어 있습니다. 정치가 바로 서지 않으면 폭력은 고도화되고 지속적으로 일어나게 됩니다. 결국은 최상위 1%를 제외한 모든 사람들이 피해자가 되는 사회가 됩니다. 이런 이유로 정치적 민주주의가 사회의 기본 바탕이기에 싫어도 더러워도 관심을 가지고 혁신해 가야 합니다. 그렇지 못하면 결국 그 피해를 보게 되어 있습니다."

내 일 아니면, 전쟁도 재미겠지,
협상의 부재

후학이 물었다.

"전쟁은 왜 일어나는 거지요? 그렇게 많은 사람들이 죽고 하는데도 전쟁이 일어나야 하는지 모르겠습니다."

선학이 대답을 했다.

"자기 문제로 보기보다는 사물화시켜서 보기 때문입니다."

후학이 물었다.

"그게 무슨 말이지요? 이해가 안 되네요?"

선학이 대답을 했다.

"예를 들면 이런 것입니다. 아이가 컴퓨터 게임을 하고 있어요. 이게 잘못된 것인가요?"

후학이 대답했다.

"잘못된 것은 아니지요."

선학이 다시 물었다.

"아이가 컴퓨터 게임을 하는데 총과 대포로 적과 싸우는 전쟁놀이 게임을 하고 있어요. 이게 잘못된 것인가요?

후학이 대답을 했다.

"아니요. 당연히 게임 하는데 무슨 문제가 되겠어요. 잘못된 것이 없다고 봅니다."

선학이 다시 물었다.

"아이가 컴퓨터 게임을 하는 대신에 실제 전쟁 놀이 게임을 한다면 잘못되었나요?"

후학이 대답을 했다.

"그야 당연히 잘못 되었지요. 아이가 실제 전쟁게임을 한다면 당연히 잘못 되었지요."

선학이 물었다.

"컴퓨터 게임과 실제 게임의 차이는 무엇인가요? 왜 컴퓨터 게임은 괜찮은데 실제 전쟁놀이는 나쁘다고 보는가요?"

후학이 대답을 했다.

"그야 컴퓨터는 가상이고 실제 전쟁 놀이는 실제 피해가 나타나는 것이 아닌가요?"

선학이 물었다.

"만일 자신에게 피해가 나타나지 않는다면 컴퓨터와 차이가 무엇일까요? 컴퓨터 속의 전쟁 놀이와 실제 피해가 오지 않는 전쟁 놀이는 얼마나 차이기 날까요? 게임이라고 하는 순간 직접적으로 자신에게 피해가 오지 않는 이상 그것은 사물화되는 것입니다. 즉 개인적인 감정이 이입되지 않지요. 다양한 이념이나 기술로 사물화시킴으로써 전쟁을 해도 죄의식을 느끼지 않게 되는 것입니다. 이렇게 되는 순간 전쟁을 지휘하는 사람들에게는 게임과 같은 것이 되는 것이지요. 즉 개인적인 감정이 없어지는 것입니다."

후학이 다시 물었다.

"그럼 전쟁을 이끌고 가는 사람은 전쟁 자체의 피해보다는 그냥 게임이라고 보는 것이네요. 누가 죽든 살든 상관없이 그 피해가 어떻게 되든 상관없어요?"

선학이 대답을 했다.

"전쟁은 전쟁을 일으키는 사람들의 게임입니다. 그 속에 죽어가는 군인과 민간인은 그저 게임의 도구에 불과하지요. 컴퓨터 게임이나 다를 것이 없습니다. 폭력의 정당성이란 실제 존재하지 않습니다. 방어적 폭력도 결국은 폭력입니다. 전쟁은 서로를 대상으로 한 게임으로 변한 것입니다. 이념도 있고 국가와 민족도 있지만 어떤 의미로 보면 그것은 허울입니다. 누군가의 이익을 위해서 이루어지는 병정놀이에 불과한 것이지요."

후학이 다시 물었다.

"그럼 누군가의 이익과 누군가의 게임으로 전쟁이 발생한다고 봐야 하는 것인가요?"

선학이 대답을 했다.

"그렇습니다. 전쟁의 본질은 바로 이익을 보는 집단의 게임입니다. 형태는 다양한 명분과 이념을 기반하고 있어 보이지만 그 속에는 결국 이익 집단 간의 대결입니다. 그런데 이런 이익집단은 끊임없이 만들어지고 힘을 확장하려고 하기 때문에 전쟁이 없어지지 않는 것입니다."

후학이 다시 물었다.

"그럼 막을 방법은 없나요? 전쟁을 막을 수 있는 방법이 있다면 당연히 막아야지요."

선학이 대답을 했다.

"전쟁은 상대적입니다. 한쪽이 총과 칼을 들면 상대도 들게 되어 있고 한쪽이 총과 칼을 내려 놓고 협상을 하면 다른 쪽도 내려놓는 것이 이치입니다. 즉 전쟁을 통한 방식이 아니라 협상을 통해서 충분히 전쟁을 막을 수 있지요. 그러기 위해서는 이익집단의 서로의 양보가 필요합니다. 그래서 군인이든 국민이든 이들 이익집단의 달성하려는 목적이 무엇인지 정확히 아는 것이 중요합니다. 그리고 그들이 대표자가 되지 못하게 만드는 과정도 필요하고요. 결국 전쟁은 협상의 힘을 가지 사람들이 막아냅니다. 그들이 없으면 전쟁이 나는 것이지요. 전쟁은 필연적인 것이 아니라 협상력의 부재로 생기는 것입니다. 그런 국제적인 장치가 필요합니다. 누구든 전쟁의 위협을 받을 만큼 되어서도 안 되고 전쟁을 일으키지 않으면 안 되는 상황이 되어서도 안 됩니다. 그래서 항상 잘 먹고 잘살게 되면 전쟁은 줄어 듭니다. 그럴 이유가 없어지는 것이지요. 전쟁은 충분히 막을 수 있습니다. 경제적인 안정과 협상력만 제대로 존재하면 말입니다."

후학이 물었다.

"그럼 전쟁도 충분히 막을 수 있는데 그런 것에 길들여진 사람들을 어떻게 해야 하나요?"

선학이 대답을 했다.

"전쟁은 인간 욕망의 산물이라고 하지만 그것은 개별적인 현상을 일반화 시켜서 누구나 그런 욕망이 있는 것처럼 이야기 합니다. 하지만 그렇지 않습니다. 전쟁의 논리를 설득하기 위한 장치에 불과하지요. 하지만 전쟁놀이 속에 키워진 사람은 그런 논리를 자신의 정당성을 확보하기 위해서 사용합니다. 즉 경험과 교육에 의해서 비롯된 것이고 그것에 이익 집단의 이기심이 발동한 것이지요. 그래서 처음부터 전쟁 자체의 경험이나 교육이 필요 없는 것입니다. 현실과 게임화된 가상세계의 구분이 없어지면 더 심각한 문제가 생깁니다. 가능하면 이런 가상이든 현실이든 전쟁 경험이 없는 것이 중요합니다. 어릴 때부터 전쟁 놀이는 없애 주는 것이 좋습니다. 그래야 미래에도 그런 일을 하지 않게 되지요."

사회적 안정, 출발은 생존권과, 이성적 행동

후학이 물었다.

"이성이 무엇이지요? 이성이 있으면 저렇게 하지 않을 것인데 왜 그런지 모르겠다고 하는데 그때 이성이란 무엇을 말하는 것인가요?"

선학이 대답을 했다.

"이때의 이성은 본성에 대해서 대응하는 개념으로 이야기 하는 것입니다. 이성은 합리적 판단을 하는 인간의 사고를 말하는 것이고, 본성은 동물적 본능에 근거하여 자기 방어 본능을 가지고 행동하는 것을 의미합니다. 즉 이성이 없이 본능만으로 움직인다는 것은 동물과 다르지 않다는 것이지요."

후학이 다시 물었다.

"그럼 이성을 가지고 있지 않다면 동물과 비슷한 행동을 하는 것이란 말인가요?"

선학이 대답을 했다.

"그렇지요. 이성을 가지고 있지 않은 사람은 동물과 다르지 않지요. 즉 본능적인 행동만 하게 된다는 의미이니까요."

후학이 다시 물었다.

"그럼 이성적인 행동을 하기 위해서는 배워야 하는 것이 아닌가요? 배운 사람만 이성적인 행동을 하는 것으로 판단해야 하나요?"

선학이 대답을 했다.

"아닙니다. 이성적인 행동을 하는 것은 많이 배웠는가 하는 것이 아닙니다. 이성적 행동의 출발은 바로 사회적 약속을 지킬 수 있는가 없는가 하는 것입니다. 즉 어른을 공경하고 어린 아이를 보살피고 부모에게 효도하고 나라와 민족을 위해서 충성하는 이와 같은 사회적 약속을 지킬 수 있는가 하는 것을 의미합니다. 많이 배운 것과는 상관 없습니다."

후학이 다시 물었다.

"그럼 많이 배운 사람이라고 무조건 이성적인 행동을 하는 것은 아니네요?"

선학이 대답을 했다.

"맞습니다. 배웠다고 하여 이성적인 행동을 하는 것이 아닙니다. 오히려 배우고도 이성적이지 못한 행동을 하는 경우도 많습니다. 필요에 따라 이성적인 행동을 하거나 본능적인 행동을 하기 시작하는 순간 문제가 됩니다. 분명 본능적인 행동을 할 수 있습니다. 하지만 사회적 약속을 본능적으로 대응할 경우 문제가 되는 것입니다."

후학이 다시 물었다.

"그럼 이성적인 사람이라 하더라도 항상 이성적인 행동만 하는 것이 아닐 수 있네요?"

선학이 대답을 했다.

"이성적인 사람이라 하여도 모든 부분에서 이성적으로 행동하지 않습니다. 그렇다고 하여 본성적으로 움직이는 사람이라고 하여도 이성적인 행동을 아예 하지 않는 것도 아닙니다. 그 기준이 되는 것은 바로 사회적 약속사항에 대해서 이성적으로 행동하는가 안 하는가에 달린 문제입니다. 즉사회적 약속에 따른 이성적 행동 요구를 제대로 지키는가 지키지 않는가에 달린 문제입니다."

후학이 다시 물었다.

"그럼 사회적 약속이라는 게 무엇인가요? 그것에 따라서 이성적 행동인지 아닌지 판단이 되는 것이군요."

선학이 대답을 했다.

"사회적 약속의 대표적인 것이 바로 법과 예절입니다. 또는 절차라는 것도 해당됩니다. 이런 것을 지켜낼 때 이성적 행동으로 판단할 수 있습니다. 이성적 행동이 요구되는 이유는 바로 공존의 문제이기 때문입니다. 이성적행동이 없으면 사회는 파괴되고 인간으로서 공동체를 유지하고 살아가는데 심각한 사회적 문제가 발생합니다. 그러기에 이성적 행동에 대한 중요성이 강조되는 것입니다."

후학이 다시 물었다.

"이성적인 행동을 하지 않아서 문제가 된다면 제재할 방법은 있어야 하는 것은 아닌가요?"

선학이 대답을 했다.

"이성적이지 못한 행동에 대한 사회적 제재는 격리조치입니다. 즉 사회적 관계를 맺지 못하도록 하는 것이지요. 그렇게 함으로써 사회에 대한 이성적이지 못한 행동들을 막아내는 것입니다. 사회 속에서 이성적이지 못한 모든 행동들에 대해서 그렇게 할 수는 없습니다. 이성적인 행동을 할 수 있도록 유도하는 사회적 교육이나 윤리 교육이 필요합니다. 그렇지 못하면 결국 사회는 병들어 가고 심각한 사회 문제가 생기는 것이지요. 본능적으로 행동하도록 만들어지는 사회적 시스템이 문제 되기도 합니다. 굶어 죽는 사람에게 이성적으로 행동하라고 하는 것은 한계가 있습니다. 그러기에 이성적인 행동도 결국 사회적 시스템의 안정과 연결되어 있습니다. 먼저 이성적인 행동의 출발을 정확히 하는 것도 중요한 과제입니다. 사회적 안정 장치 즉 생존권이 결국 이성적인 행동을 유도하는 것입니다."

인간다움은, 작은 실천을 통해, 이루어가지

후학이 물었다.

"인간다움이라는 것은 무엇입니까?"

선학이 다시 물었다.

"인간의 특징을 말하는 것인가요? 아니면 동물과 다른 것을 의미하나요?"

후학이 대답을 했다.

"먼저 동물과 다른 측면이 무엇인가요?"

선학이 대답을 했다.

"동물과 인간의 다른 점은 3가지로 볼 수 있습니다. 먼저 도구의 사용입니다. 도구를 사용하여 무엇인가 하는 생명체는 인간과 몇몇 동물밖에 없습니다. 그리고 사회를 구성하는 것도 특징인데 이것도 동물 중에 몇몇이 안됩니다. 사회를 구성하는 이유는 바로 집단을 구성하여 외부 세력에 대한 대항력을 만들기 위해서 만들어진 것입니다. 마지막으로 학습하는 능력을 가진 것도 동물과는 다른 특징입니다. 학습을 하면서 지식을 후대에 전해 주면서 지식의 축적이 인간사회의 발달에 지대한 영향을 만들어 낸 것입니다. 이 세 가지로 인해서 동물 중 가장 많은 진화를 이루어내고 자연을 지배하는 가장 강력한 종이 되었습니다."

후학이 다시 물었다.

"그러면 이런 인간의 특징 중 가장 중요한 것은 무엇인가요?"

선학이 대답을 했다.

"학습 능력입니다. 다른 말로는 정보의 축적이나 지식의 전승 능력을 말하는 것입니다. 학습이란 단순히 공부하는 것이 아니라 그것이 체계적으로 전승되는 사회적 시스템이기에 중요합니다. 학습이란 단순히 지식을 전해 주는 것이 아니라 바로 지식의 사회적 활용인 지혜를 전승시키는 과정입니다. 그러하기에 학습 능력은 인간을 인간답게 만들어 주는 가장 중요한 점입니다. 학습하는 과정을 통해서 인간이 발전하는 것입니다."

후학이 다시 물었다.

"학습하지 않는 인간은 그럼 뒤처지나요?"

선학이 대답했다.

"사회를 이끌어 가는 사람의 특징은 바로 학습하는 인간입니다. 학습하는 방법은 두 가지로 나뉘어집니다. 첫째는 광의로 학습하는 것입니다. 즉 다양한 분야를 서로 연관시켜 가면서 학습하는 것으로 이것을 통해서 많은 다양한 경험을 가지게 되는 것이지요. 이 과정을 통해서 정보의 연관성이 커지고 정보 획득이 가능해지는 것입니다. 둘째는 집중하여 학습하는 것입니다. 이 학습을 통해서 문제를 해결하는 능력을 기르는 것입니다. 이 문제 해결 능력은 문제의 본질을 파악하고 관련 정보를 하나로 집중하면서 해결책을 찾아 가는 과정이라 꼭 필요한 과정입니다. 광의의 학습과는 다른 집중학습이 필요한 이유도 문제 해결을 위해서입니다. 그러기에 이 두 가지의 학습을 꾸준히 한 사람에 의해서 사회가 나아가야 할 방향이 잡히고 발전하게 되는 것입니다. 당연히 학습하지 않으면 뒤처지지요."

후학이 대답을 했다.

"그렇군요. 학습이 바로 인간다움을 완성하는 방법이군요. 그럼 인간답게 산다는 것은 무엇을 의미하나요?"

선학이 대답을 했다.

"인간다움이란 근본이 되는 것을 지키는 것입니다. 바로 올바른 것과 그른 것을 구분하고 올바른 것은 실행하며 그른 것은 막아야 하는 것입니다. 이 과정이 인간다움을 완성하는 것입니다. 올바른 것이란 두 가지로 나뉘어집니다. 사회적인 것과 개인적인 것으로 나뉘어지는 것이지요. 사회적인 것의 기준은 바로 사회를 보다 좋게 만들어 가는 방향이냐 아니냐에 따라 구분이 되고 개인적인 것은 개인에게 이로운 방향이냐 아니냐로 구분하면 됩니다. 사회적으로 이로운 것은 개인에게도 이롭지만 개인에게 이롭다고 하는 모든 것이 사회적으로 이로운 것은 아닙니다. 그래서 항상 이에 대한 갈등이 있지요. 그때는 사회적으로 이롭다고 하는 방향이 인간의 발전을 가져온 원동력이 되었습니다. 이와 같이 한다면 자연스럽게 인간답게 살아가는 방법이 정립되는 것이지요."

후학이 다시 물었다.

"결국 알더라도 실천이 문제네요. 실천을 하지 못하면 결국 인간다움을 실현하지 못한다는 뜻이 되는군요. 어떻게 하면 인간다움을 실천하는데 도움이 될 수 있을까요?"

선학이 대답을 했다.

"사실 실천이란 게 쉽지는 않습니다. 누구나 알고 있는 가장 중요한 원칙 하나도 제대로 지키기 어려우니까요. 거짓말을 하면 안 된다는 것은 누구나 알지만 실제 생활 속에 지켜내기란 쉽지 않습니다. 그러나 실천의 가장 중요한 방법은 바로 습관으로 만드는 것입니다. 즉 규칙적으로 하는 것이지요. 규칙은 작지만 그렇게 해가면서 하나씩 쌓아가는 것입니다. 처음에는 작게 시작하고 하나씩 하나씩 쌓아가는 것입니다. 높은 산은 올라가는 것은 바로 한 발 한 발 올라가야 하는 것과 같습니다. 그래서 너무 큰 실천이나 명분은 오히려 그 일을 제대로 수행하지 못할 가능성이 높습니다. 실패하고 나면 다시 시도를 하는 것도 어려워지기 때문입니다. 내 앞에 있는 작은 실천이 바로 인간다움을 만들어 내는 한발을 내딛는 것과 같습니다."

리더의 조건, 자신의 스타일을, 알아야 하지

후학이 물었다.

"리더는 어떤 사람입니까?"

선학이 다시 물었다.

"리더의 스타일을 하나로만 생각하나요?"

후학이 다시 대답을 했다.

"좋은 리더는 어느 정도 정해진 것이 아닌가요? 대통령이 하나이듯이 리더도 하나여야 하는 것 같은데요?"

선학이 대답을 했다.

"리더는 하나의 모습으로 존재하지 않습니다. 어떤 조직을 가더라도 4가지 스타일의 리더가 존재합니다. 리더들 끼리의 어느 정도 합의에 의해서 하나의 리더가 겉으로 드러나는 것입니다. 리더는 네 가지의 리더가 존재합니다. 첫 번째 리더는 상징형 리더로 보통은 우리가 겉으로 보는 리더라고 생각하는 것입니다. 항상 대표성을 가지기 때문에 이를 보고 리더라고 하지요. 하지만 이 리더 하나만으로는 조직을 이끌 수가 없습니다. 두 번째 리더는 의사결정형 리더입니다. 중요한 의사결정을 하는 과정에 깊이 관여하는 리더입니다. 어쩌면 상징적 리더의 최고의 참모이기도 하지만 꼭 그런 것은 아닙니다. 세 번째 리더는 공감형 리더입니다. 이 공감형 리더는 정서적인 문제를 해결하는 리더로 주로 연장자가 그 역할을 합니다. 즉 누구나 공감하고 하나의 목표를 가질 수 있도록 서로의 감정을 결합시키는 역할을 하는 것입니다. 마지막으로 중요한 리더는 행동형 리더입니다. 문제가 부딪칠 때 그것을 돌파해 나가는 리더입니다. 이런 리더가 있을 때 위험이 닥쳐도 해결해 나갈 수 있는 것입니다. 리더란 개인이 아니라 바로 리더 집단을 의미합니다."

후학이 다시 물었다.

"그럼 이들 리더 간의 갈등은 존재하지 않나요?"

선학이 대답을 했다.

"존재합니다. 그러나 리더가 자신들의 지위나 성과를 유지하고 높이기 위해서는 혼자만으로는 되지 않는다는 것을 누구보다도 잘 알고 있습니다. 그러기에 자신들의 역할을 정확히 나누어서 조직화시키는 조직은 오래가고 성장하지만 한 두 개인이 자신의 목적만을 조직을 리더해 나갈 때 조직은 무너지게 되는 것입니다. 그러기에 리더쉽이 부족한 집단은 바로 이런 리더들의 역할 분담이나 구성이 제대로 되어 있지 못해서 그런 것입니다."

후학이 다시 물었다.

"그럼 정부나 정당의 리더쉽 부재나 권력의 누수도 이런 요인과 관계가 있나요?"

선학이 대답했다.

"맞습니다, 정부나 정당의 주요 리더들의 역할 분담이나 조직화가 문제가 되면 아무리 대통령이나 당 대표가 있다고 하더라도 조직이 힘을 제대로 발휘를 하지 못하는 것입니다. 그러기에 항상 조직은 조직의 리더들의 상호 존중이나 역할 분담에 의해서 결정되는 것입니다. 그러기에 혼자 잘난 리더는 없습니다. 함께 이룬 리더만이 오래가고 변하지 않는 리더가 되는 것입니다."

후학이 다시 물었다.

"그럼 리더가 되고 싶은 사람은 어떻게 해야 하나요?"

선학이 대답을 했다.

"먼저 자신이 어떤 리더 스타일 인지를 먼저 알아야 합니다. 리더쉽 스타일은 자신의 성향과 관련이 깊습니다. 자신이 맞는 리더쉽 스타일을 알고 나면 조직 내에서 어떤 역할을 해야 할 것인지가 결정되는 것입니다. 그러고 나면 자신과 함께 리더쉽을 발휘할 수 있는 리더들의 조직화가 이루어져야 하고 그러고 나면 자연스럽게 리더 집단에 소속이 되는 것입니다. 그러기에 리더가 되기 위해서는 가자 먼저 자신이 어떤 스타일의 리더가 될 것인지를 결정해야 합니다. 무조건 하고 싶다고 되는 것이 아니라 자신의 스타일을 먼저 파악하는 것이 중요합니다."

의지 다른 면, 누구나 갖고 싶지, 투명한 용기

후학이 물었다.

"용기가 무엇입니까?"

선학이 대답했다.

"용기가 왜 필요하지요?"

후학이 대답했다.

"하고 싶은 일을 할 수 있으니까요?"

선학이 대답했다.

"용기만 가지면 무엇이든 할 수 있나요?"

후학이 대답했다.

"모든 것에 그럴 수는 없지만 용기가 있으면 그래도 하지 못한 일들을 할 수 있지 않을까요?"

선학이 대답했다.

"용기는 하고자 하는 욕망이 아닙니다. 용기는 의지의 다른 표현입니다.

즉 자신이 해야 할 일을 뜻을 세워 진행하는 것입니다."

후학이 물었다.

"그럼 용기와 의지는 같은 말이겠네요?"

선학이 대답을 했다.

"용기는 적극적 의미라면 의지는 소극적 의미입니다. 부패한 관리를 보고 부패함을 지적하여 사임시키는 것은 용기가 있는 것이고 그 부패함을 보고 다음 선거에 뽑지 않는 것은 의지입니다. 즉 동일한 결과를 나타내지만 대응하는 방법이 다른 것입니다."

후학이 물었다.

"용기가 중요하나요? 의지가 중요하나요?"

선학이 대답을 했다.

"모든 용기는 의지를 기반하고 있습니다. 즉 용기가 의지와 상관없이 보여지는 것은 만용입니다. 자신의 의지가 없이 단순히 보여주기 위해서 행하는 모습 즉 가짜 용기가 만용인 것입니다."

후학이 물었다.

"그럼 진정한 용기는 무엇인가요?"

선학이 대답을 했다.

"진정한 용기가 되기 위해서는 두 가지가 필요합니다. 하나는 포기하지 않는 의지입니다. 즉 부정한 상황을 바로 잡으려거나 정의롭지 못한 상황을 바꾸려 할 때 끝까지 포기하지 않는 의지가 먼저 있어야 합니다. 어떤 사람이 부정한 것을 지적하고 감옥에 갔습니다. 그러나 감옥에 나오지 마자 다시 감옥에 간 사실까지 알리면서 부정한 것을 지적하자 또 감옥에 갔습니다. 여러 번 이 과정을 반복했기에 결국 그 사람은 자신이 목적하는 부정을 바로 잡을 수 있었습니다. 즉 포기하지 않는 의지가 먼저입니다. 둘째는 현실성이 있어야 합니다. 이 말은 바로 보고 바로 표현해야 한다는 것입니다. 근거가 없는 사실을 의지를 가졌다고 추진하는 것은 하면 안됩니다. 사실에 근거한 것이어야 한다는 것입니다. 진정한 용기는 생각보다 가지기 어렵습니다. 너무나도 많은 용기가 진정한 용기라며 난무하고 있지요. 많은 경우 만용입니다."

진정한 용기, 결과를 책임져야,
그래야 용기

후학이 물었다.

"많은 사람들이 용기를 가지기를 원합니다. 무슨 일이든 하기 위해서는 용기가 필요한 것이라 생각하거든요."

선학이 대답을 했다.

"용기는 어디서 오는 것일까요?"

후학이 대답을 했다.

"마음 먹기에 달린 것이라고 봅니다. 마음을 어떻게 먹는가에 따라서 달라지는 것이라 봅니다."

선학이 다시 물었다.

"마음 먹기란 무얼 의미합니까?"

후학이 대답을 했다.

"마음먹기야 자신이 용기를 가지고 새롭게 마음을 먹는 것을 의미하는 것 아닙니까?"

선학이 다시 물었다.

"용기를 가지기 위해서 마음을 먹어야 하는데 그냥 마음을 먹는다고 하여 용기가 생길까요?"

후학이 대답을 했다.

"음... 마음을 먹기 위해서 무엇을 알아야 하나요?"

선학이 대답을 했다.

"마음을 먹기 위해서 필요한 가장 중요한 것은 정확한 사실 분석입니다."

후학이 다시 물었다.

"용기를 가지려고 하는 사람들은 사실 파악을 하지 않나요?"

선학이 대답을 했다.

"용기를 가지려고 하는 사람은 단순히 용기를 가지려고 마음을 다지려 합니다. 그러나 그게 중요한 것이 아니라 사실 관계를 정확히 확인하는 것이 중요합니다. 그러고 나면 용기 어느 부분에서 용기가 필요한지를 확인할 수가 있습니다."

후학이 다시 물었다.

"사실 관계를 확인한다고 용기가 생기나요?"

선학이 대답을 했다.

"용기는 책임의 문제입니다. 그 용기를 내어서 행동한 것에 책임이 지워지는데 그 책임이 자신이 강담할 수 있다고 하면 용기가 생기는 것이지요. 그래서 용기의 다른 말은 책임인 것입니다."

후학이 다시 물었다.

"마음을 다짐해야 하는 것도 결국은 책임을 지겠다는 의미이네요."

선학이 대답을 했다.

"맞습니다. 용기는 바로 책임을 지겠다는 것입니다. 그러면 불의에 대해서도 곤란한 환경에서도 때로는 폭력 앞에서도 맞설 수 있는 것입니다. 그러기에 상황 판단의 핵심은 바로 용기를 내어서 할 경우에 무엇을 책임져야 하는지를 정확히 아는 것입니다. 그러면 감당할 수 있는 범위에서 책임을 지는 것입니다. 만용이란 바로 책임을 질 수 없는 것에 용기를 내는 것을 말하는 것입니다."

후학이 다시 물었다.

"용기를 내고 책임을 지면 일이 이루어지나요? 용기를 내어 한 일에 문제가 생기면 오히려 용기를 내는 것보다 못한 경우가 많을 것 같은데요."

선학이 대답을 했다.

"진정한 용기는 포기하지 않는 것입니다. 한 번의 실수나 실패를 책임을 진다고 하여 용기를 내고 말았다고 하는 것은 진정한 용기가 아닙니다. 진정한 용기는 끝까지 그 결과에 책임을 지고 그 결과를 만들어 내는 것입니다. 그러기에 용기란 포기하지 않을 때 의미가 있는 것이지 한 두 번 하다가 포기하는 것은 진정한 용기가 아닙니다. 용기는 화려한 장식이나 영웅담이 아닙니다. 바로 책임지고 그 결과를 만들어 내는 것입니다. 작지만 자신이 목표로 하는 것을 이루기 위해서 최선을 다해서 용기를 내고 책임지는 것이 바로 진정한 용기입니다."

동녘이 밝아, 통일이 다가오네,
준비할 때네

후학이 물었다.

"한반도에 통일이 올까요?"

선학이 대답을 했다.

"통일이 꼭 되어야 하나요?"

후학이 대답을 했다.

"누구나 통일을 원하고 있는 것 아닌가요?"

선학이 대답을 했다.

"현실은 그렇지 못하지요. 가령 아주 부자인 형과 아주 가난한 아우가 있었는데 아우는 형과 경제권을 합치기를 원하지만 형은 진정으로 합치기를 원할까요? 적당히 거리를 두고 필요할 때만 도와 주는 형식을 더 원하지 않을까요?"

후학이 대답을 했다.

"만일 그런 경우라면 형이 원하지 않을 때도 있겠네요. 하지만 한민족이라면 같은 언어로 사용하고 있으니 오히려 통일을 하는 것이 더 유리하지 않을까요?"

선학이 대답을 했다.

"한민족이라고 하지만 실제 그럴까요? 유전적 분석을 해보면 한반도에는 북방계와 남방계로 구분이 된다고 합니다. 실제는 한민족이라고 하지만 그건 허상이라 할 수 있어요. 일종의 명분을 만들기 위한 사실의 왜곡일 경우가 많습니다. 그러니 의미로 본다면 이 지구상의 모든 민족은 하나의 핏줄이라고 하는 것과 다르지 않습니다."

후학이 다시 물었다.

"그럼 통일이 필요 없다는 의미인가요?"

선학이 대답을 했다.

"통일의 필요성이 무엇인지 구체적으로 알고 넘어가야 한다는 의미입니다. 즉 통일이 이루어져야 하는 가장 기본적인 이유는 바로 평화를 정착시키기 위한 것입니다. 실제로 국방비를 쓰는 것이나 국력을 무력 경쟁을 하기 위해서 쓸데없이 소모하는 것들이 너무 많습니다. 만일 그것을 국방비 대신에 복지로 돌리면 얼마나 많은 사람들이 행복해지겠습니까? 즉 통일은 평화를 위한 하나의 과정입니다. 한민족이라고 무조건 통일 해야 한다는 것은 올바르지 않은 것이지요."

후학이 다시 물었다.

"그럼 한민족이라고 통일해야 한다는 것과 평화를 위해서 통일해야 한다는 것의 차이는 무엇인가요?"

선학이 대답을 했다.

"한민족으로 통일해야 한다면 수단과 방법을 가리지 말고 통일해야 한다는 의식이 강합니다. 하지만 평화를 위한 통일은 평화에 조금이라도 가까워질 수 있다면 어떤 방식이든 해갈 수 있다는 것입니다. 가령 남과 북이 교류하는 것도 같은 의미입니다. 지속적으로 교류를 해 나가면 평화가 정착될 것이고 그게 통일로 가는 길이 될 것입니다."

후학이 다시 물었다.

"그럼 너무 오래 걸리지 않나요? 그렇게 하다가는 언제 통일을 이룰 수 있습니까?"

선학이 대답을 했다.

"통일을 한 순간에 이룰 수 있다고 하는 것은 환상입니다. 하루 아침에 이루려고 하는 것만큼 위험한 것이 없어요. 오랫동안 헤어져 있었던 형제들이 모이는 명절이 되면 많이들 싸웁니다. 분명히 누구나 형제들이니 그럴 필요가 없다고 하지만 실제 수없이 많은 분란이 생깁니다. 무엇 때문이겠습니까? 떨어져 있어서 서로 상황을 알지 못하고 있고 서로에 대한 기대나 욕구가 다른 것 때문입니다. 이런 일이 갑작스러운 통일에 의해서 이루어진다면 오히려 사회적 혼란은 극심할 수 있습니다. 그럴 때는 오히려 더 큰 상처가 될 수 있습니다. 남과 북은 오랫동안 다른 체제로 살아 왔습니다. 그걸 하루 아침에 통일시킬 수 없습니다. 살아 온 서로의 방식을 이해해 주는 것이 필요합니다."

후학이 다시 물었다.

"그렇다고 서로 다른 체제를 유지하는 것은 현실적으로 어려움이 있는 것이 아닌가요?"

선학이 대답을 했다.

"오랫동안 다르게 정치 체제를 유지해 왔습니다. 그 다름을 먼저 인정해야 합니다. 어느 한쪽이 일방적으로 좋다고 판단하는 것은 유보하는 것이 좋습니다. 결국 선택하는 기준은 바로 그 체제 속에 생활하는 사람들의 몫입니다. 어쩌면 남의 입장에서는 북한 주민이 불쌍할 수 있지만 그렇다고 무력으로나 강제적으로 그 체제를 무너지게 만들 수 없는 것이 현실입니다. 현재로서 해야 할 가장 중요한 일은 서로에 대한 동질감을 높이는 길을 찾아 가는 것입니다. 서로 다르게 살아도 됩니다. 하지만 서로가 동질감을 찾아 가는 과정이 있다면 언젠가는 통일이 될 것입니다. 먼저 해야 하는 것은 인적 교류와 경제 교류입니다."

후학이 다시 물었다.

"경제 교류를 강화하면 북한에 오히려 군비를 강화할 것이라고 하는 데 어떻게 바라봐야 하나요?"

선학이 대답을 했다.

"북한이 군비를 강화시킬 이유가 이제는 사라졌습니다. 이유는 비대칭 무기인 핵무기를 완성했기 때문에 그렇습니다. 즉 핵무기보다 더 강한 무기는 없습니다. 그것으로 해결될 문제인데 추가적으로 군비를 확장할 필요가 없어요. 오히려 군비를 강화한다는 의미는 군부에게 경제적 실익을 주어서 체제를 유지하는 데 도움이 되도록 만든다는 의미가 더 강한 것입니다. 그러니 오히려 경제적 교류는 북한의 개방과 경제를 발전시키는 효과를 보일 것입니다. 이와 비슷한 경우가 바로 대만과 중국과의 관계입니다. 중국이 개방될 때 대만사람들이 많은 역할을 했습니다. 그것을 통해서 아무리 적대적으로 보인다고 해도 대만을 통해 중국은 개혁과 개방을 신속하게 이룬 것입니다. 그런 의미로 보면 경제 교류가 먼저지만 초기에는 인적 교류와 문화 교류가 필요합니다."

후학이 다시 물었다.

"그럼 북한의 체제를 인정하고 가야 한다면 북한의 인권문제나 체제의 독재와 같은 것은 어떻게 봐야 하나요?"

선학이 대답을 했다.

"만일 박정희 시대 때 박정희가 독재를 한다고 하여 일본에서 강제로 정권을 전복시키고 자신들이 원하는 대통령으로 만들었다고 하면 한국 사람들이 가만히 보고 있을까요? 분명 대규모의 반대와 내전을 불사하는 사태까지 갈 것입니다. 독재를 하고 있느냐 아니냐가 아니라 국가의 주권의 문제이기 때문입니다. 그 국민의 선택이지 외부에서 강제로 어떻게 할 수 있는 것이 아닙니다. 한국 전쟁의 명분도 동일한 이유에서 발생한 것입니다. 북한이 한국 전쟁을 일으킨 이유는 남한이 미국 점령하에 있는 식민지라는 이유였습니다. 그 이유로 얼마나 많은 사람들이 전쟁으로 희생이 되었나요? 동일한 이유로 북한 체제를 붕괴시키려고 하는 것은 출발부터가 잘못된 것입니다."

후학이 다시 물었다.

"그럼 통일은 어떻게 준비해야 하나요?"

선학이 대답을 했다.

"통일은 자연스럽게 다가올 것입니다. 꾸준히 그리고 지속적으로 대화하고 교류하고 서로 도와 가면서 이루어 갈 수 있습니다. 먼저 해야 할 것은 군사적 긴장을 없애는 것입니다. 그것의 출발은 평화 협정입니다. 분명한 것은 한반도는 휴전 상태이지 평화 상태가 아닙니다. 이 문제를 풀지 못하고는 통일은 있을 수가 없습니다. 제일 먼저의 과제는 군사적 긴장완화와 평화 협정입니다. 서로에 대한 체제에 대해서 비난할 필요가 없습니다. 이미 너무 시간이 오래 지난 일입니다. 북한도 남한보다 더 잘살았을 때가 있습니다. 그때는 북한이 오히려 남한을 복속시키려고 했을 수도 있습니다. 그런 위험을 너무나도 한국전쟁을 통해 경험했기 때문에 더 이상은 아닙니다. 평화 협정을 할 수 있는 틀을 만들어 가야 합니다. 평화 협정을 체결하지도 않은 상태인데 통일을 위해서 강제적으로 무엇인가를 하겠다고 하는 것은 오히려 한민족에게 있어서 더욱 큰 재앙이 될 수 있습니다. 하나 하나 해야 할 일부터 먼저 하는 것이 우선입니다."

경제적 개념

시장의 변화, 고객의 마음이네, 찾아 나설 길

후학이 물었다.

"시장은 무엇입니까? 전통 시장과 마트와의 논쟁이 많아지고 있습니다. 시장 별로 경쟁력 강화라는 점에서 많이 회자되고 있고요. 그런데 시장은 무엇입니까?"

선학이 대답했다.

"시장은 거래입니다. 시장은 공간의 개념이고 거래는 그 공간에서 이루어지고 있는 행위를 말합니다. 거래가 없는 시장은 존재하지 않지만 시장 없는 거래는 존재합니다. 하지만 시장과 거래는 항상 같이 존재합니다. 공간과 시간처럼요."

후학이 물었다.

"모든 시장에서 거래가 있기만 하면 시장이 형성되는 것이군요. 사이버 공간도 거래가 이루어지니 시장이라고 할 수 있겠군요."

선학이 대답했다.

"그렇습니다. 사이버 공간이라고 하더라도 그 공간에서 이루어지는 거래가 있기에 시장이 존재하는 것입니다. 미래는 가면 갈수록 이 사이버 시장이 확대되겠지요."

후학이 물었다.

"그런데 전통시장과 할인점과의 논쟁이 심하고 백화점은 서서히 몰락을 하고 있습니다. 시장이 변동되는 것은 어떤 이유인지요?"

선학이 대답을 했다.

"핵심은 거래 비용입니다. 시장에 판매를 하기 위해서 구매하는 비용과 고객이 사가서 지불하는 비용의 차이가 바로 거래비용입니다. 이 거래 비용이 얼마나 경쟁력 있는가에 따라서 달라집니다. 즉 고객이 거래비용에 대해서 나름의 가치를 인정하느냐 않느냐에 따른 문제입니다."

후학이 다시 물었다.

"그럼 백화점과 전통시장의 거래 비용은 다르지만 서비스도 다르지 않습니까? 이 차이는 어떻게 해결해야 하나요?"

선학이 대답을 했다.

"고객이 거래비용을 지불할 때 가치를 기준으로 평가를 합니다. 가령 거래비용으로 100을 지불했다면 그 속에는 그 시장의 주차시설 문제, 판매자의 서비스, 그 시장의 문화적 가치, 접근성, 지명도 등등 다양한 요소에 대해서 평가를 하면서 그 가치를 지불하는 것입니다. 그래서 총합적인 관점으로 거래 비용을 고객이 계산을 한 후 지불 타당성에 맞게 판단하는 것입니다. 처음 판단했을 때 손실이 되더라도 고객은 다음에 찾아 가지 않음으로써 자신의 거래 비용을 보상하는 것입니다."

후학이 다시 물었다.

"결국 거래의 과정이 일회로 끝나는 것이 아니라 끊임없이 반복이 되기 때문에 이 반복 과정에서 거래비용과 지불 비용의 차이가 나면 날수록 그 시장을 회피하게 되는 것이군요. 그럼 경쟁력이 없는 시장들은 어떻게 해야 합니까?"

선학이 대답을 했다.

"거래 비용의 핵심은 시장마다 고객이 바라는 가치 기준이 다르다는 것입니다. 시골의 노천 시장을 찾아가는 고객과 초대형 백화점에 찾아가는 고객이 비록 같은 사람이라 하더라도 시장에 대한 기대치가 다릅니다. 그 기대치가 다른 것을 기준으로 고객이 필요로 하는 가치를 재구성해야 합니다. 이렇게 한 후 비교치에서 가장 낮은 것을 기준으로 향상 지켜 나간다면 그 극복 방향을 찾아갈 수가 있습니다. 모든 문제는 답이 있습니다. 다만 그 답을 찾는 과정에서 방향을 잘못 찾았거나 노력을 게을리 하거나 이해관계 때문에 조정이 안 되기 때문입니다. 그래서 문제를 해결하고자 하는 사람은 가장 근본적인 문제를 짚고 넘어갈 수 있어야 합니다. 그러면 그 길이 보입니다. 일시적으로는 어려울지 몰라도 말입니다."

보이는 시장, 보이지 않는 시장, 끝없는 경쟁

후학이 물었다.

"시장이 무엇인지요? 사람들은 시장에 대해서 많은 말을 붙입니다. 증권시장, 재래시장, 가상시장, 유통시장 등등 많은 시장이 존재하는데 정확한 의미로 사용되고 있는지 아니면 그냥 붙이기 편해서 붙이는 것인지 궁금합니다."

선학이 대답을 했다.

"시장이 되기 위해서는 시장을 구성하는 4가지 요소가 있어야 합니다. 이것이 구성이 되었다고 하면 시장인 것입니다. 첫째는 판매하려는 사람입니다. 두 번째는 사려는 사람입니다. 세 번째는 사고 팔려는 제품이나 서비스입니다. 넷째는 결제 방법입니다. 이 네 가지의 요소가 갖추어져 있으면 시장이 성립되는 것입니다. 그래서 단순히 시장이라는 공간이 있어야 한다는 문제가 아니라 이런 조건이 만족하는 어느 시공간이라 하더라도 시장은 성립되는 것입니다."

후학이 다시 물었다.

"그럼 이 네 가지의 요소가 갖추어지기만 하면 시장이라는 이름을 붙일 수 있는 것이네요? 이 네 가지 요소 이 외에 더 필요한 것은 없나요? 더 있을 것 같은데요?"

선학이 대답을 했다.

"더 있을 수 있습니다. 이 네 가지가 없으면 시장이 성립되지 않습니다. 하지만 시장을 결정짓는 더 필요한 요소가 있는데 바로 운영 시스템입니다. 어떤 시장이든 그 시장이 존재하기 위해서는 운영 시스템이 필요합니다. 농산물 도매 시장도 그냥 이루어지는 것이 아니라 경매라는 시스템을 통해서 운영됩니다. 온라인 쇼핑도 온라인 사이트라는 시스템이 이루어져야 가능한 것입니다. 증권 시장도 한국 증권거래소라는 시스템이 만들어져 있어야 가능한 것이지요. 그래서 꼭 필요한 것은 바로 시스템입니다. 이것이 시장의 효율성을 높여 주는 것입니다."

후학이 다시 물었다.

"재래시장과 대형 할인점간의 경쟁에서 재래시장이 몰락하고 있습니다. 이것은 어떻게 보아야 하나요?"

선학이 대답을 했다.

"근본 원인은 시장이 만들어지는 문제와 운명의 효율성의 문제는 다릅니다. 즉 시스템 차이입니다. 대형 할인점은 운영시스템이 중앙으로부터 통제를 받고 최대한의 효율을 높이는 구조로 짜여져 있습니다. 그에 반해 재래시장은 개별관리에 의해서 중앙의 통제보다는 개별 상인들의 노력에 의해서 이루어지고 있는 것이지요. 그래서 개별적으로 성공하는 사람도 있고 떨어지는 사람도 있습니다. 하지만 대형 할인점의 경우는 중앙의 통제에 의해서 전반적인 평균 수익관리가 이루어지기에 강력한 힘을 가지고 있고 필요한 투자의사결정을 할 수가 있는 것입니다. 하지만 재래시장은 개인의 수익과 집단의 공동목표가 다르기 때문에 의사결정 하기가 쉽지 않습니다. 개인적 이해관계의 조정이 안 되는 것이지요."

후학이 다시 물었다.

"그럼 재래시장은 답이 없는 것이네요? 중앙 통제와 비교하여 분산되어 있으니 문제가 되는 것 같습니다."

선학이 대답을 했다.

"재래시장의 성격상 중앙 통제가 되지 않는 시장입니다. 그래서 이것을 통제하는 순간부터 이권문제로 비화되기 때문에 어려움이 있습니다. 시장을 효율화시키려고 하는 부분에서 가장 어려운 것이 바로 이권문제로 발전하는 것 때문입니다. 그러나 때로는 도움 되는 제도를 만들어 낼 수도 있습니다. 쉽게 생각하면 재래시장을 협동 조합 형태로 만들어 가는 것입니다. 그렇게 하면 재래시장이 중앙의 통제를 통한 협동조합의 운영방안이 마련될 것이고 이것에 따라 운영원칙을 만들어 가면 될 것이라 보입니다. 여기에 자치단체나 정부의 지원이 이루어지면 조금씩 효율성이 생기겠지요. 일종의 농협처럼 말입니다."

후학이 다시 물었다.

"그럼 시장의 발전이란 무엇을 의미하는지요?"

선학이 대답을 했다.

"시장의 발전은 2가지로 해석해야 합니다. 하나는 시장간의 경쟁이고 또 하나는 그 시장의 극대화 문제입니다. 먼저 시장간의 경쟁은 모든 시장은 경쟁을 합니다. 소비자의 구매력을 가지고 시장에서 경쟁하는 것이지요. 백화점과 홈쇼핑이 경쟁하기도 하고 홈쇼핑과 할인점이 경쟁하기도 하며 할인점과 재래시장이 경쟁하는 것입니다. 온라인 쇼핑과 재래시장이 경쟁하기도 하고 말입니다. 그래서 시장의 경쟁을 이해해야 하고 그 기준으로 보면 특정 시장의 성장은 다른 시장의 감소로 이어지는 것입니다. 또 다른 해석은 시장의 극대화 문제입니다. 시장은 기본적으로 소비자 구매력에 의해서 결정됩니다. 소비자 구매력 만큼 시장이 성장하는 것입니다. 어느 부분에 얼마만큼 지출할 수 있는가가 핵심입니다. 즉 식음료에 얼마를 지출할 것인가 의류에 얼마를 지출할 것인가 아니면 문화비에 얼마를 지출할 것인가 하는 한계 만큼 시장이 성장하는 것입니다. 가장 기준은 바로 소비자 구매력이며 그 기준으로 시장 규모가 결정되고 그 속에 시장간 경쟁이 이루어지는 것입니다."

후학이 다시 물었다.

"그럼 결국 시장의 성장이란 시장 점유율 싸움이네요. 그럴 경우 경쟁력 없는 시장은 결국 사라지게 마는 것인가 봅니다?"

선학이 대답을 했다.

"맞습니다. 경쟁이 없는 시장은 사라지지만 그렇다고 하여 시장의 주체들이 사라지지는 않습니다. 용산 전자상가가 인터넷 붐이 일어나면서 문제가 많이 생겼지만 변화를 받아들인 많은 가게들이 오히려 전국 단위로 판매하는 인터넷 시장으로 그 주요 시장을 바꾸었습니다. 즉 판매자들의 변신이 이루어진 것이지요. 그런 과정을 통해서 새로운 시장에 활력을 불러일으킨 것입니다. 즉 시장의 흐름은 바뀌어도 판매자들은 존재하는 것이고 자신들의 주요 시장을 바꾸기만 하면 되는 것입니다. 문제는 이 변화를 받아들이지 못하는 판매자가 문제인 것입니다. 그것은 시장의 경쟁력보다는 더 근본적인 판매자의 경쟁력으로 받아들여야 한다고 봅니다. 판매자들의 변화 적응력이 더 중요한 문제인 것입니다. 시장 구조는 경쟁력에 의해서 사라지더라도 개별 경쟁력을 가진 판매자들은 살아남을 수 있는 것입니다."

생존과 성장, 기업이 이루려면, 경영권 승계

후학이 물었다.

"현대 사회를 움직이는 기업들이 많이 있습니다. 기업의 역할은 무엇인가요?"

선학이 대답을 했다.

"기업은 만들어질 때 분명한 역할이 부여됩니다. 그래서 그 기업이 어떻게 만들어져 있는가에 따라서 그 역할이 결정되는 것입니다. 하지만 본질적으로 기업의 역할은 하나입니다. 사회적으로 필요한 재화나 용역을 제공하고 그에 따른 수익을 얻어서 그 수익을 주주에게 나누어 주는 것입니다."

후학이 다시 물었다.

"수익과 분배가 중요한 것이네요. 악덕 기업들이 많이 있습니다. 이들은 왜 그런 모습을 보이는가요?"

선학이 대답을 했다.

"기업은 하나의 시스템입니다. 즉 자동차와 같지요. 가속 패달을 많이 밟으면 속도가 올라갑니다.그러면 속도는 올라 가지만 위험해지는 것입니다. 그처럼 기업에게 수익을 강조를 많이 하면 할수록 수익은 올라가지만 대신 위험해지는 것입니다. 그 위험이 사회적인 불안감이나 비윤리적인 행위를 하는 것입니다. 자동차를 가속시킬 때 운전자의 마음에 따라서 하듯이 기업도 그 소유주의 생각에 따라서 기업이 수익을 창출하기 위해서 움직이는 것입니다. 수익만 바라보는 기업주는 비윤리적이고 문제가 많은 일을 하게 만드는 것입니다. 그래서 기업과 소유주를 따로 생각할 수가 없는 것입니다."

후학이 다시 물었다.

"소유주들은 기업의 문제를 자신의 문제라고 하지 않지 않습니까? 그건 무슨 이유 때문이지요?"

선학이 대답을 했다.

"기업의 문제는 기업의 소유주의 문제가 가장 큽니다. 특별히 소유주와 경영자 간의 차이가 다소 있을 수 있지만 소유주의 생각이 곧 그 기업의 성격인 것입니다. 아무리 포장한다고 하여도 그렇습니다. 그러기에 기업인의 윤리의식에 따라서 기업은 자기의 성격을 규정하는 것입니다. 소유주란 경영권을 가지고 있는 사람을 말합니다. 주식회사나 상장된 기업의 경우에는 소유주의 지분이 낮아서 오해를 할 수 있을 지는 모르지만 경영권을 가지고 있는 사람이 소유주입니다."

후학이 다시 물었다.

"그럼 경영권을 가지고 있다는 것은 무엇을 의미하나요?"

선학이 대답을 했다.

"인사에 관한 결정권과 재무에 관한 결정권을 가지고 있다는 것을 의미합니다. 사람과 돈을 쥐고 있다는 것입니다. 공기업의 경우에는 겉으로 보면 인사권과 재무권이 정부와 따로 되어 있다고 하지만 그렇지 않습니다. 구조상 인사권과 재무권을 정부가 가지고 있습니다. 공기업의 소유주는 바로 정부이고 그 정부의 책임자가 권한을 가지고 있는 것입니다. 공기업의 문제를 정부의 문제와 구분지으려고 하지만 그렇지 않습니다. 공기업의 문제는 바로 정부의 문제인 것입니다."

후학이 물었다.

"공기업에서 파업이 났다는 것은 그럼 정부를 상태도 한 것이지 기존의 경영자들을 대상으로 하는 것은 아니라는 말인가요?"

선학이 대답을 했다.

"공기업의 소유주가 정부이기 때문에 정부의 정책에 대한 것이 문제가 되는 것입니다. 기업의 입장으로 한정하려고 하는 것은 본질과는 상관이 없습니다. 비록 사장단이 따로 있어도 동일한 문제입니다. 많은 기업들에서 항상 발생하는 것이 소유주와 경영자의 차이를 제대로 확인해 보지 않는 것입니다. 소유주의 문제와 경영자의 문제는 완전히 다른 문제입니다. 그러기에 소유주의 생각이 바로 모든 기업의 의사결정에 영향을 미치는 것입니다. 공기업도 결국은 정부의 생각이 영향을 미치기에 그 결과로 나타나는 것입니다."

후학이 다시 물었다.

"사기업의 경우는 가장 어려운 것이 바로 경쟁력을 가지고 오랫동안 살아남을 수 있는가입니다. 이 방안은 어떻게 봐야 하나요?"

선학이 대답을 했다.

"사기업의 가장 큰 문제는 바로 생존과 성장입니다. 영원히 생존할 수 있는 기업은 없습니다. 기업도 사람과 같이 대부분 수명이 있습니다. 사람이 수명을 연장하는 방법으로 자식을 만들어 내듯이 기업도 지속적인 생존과 성장을 위해서 자회사를 제대로 만들어 가는 것이 필요합니다. 기존의 기업을 성장시키는 것은 어느 정도가 되면 한계에 봉착하게 됩니다. 한 세대를 지켜내는 것은 어렵지만 그 기업의 수명은 보통은 한 세대라고 보는 것입니다. 그 근본적인 이유는 바로 구성원들의 연령의 변화 때문에 그렇습니다. 창업자가 한 세대 정도 경영하면 어느 정도 한계에 봉착하게 되는 것입니다. 또 그 기업의 주요 기술자나 경영진도 한 세대를 살았기에 환경 적응에 한계를 보이는 것입니다. 그래서 한 기업이 오랫동안 살아 남기 위해서는 스스로의 혁신이 많이 필요합니다. 때가 되면 분화도 되고 자회사도 만들고 심지어는 지주회사도 만들어 가면서 성장과 생존을 제대로 된 방향으로 이끌고 가야 합니다. 그 중에서 가장 중요한 것이 바로 후세 경영자를 결정하는 일입니다. 기업의 생존에 가장 큰 영향을 미치는 것 중 하나가 바로 차기 소유주 또는 경영자라고 할 수 있습니다."

후학이 다시 물었다.

"결국 기업의 경영은 바로 차기 경영자나 소유주가 어떻게 결정되는가에 따라서 달라진다면, 만일 기업을 물려줄 자식이 하나밖에 없거나 한다면 전적으로 자식에게 의존해야 하는데 어떻게 해야 하나요?"

선학이 대답을 했다.

"냉정한 평가를 해야 합니다. 기업을 물려 주었다고 모두 경영을 잘하는 것은 아닙니다. 그래서 능력이 있는 것이 확인되지 않은 상태로 기업을 물려 주면 그 기업은 생존하지 못합니다. 그러기에 후세 경영자 수업을 통해서 확인될 때만 물려 주고 아니라면 오히려 기업을 줄이고 팔거나 하는 것이 좋습니다. 많은 기업인들이 착각하는 것이 자신이 한 일을 자식도 할 수 있다고 믿지만 그렇지 않습니다. 환경이 바뀌었고 살아온 과정이 다르기에 그것을 극복해 나갈 능력에 차이가 있는 것입니다. 그러니 냉정한 자식에 대한 평가가 그 자식의 미래뿐 아니라 기업의 미래도 결정되는 것입니다. 기업이 망하면 자식도 망하게 되기 때문에 현명하게 기업을 물려 주거나 정리를 해야 합니다. 한국 사회의 기업들은 현재 한계 수명에 도달한 기업들이 많이 있습니다. 이들이 제대로 살아갈 방안이 절대적으로 필요한 것이 현실입니다. 제대로 된 경영권 승계가 한국의 기업 미래를 결정하는 것이라 봅니다. 아무리 큰 기업도 마찬가지 입니다."

힘들겠지만, 경제의 발전 원리,
가격 경쟁력

후학이 물었다.

"물건을 사려고 하면 돈을 지불해야 하는데 그때 쓰여진 가격이 맞는지 아니면 정당한지 의심스러운 경우가 많이 있습니다. 올바른 가격이란 게 무엇인가요?"

선학이 대답을 했다.

"가격은 판매자와 소비자의 협상의 결과입니다. 그러니 그 결과에 따라서 가격이 결정되는 것이지요."

후학이 다시 물었다.

"그래도 가격은 본질적인 가격이 있지 않나요? 그 가격에서 환경 변동 요인에 의해서 올라가거나 내려가는 것이 아닌가요?"

선학이 대답을 했다.

"맞는 이야기입니다. 본질적으로는 가격을 형성하는 핵심은 바로 가치이고 그것을 더욱 깊이 파고 들면 노동가치입니다. 그러나 그것으로 결정되는 것은 아닙니다. 왜냐면 노동의 가치가 가지는 가치 정도는 현재 나라별로 다르기에 동일한 노동을 했다고 하여도 한국의 노동의 가치와 중국의 노동 가치와 아프리카의 노동가치는 다른 것입니다. 그러니 그렇게 따지기보다는 오히려 가격을 판매자와 소비자의 협상의 결과라고 보는 것이 현재의 경제 체제 안에서는 타당한 것입니다."

후학이 대답을 했다.

"판매자와 소비자의 협상이라고 보기에는 가격은 일방적으로 판매자에 의해서 결정되는 것이 아닌가요?"

선학이 대답을 했다.

"판매자가 제시한 가격은 판매 희망 가격이라고 봐야 합니다. 협상의 결과로 실제 지불되는 가격은 바로 실제 판매 가격이 되는 것이지요. 분명히 소비자도 구매 희망가격이 존재합니다. 하지만 그 결과는 실제 판매가격으로 결정되는 것이지요. 판매자는 소비자에게 공급을 줄여서 가격협상의 주도권을 쥘 수도 있고 소비자는 구매처를 바꾸면서 판매자에게 협상을 압박할 수도 있는 있는 것입니다. 그러니 어느 쪽도 약하다고 보면 안됩니다. 독점공급이나 독점 구매일 때 희망가격이 실제 가격이 될 수 있지만 현실에서는 그런 경우가 별로 존재하지 않습니다."

후학이 다시 물었다.

"판매자의 입장에서는 자신의 손실을 감당하면서 판매를 할 수 없으니 어떤 방법으로든 자신이 든 비용이나 노력 또는 가치에 대해서 보완하는 방법을 찾을 것으로 보이는데요?

선학이 대답을 했다.

"물론입니다. 그런 보상방법으로 찾기 위해서 다양한 장벽을 만들기도 하지요. 하지만 한가지 분명한 것은 무용한 노력을 하고 그 가치를 인정받으려고 하는 것입니다. 즉 필요 없는 노력을 투입하고 든 비용이라고 하여 가격에서 보상받으려고 하면 문제가 되는 것입니다. 그래서 소비자가 그 필요성을 인정해주는 만큼 가격에 반영되는 것이지요. 때로는 판매자가 적은 노력으로도 소비자가 인정해주는 큰 가치를 만들어 내기도 합니다. 그때는 가격이 올라가는 것입니다. 과거의 노동에 의해서 만든다는 가치의 기준으로 보면 이 부분이 이해가 안되지만 판매자와 소비자의 협상가격이라는 것으로 생각해 보면 결국 소비자는 자신의 필요부분에 대해서만 가격을 지불한다는 사실을 확인하게 되는 것입니다."

후학이 다시 물었다.

"그럼 거품 가격이 발생하는 요인은 무엇인가요?"

선학이 대답을 했다.

"정보의 부재 때문에 생기는 현상입니다. 정보의 통제든 정보 전달체계의 미비든 아니면 정보해석의 차이든 간에 다양한 상황에 의해서 정보가 정확히 전달되지 않으면 일어나는 현상입니다. 하지만 이 현상은 일시적이지 지속 가능한 상황은 아닙니다. 때로는 몇 달이 가기도 하고 때로는 몇 년을 가기도 하지만 그 정보의 통제 방법에 따라서 기간이 나름 결정되는 것이지요. 그러기에 일종의 가격을 최적화시키는 과정에서 생기는 잡음입니다."

후학이 다시 물었다.

"그럼 사야 할 물건이 있다면 가격을 협상하고 싶어도 현실에서 불가능하니 어떻게 해야 하나요?"

선학이 대답을 했다.

"가격 협상 능력을 구매력과 관련이 깊습니다. 즉 구매파워가 강해지면 그만큼 협상능력이 생기는 것입니다. 가격 협상을 통해서 효율성을 추구하려면 구매파워를 키우는 방식에 대해서 고민하면 됩니다. 개별 구매에서 단체구매로 바꾸는 것도 그런 이유입니다. 사회적 메커니즘이 가격의 최적화시키는 방향으로 가기 시작하면 사회적 경쟁력이 생기는 것입니다. 그것이 사회의 경제적 발전을 지속화시키는 중요한 원리입니다. 한국 사회도 가격 경쟁력이 생긴 가장 중요한 시기가 바로 87년에 이루어진 노동자 대 투쟁이었습니다. 이유는 그때 임금이 급격히 올랐고 그 후 가격 경쟁력 문제가 급속도로 대두가 된 것입니다. 만일 이 일이 10년후에 일어 났다면 한국은 어쩌면 현재의 경제수준보다 훨씬 낮은 수준의 경제밖에 되지 못했을 것입니다. 소비자의 가격인하요구를 긍정적으로 받아들일 수 있을 때 경쟁력이 생기는 것입니다."

생산인지는, 목적과 가치 따라, 결정 되겠지

후학이 물었다.

"어떤 일을 할 때이든 생산적이어야 한다고 말들을 합니다. 그런데 생산적이란 말이 무엇을 의미하나요? 잘 모르겠습니다. 막연히 생산적이어야 한다는 것은 공장에서 일하듯이 막노동을 해야 한다는 느낌이 들거든요."

선학이 대답을 했다.

"생산이란 말은 출발부터가 만들어낸 산물이라는 의미입니다. 즉 기존에 있던 것이 아니라 새로운 것이라는 의미이지요. 완전히 새롭다기보다는 변형된 새로운 것입니다."

후학이 다시 물었다.

"그럼 생산이라는 말과 창조라는 말은 차이가 있는 것이네요?"

선학이 대답을 했다.

"맞습니다. 창조는 기존에 완전히 없었던 것을 새롭게 하는 것이라면 생산은 기존에 있는 것을 변형한 것입니다."

후학이 다시 물었다.

"그럼 변형이 생산이라고 하면 쓸모 있게 변하지 않아서 쓰레기를 만들어도 생산이라고 할 수 있나요?"

선학이 대답을 했다.

"그것은 아닙니다. 변형의 기준은 2가지입니다. 하나는 기존의 것에 무엇인가 새로운 기능을 집어 넣어서 변형을 시킨 것을 의미하고, 두 번째는 그 사용에 있어서 새로운 기능이 부여된 것을 의미합니다. 다른 의미로는 부가기능과 부가 사용에 관한 것입니다."

후학이 다시 물었다.

"그럼 생산을 한다는 의미는 이 두 가지의 무엇인가가 이루어져야 한다는 의미네요. 하지만 그렇다고 하여 모든 것이 그렇게 되지 않지는 않습니까?"

선학이 대답을 했다.

"변형을 하면 분명 잘 된 것도 있고 못된 것도 있습니다. 잘 된 것은 생산적이라고 할 수 있지만 잘못된 것은 쓰레기를 만드는 것이지요. 하지만 잘못된 것이라고 하여도 사용처를 제대로 찾아 내면 생산적이었다는 것이 증명이 됩니다. 그래서 생산이라는 것은 일종의 관점입니다. 쓰레기도 때로는 생산적이라 할 수 있거나 사용처를 찾아 내지 못해서 생기는 문제일 수도 있습니다."

후학이 다시 물었다.

"그럼 비생산적이라고 말하는 것도 잘못 말하는 것일 수 있겠네요. 다만 사용처를 찾아 내지 못해서 생길 경우에 비 생산적이라 말할 수 있다고도 보여집니다."

선학이 말했다.

"맞습니다. 모든 변형은 생산적일 수 있습니다. 다만 그 변형을 이루어 내는 기업이나 조직의 관점에 맞지 않기 때문에 또는 사용방법을 찾아 내지 못했기 때문에 생산적이지 않다고 하는 것이지요."

후학이 물었다.

"그럼 생산적이려고 하면 어떻게 해야 하는 것인가요?"

선학이 대답을 했다.

"기준이 되는 것은 변형하려고 하는 기업이나 조직의 목적하는 바를 정확히 이해를 하고 그것에 맞게 변형을 시켜서 만들어 내는 것입니다."

후학이 물었다.

"그것만 하면 되는 것인가요?"

선학이 대답을 했다.

"그뿐 아니라 투입된 에너지의 비용보다는 변형된 후에 만들어진 가치가 더 높아야 한다는 것입니다. 즉 새로 부여된 가치 즉 부가가치가 기존의 변형 전 제품보다는 더 좋아야 한다는 의미입니다."

후학이 말했다.

"그러니까 목적을 분명히 하고 부가가치를 높일 수 있으면 생산을 한다고 보는 것이네요?"

선학이 대답을 했다.

"기본적으로는 그렇습니다. 하지만 생산의 범주가 확장되면서 개념도 확장되었습니다. 단순히 변형이 되는 것만 아니라 잠재적 변형도 생산으로 봅니다. 현재 일어나지 않아도 향후 일어날 것을 계획하는 것만 해도 생산적이라 보는 것이지요. 그래서 계획하는 것도 생산적이라 보는 것입니다. 항상 생산을 생각하는 사람만이 생산적일 수 있습니다. 막연히 일한다고 하

여 생산이 아니라 두 가지 기준 즉 목적과 부가가치에 맞아야 생산이라고
할 수 있는 것입니다. 이를 위한 계획도 포함되는 것이고요. 그래서 미래를
바꾸는 힘도 바로 생산적이냐 아니냐에 달려 있습니다. 생산적인 사고가
미래를 결정합니다."

투자의 본질, 사람에 대한 투자,
공부가 중요

후학이 물었다.

"많은 사람들이 투자를 하는데 잘 안 된다고 합니다. 투자는 어떻게 해야 하나요?"

선학이 대답을 했다.

"투자의 본질을 모르기 때문에 그런 것이지요. 투자의 본질에 따라서 달라집니다."

후학이 다시 물었다.

"투자의 본질은 무엇입니까?"

선학이 대답했다.

"투자의 가장 본질은 바로 위험과의 관계입니다. 위험이 높으면 투자 수익도 높습니다. 위험이 낮아지면 투자 수익도 낮습니다. 즉 High Risk, High Return, Low Risk, Low Return 원칙입니다. 그러기에 고 수익 저 위험은 사기이고, 고 위험 저 수익은 존재하지 않는 투자 시장입니다."

후학이 다시 물었다.

"왜 그런 투자의 원칙에 대해서 사람들이 무시하는 것이지요? 그러면서 투자 수익을 내는 사람들이 있는데 이들은 어떻게 이해해야 하나요?"

선학이 대답을 했다.

"투자의 원칙이 항상 적용되는 것은 아닙니다. 그 적용이 안 되는 시기가 있는데 그때 투자의 효과를 정상 이상으로 투자 수익을 올리는 경우가 발생합니다. 이것은 자산의 투자 분야에 따라 그 변동성이 시기와 종류가 다르게 나타나는 것이지요."

후학이 다시 물었다.

"그럼 그 변동성의 시기에 투자를 잘하면 투자 수익을 높일 수 있는 것이겠네요?"

선학이 말했다.

"예 맞습니다. 문제는 그 시기를 예측하기 위해서는 정보가 필요한데 그 예측 정보가 공개되지 않습니다. 정보를 움직이는 사람들이 충분히 자신의 이익을 확보한 후에나 그 정보가 공개되기 때문에 오히려 투자 손실을 입을 가능성이 더 높습니다. 그래서 특별한 사회적 위치에 있지 않은 사람에게 전달되는 투자 정보는 이미 가치가 없거나 사기일 가능성이 높습니다."

후학이 대답을 했다.

"그럼 일반인이 투자를 해서 수익을 얻는다는 것은 불가능한 것이겠네요?"

선학이 대답을 했다.

"그렇습니다. 사회의 변동성이 클 때는 그 투자 성공 가능성이 높았지만 사회가 안정화되면 될수록 그 가능성은 낮아집니다. 로또에 당첨되는 것과 같습니다. 로또와 다를 게 없는데도 투자 수익을 얻을 수 있다고 하는 것은 문제가 있는 것이라 봅니다."

후학이 대답을 했다.

"그럼 투자를 어떻게 해야 하나요?"

선학이 대답을 했다.

"투자의 본질은 잠재 가치를 찾아내는 일입니다. 그래서 그 잠재 가치를 평가하는 능력을 길러야 하는 것입니다. 그리고 초기에는 그 분야를 한정하는 것이 좋습니다. 부동산이면 오피스텔 투자로 하는 것이지요. 그리고 그 지역도 분당으로 하는 것처럼 세분화하는 것이고요. 주식 투자도 중소형주 중심의 전자산업으로 한정하는 것과 같은 것입니다. 이처럼 세분화하여 집중하면 정보의 집약도가 높아져서 그 투자환경의 변동성을 알게 됩니다. 그때 투자를 하면 됩니다. 투자도 끊임없이 공부해야 가능한 것입니다."

후학이 물었다.

"투자의 종류는 어떤 것이 있나요?"

선학이 대답을 했다.

"투자는 좁게 보면 자산 투자이지만 넓게 보면 인생입니다. 자신에 대한 투자, 자산에 대한 투자, 사람에 대한 투자로 나뉘어집니다. 자신에 대한 투자 재원은 시간과 노력이고, 자산에 대한 투자도 정보 수집과 투자재원이며, 사람에 대한 투자는 인간관계를 지속하는 시간과 노력 때로는 봉사입니다. 이런 넓게 보는 투자에도 투자의 기본 본질이 적용됩니다. 그러기에 사람에 대한 투자가 가장 높은 수익을 낼 수도 있지만 가장 위험이 높을 수도 있는 것입니다. 그래서 사람에 대한 공부를 많이 하는 것도 중요합니다. 멀리 그리고 오래 투자를 하려면 사람에 대한 투자가 가장 중요합니다. 사람에 대한 투자가 가장 중요한 투자이며 투자에 성공한 대부분의 사람이 사람에 대한 투자로 큰 수익을 얻었습니다. 투자도 사람의 문제입니다."

현명한 선택, 가치 평가로부터,
욕구가 기준

후학이 물었다.

"가치란 무엇입니까? 많은 사람들이 가치란 말을 씁니다. 그런데 정확히는 무슨 말인지 모르겠습니다. 가치란 말을 붙이지 말아야 할 곳에도 가치란 말을 쓰면서 오히려 혼란스럽기까지 합니다."

선학이 다시 물었다.

"가치란 말을 왜 사용하지 않으면 안되지요? 가치란 말은 비슷한 말로는 값나간다, 의미가 있다, 돈을 지불할 용의가 있다, 좋아 보인다 등등 다양한 말로 변환이 되기도 합니다. 다만 개념적으로 무리 없이 사용하기 위해서 가치가 있다라고 표현하는 것입니다."

후학이 다시 물었다.

"정확히는 어떻게 생각해야 하나요?"

선학이 대답을 했다.

"출발은 가치를 어떻게 느끼느냐의 문제입니다. 가치를 느끼기 위해서는 그 가치를 필요로 하는 것이 있어야 합니다. 그 출발은 바로 인간이고 인간의 구체적인 욕망이나 욕구입니다. 즉 인간의 욕구가 바로 가치의 전제가 되는 것입니다. 이것이 없다면 가치란 무의미 한 것이지요. 간단히 말해서 무인도에 혼자 사는 사람에게는 브랜드란 아무런 의미가 없습니다. 브랜드는 바로 사회 속에서만 가치를 발하는 것이기 때문입니다."

후학이 다시 물었다.

"출발이 욕구라면 다양한 욕구에 따라서 다양한 가치가 작용되겠네요?"

선학이 대답을 했다.

"그렇습니다. 다양한 욕구가 생기는 곳에 바로 가치가 존재하는 것입니다. 문제는 욕구가 없으면 그 가치는 사라집니다. 욕구와 가치는 서로 대칭해서 존재하는 것입니다. 욕구가 있는 곳에 그에 상응하는 가치있는 것이 필요하고, 그 존재가 명확해지면 가치평가가 이루어지는 것입니다. 그리고 욕구는 욕구 집단에 따라서 달라집니다. 욕구집단의 문화적인 성격이나 경제적 환경 또는 정치적 위치에 따라서 욕구평가가 달라지기에 전혀 다른 가치 평가를 부여하는 것입니다."

후학이 다시 물었다.

"욕구는 욕구 집단이 존재할 때 더욱 선명해지는 것이군요. 그런 집단이 있어야 욕구가 분명해지는 것 같습니다. 가치는 결국 욕구로부터 출발하고 욕구는 또한 욕구집단에 의해서 결정된다는 것이네요. 욕구집단이 항상 변하는 것인가요?"

선학이 대답했다.

"욕구 집단의 형성 과정이나 존재 방식에 따라 달라집니다. 네덜란드에서 튤립 투자가 있었습니다. 그때 튤립 한 뿌리가 집값과 같은 경우도 있었는데 그 가치의 평가는 욕구 집단의 존재 때문에 가능하고 그 욕구 집단의 과대평가가 그런 결과를 만든 것이지요. 하지만 그 욕구 집단의 변화는 결국 튤립 투자의 거품을 걷어낸 것입니다. 즉 욕구 집단은 끊임없이 변합니다. 그에 따라서 가치도 끊임없이 변하는 것이지요."

후학이 다시 물었다.

"그럼 절대적인 가치란 어떤 의미로는 없는 것인가 보네요?"

선학이 대답을 했다.

"그렇지는 않습니다. 절대적인 가치는 있습니다. 하지만 그 절대적인 가치 이상으로 가치평가가 되는 것 때문에 욕구집단의 존재가 중요한 이유가 되는 것입니다. 만일 쌀이 있다고 한다면 그 쌀로 밥 한 끼를 해결할 수 있다면 그것은 절대적인 가치인 것입니다. 하지만 그 한 끼가 전쟁 때인가 아니면 보릿고개인가 또는 풍년이든 추석 때인가에 따라 추가적인 가치는 달라지는 것이지요."

후학이 다시 물었다.

"그럼 가치를 어떻게 평가하는 것이 현명한가요?"

선학이 대답을 했다.

"가치는 가능한 절대 가치 수준을 근거로 판단하는 것이 좋습니다. 그 이상은 변동성이 강하기 때문입니다. 그러나 현실은 항상 그 가치 이상을 평가하도록 되어 있습니다. 그러기에 가치를 평가할 때 자신은 가능한 절대 가치 정도 수준으로 평가를 하고 상대를 평가할 때는 그 이상의 가치로 평가하는 것이 현명합니다. 자신 또는 자신이 가진 것을 절대가치 이상으로 평가하면 결국 그 격차가 발생하는 순간 본인에게 문제가 생기기 때문입니다. 하지만 상대를 절대가치 이상으로 평가해 두면 상대나 상대방의 것에 대해서 과소평가하지 않아서 오류를 줄일 수가 있는 것입니다."

돈이 없어도, 신용만 있다면,
성공할거야

후학이 물었다.

"일을 하거나 사업할 때 가장 중요한 것이 무엇인가요?"

선학이 대답을 했다.

"그것은 신용입니다."

후학이 다시 물었다.

"사람도 있고 돈도 있고 지식도 있고 많이 있는데 왜 신용인가요?"

선학이 대답을 했다.

"신용은 그 사람에 대한 믿음입니다. 돈을 가지고 있어도 믿지 못하면 움직이지 않고, 인맥이 좋다고 하여도 그 사람 자체가 신용이 없으면 분명 없을 것이고, 지식이 많다고 하여도 믿지 못하면 사기꾼이라고 생각할 수밖에 없습니다. 신용이 신용이 없으면 아무것도 할 수가 없는 것이지요."

후학이 다시 물었다.

"사람들이 신용이 중요하다고 알아도 어떻게 행동하면 신용을 얻고 어떻게 하면 못 얻는지 잘 모릅니다. 어떻게 하는 것이 가장 좋나요?"

선학이 대답을 했다.

"신용은 결국 말과 행동으로 결정됩니다. 초기의 신용은 배경에 의해서 이루어질 수 있습니다. 하지만 과정을 통해서 신용이 증가되기도 하고 사라지기도 합니다. 말고 행동이 지속적으로 신용할 수 있어지면 신용을 가지게 되고 그게 아니라면 아무리 배경이 좋아도 신뢰하지 못합니다. 배경이란 그 사람이 가진 사회적 지명도나 사회적 지위 또는 그 사람을 추천한 사람에 대한 신용 등을 의미합니다."

후학이 다시 물었다.

"어떻게 하면 말과 행동에 대한 신용을 얻을 수 있는가요?"

선학이 대답을 했다.

"가장 기본은 말한 대로 행동하는 것입니다. 즉 말을 했으면 행동하고 그 말대로 지키는 것이 가장 중요합니다."

후학이 다시 물었다.

"실제 그렇게 말과 행동을 같이 맞추기는 어렵지 않은가요? 사람들은 모두가 그렇게 말하고 행동하지 않는 것으로 알고 있습니다. 그런데 왜 말과 행동을 일치시키라고 하는 것인가요?"

선학이 대답을 했다.

"맞습니다. 말과 행동을 일치시키는 것은 성인이나 할 수 있는 일이지 범인들이 할 수 있는 일은 아닙니다. 하지만 이렇게는 할 수 있습니다. 할 수 없는 일은 말로 하겠다고 하지 않는 것입니다. 즉 말을 줄이면서 가능한 할 수 있다는 말을 줄이고 대신 한 말에 대해서는 최선을 다해서 행동하는 것이 중요합니다."

후학이 다시 물었다.

"그렇게 하면 좋기야 하겠지만 실제 일이 안 되는 경우나 문제 해결이 안 되는 경우가 많아질 것으로 보이는데요? 너무 소극적인 태도가 아닌가요?"

선학이 대답을 했다.

"분명 그럴 수도 있습니다. 말을 줄이고 행동해야 하는 것도 줄이면 주변에서 너무 소극적이라고 분명 이야기 할 것입니다. 하지만 쓸데없이 많은 말을 하여 상대방의 신용을 높이는 결국 행동하지 않아서 신용자체를 망가뜨리는 것보다는 좋습니다. 다만 말과 행동을 일치시키기 위해서 노력하는 과정이 중요합니다."

후학이 다시 물었다.

"무슨 말인가요? 과정이 중요하다니요?"

선학이 대답을 했다.

"분명 말과 행동을 일치시키기는 힘듭니다. 하지만 그 말과 행동을 일치시키기 위해서 노력하는 과정이 중요합니다. 말을 듣는 상대는 실제 말을 했다고 하여 믿지 않습니다. 그러나 그 말에 대해서 최선을 다해서 행동하는 사람을 보면 그 자체를 믿는 것입니다. 즉 지금 당장은 믿을 수는 없지만 분명히 그 사람은 자신의 말을 지키기 위해서 최선을 다할 것이라는 것을 확신하게 된다는 것입니다. 즉 과정을 통해서 신용을 얻는 것입니다. 실제 이것이 더 많은 신용을 얻는 방법입니다. 말을 소극적으로 하는 것보다는 어느 정도 가능하다고 할 만한 수준의 이야기를 하고 그 말을 지키기 위해서 노력할 때 비로소 신용이 쌓여 가는 것입니다."

후학이 다시 물었다.

"그럼 그건 과정의 투명성을 드러내야만 한다는 것 같은데요. 과장을 모르고 있으면 누구도 신용을 할 수 없을 것이니 말입니다. 투명하게 하는 것도 쉬운 일은 아닌 것 같습니다. 안 그런가요?"

선학이 대답을 했다.

"투명하게 하는 것도 쉬운 일은 아닙니다. 투명하게 하는 좋은 방법은 공개하는 것입니다. 공개한다는 것은 좋은 것도 나쁜 것도 다 보여 주는 것입니다. 숨기는 순간 신용이 잃어 버립니다. 사람들이 알고 싶어하는 것은 결과라고 생각하지만 그렇지 않습니다. 결과보다는 투명하고 자세히 공개되는 것을 더 원합니다. 왜냐면 공개되었을 때 비로소 무엇이 위협이 되고 무엇이 이익이 되는지 느낄 수 있기 때문입니다. 신용이란 결국 신용을 보여 주는 사람이 자신에게 충분히 이익이 되고 위협이 되지 않는 다는 확신입니다. 그 확신을 가지고 있다는 의미이기 때문에 이 확신을 유지하고 제대로 판단할 수 있는 과정과 투명성이 중요합니다. 신용은 일종의 사회적 약속입니다. 신용할 만한 사람이라는 것은 타인을 위협하거나 위험에 빠뜨리지 않는다는 확신을 주는 사람을 의미합니다. 그래서 신용이 있다는 것은 사회적 자본을 가지고 있는 것과 같습니다. 그것을 많이 가지고 있을수록 사회적인 성공의 가능성이 높다는 것을 의미합니다."

사회적 진화, 패자 부활전으로, 위기를 막지

후학이 물었다.

"진화란 무엇을 의미합니까? 진화에 대해서 많이 가져다 붙이는데 정확한 의미가 궁금합니다."

선학이 대답을 했다.

"진화는 어느 수준의 진화이냐에 따라 어느 정도는 기본 개념이 달라집니다. 개체 수준의 진화인가 아니면 집단 수준의 진화인가에 따라서 조금 다르게 사용됩니다."

후학이 다시 물었다.

"그럼 개별 수준의 진화에 대해서 생각한다면 어떤 의미로 받아들여야 하는가요?"

선학이 대답을 했다.

"개체 수준의 진화는 개체의 생존을 위해서 가장 효율적인 생존방식으로 개체 스스로를 변화시키는 것을 의미합니다. 즉 진화란 바로 생존율이라는 것이지요."

후학이 다시 물었다.

"개체 수준의 진화가 생존율과 직격된다는 것은 개체에게 있어서 진화란 쉽지 않은 것 아닌가요? 생존 문제와 직결된 진화가 계속해서 일어난다는 것은 한계가 있어 보이는데요?"

선학이 대답을 했다.

"맞습니다. 개별수준의 진화는 생존율이지만 그 이면에는 적자 생존이라는 것이 함께 있습니다. 즉 선택 받지 못하면 개체는 죽는다는 것이지요. 개체의 죽고 사는 문제와는 다른 이면이 있는 것입니다. 그래서 적자생존이 바로 개체 진화에서의 가장 큰 의미가 됩니다. 환경에 맞게 변화하는 것이 아니라 그 환경에 맞는 개체만 살아 남은 것입니다."

후학이 다시 물었다.

"그럼 개별적인 노력과는 상관없이 그런 일이 일어나는가요?"

선학이 대답을 했다.

"개별적인 노력과는 다른 의미로 진화가 이루어지는 것입니다. 노력하였다고 하여 진화를 가속화시키지도 노력하지 않았다고 하여 진화가 안 이루어 지는 것도 아닙니다. 다만 개체의 노력이 부분적으로 그 진화 속도를 빠르게도 느리게도 할 수는 있습니다."

후학이 다시 물었다.

"그럼 집단진화는 어떤 의미로 받아들여야 하나요?"

산학이 대답을 했다.

"집단의 진화는 개체군이라 부르는 집단의 진화를 의미합니다. 이 집단의 진화 방향은 개체군의 확대에 있습니다. 그래서 개체의 진화와는 다른 문제입니다. 개체군의 확대란 어떤 방식으로 진화를 하는가를 보여주는 것입니다. 이 경우는 개체가 희생이 되더라도 개체군의 유지가 이루어질 수 있다면 진화를 하는 것입니다. 간단한 예로 꿀벌의 세계를 보면 일벌들은 개체의 진화를 포기하고 평생 일만 하다가 죽습니다. 후손을 낳지도 못하고 여왕벌의 수발만 들다가 사라지지만 그렇데 그 개체군은 그러면서도 더욱 개체군의 확대가 이루어지는 것이지요. 일반적으로는 개체의 진화가 개체군의 진화로 일치하기는 하지만 다 그런 것은 아닙니다. 그래서 개체군의 진화는 다르게 보아야 하는 것입니다."

후학이 다시 물었다.

"그럼 인간 사회에서도 사회의 발전 혹은 진화를 위해서 개인들이 희생할 수도 있다는 것이네요? 그것의 진화의 입장으로 말입니다."

선학이 대답을 했다.

"예 그렇습니다. 개인의 생존과는 다르게 사회적 진화를 위해서는 개인도 희생을 합니다. 또 그것을 요구하기도 합니다. 진화의 이름으로 낙오된 사람들에 대해서 진화의 희생양으로 삼는 것이지요. 그들의 목소리를 체제의 진화 또는 선진화라는 이름으로 개체를 무시할 수도 있는 것입니다."

후학이 다시 물었다.

"개체 진화는 자신의 노력으로 이루어지지도 않고, 개체군의 진화는 개체를 희생할 수도 있다면 왜 진화를 해야 하나요? 그럴 이유가 없는 것이 아닌가요?"

선학이 대답을 했다.

"진화의 역사를 보면 진화를 멈추고 그 상태로 오랫동안 살아 남아 있는 개체군도 있습니다. 진화 만이 유일한 해답은 아니라는 것이지요. 하지만 진화는 방향입니다. 즉 생존에 최적화되어 가는 구조나 개체를 의미합니다. 그래서 그 흐름을 바꾸기는 어렵습니다. 사회적 진화가 가속화되면 될수록 연결이 되고 지배되고 최종적으로는 하나의 중심으로 모아질 수밖에 없는 것이 현실입니다. 하지만 모든 것이 연결되어 있다고 하여 진화가 된 즉 생존율을 높이기만 하는 것은 아닙니다. 그렇게 하는 것으로 오히려 치명적인 생존율은 한계에 부딪칠 수도 있습니다. 대표적인 것이 바로 공룡의 과잉 진화가 결국 공룡집단의 완벽한 멸망으로 이어진 것처럼 인간 사회도 과잉 진화를 하는 순간 그 개체군 멸망의 순간을 경험할 수도 있는 것입니다."

후학이 다시 물었다.

"그럼 한국이라는 사회에서의 진화와 개인의 진화는 어떻게 되어야 할까요?"

선학이 대답을 했다.

"한국 사회의 진화는 결국 경쟁 집단인 해외의 미국이나 중국 일본과 같은 집단과의 경쟁에 의해서 진화의 방향이 결정됩니다. 현재로서는 그 진화의 방향을 정확히 하려면 결국 개체군의 확장이 중요합니다. 개체군의 확장이 바로 진화의 방향인 것이라면 가장 먼저는 인구와 집단 내의 개체 수를 확대하는 것으로 통일이나 이민과 같은 사회적 행위가 일어나야 가능합니다. 개체의 수가 줄어드는 이상 한국 사회의 진화를 기대하기 어렵습니다. 또한 개인의 진화는 결국 개인의 생존 역량을 강화해야 하는데 이것은 결국 자기 개발과 관련이 깊습니다. 비록 자기개발만으로 모든 것을 해결할 수는 없지만 그것을 통해서 개인과 사회의 진화를 유지 또는 가속화 시킬 수 있다는 것입니다. 중요한 것이 이런 진화과정에서 도태되는 집단의 사회적 배려가 중요합니다. 모두가 일등이 될 수는 없지만 그 일등은 끝까지 일등을 할 수가 없습니다. 일종의 패자 부활전이 이루어지는 사회가 더욱 진화된 사회입니다. 도태된 개인에 대한 배려 시스템에 의해서 다시 일등이 나타날 때 그 사회는 진화가 나름 잘된 사회입니다. 그러면 개체군 즉 한국 사회는 끊임없이 진화를 하게 되는 것입니다. 왜냐면 도태된 개인이 다가올 위기를 막아 주기 때문입니다."

알아야 면장, 구조가 핵심이야, 열정은 보조

후학이 물었다.

"열정은 어디에서 오는 것인가요?"

선학이 다시 물었다.

"열정이 왜 필요한가요?"

후학이 대답을 했다.

"어떤 일이든 잘해보려고 하면 열정이 있어야 하지 않나요? 잘 되는 일과 안 되는 일은 열정에 의해서 차이가 난다고 봅니다."

선학이 다시 물었다.

"그럼 열정만 있으면 모든 일은 가능한 일인가요?"

후학이 대답을 했다.

"아니요. 그렇지는 않습니다. 열정이 필요한 일은 될 수 있는데 조금의 노력이 부족해서 안 되는 경우에 열정이 필요하다고 보는 것입니다."

선학이 대답을 했다.

"열정이 있든 없든 조건과 환경이 되면 일이 될 수 있습니다. 열정과는 상관없이 월급 주고 일을 할 수 있는 구조가 되면 일을 하는 것이 일반적입니다. 그러니 열정을 강조하는 것은 그런 구조가 안만들어진 경우에 해당합니다. 즉 그 구조에 맞지 않는데 억지로 하려고 한다면 열정이 필요한 것이지요."

후학이 다시 물었다.

"그런데 왜 청년들에게 열정을 강조하나요? 그들이 열정만으로 모든 것을 해결할 수 있다고 이야기 하나요?"

선학이 대답을 했다.

"열정이란 적극적인 의지를 의미합니다. 하지만 그것으로 모든 것이 되지 않습니다. 오히려 모든 것을 할 수 있다고 강조하는 것이 오히려 문제가 될 수 있는 것입니다. 일종의 열정 고문입니다. 즉 안 되는 일이 생기면 열정이 부족해서 그렇다고 하는 것이지요. 그럼 실패한 사람들은 스스로 열정이 부족해서 그렇다고 생각하는 사회적 분위기를 만드는 것입니다. 열정이 모든 것을 결정할 수 있다는 생각은 버려야 합니다. 열정은 중요한 것이 아니라 환경과 구조가 중요한 것입니다."

후학이 다시 물었다.

"그럼 열정은 성공에 대한 영향으로 실제로는 아주 작은 역할을 하는 것이네요. 그렇다면 열정이 없어도 성공적으로 일할 수 있다고 봐야 하나요?"

선학이 대답을 했다.

"열정은 아니라 일상이어야 합니다. 즉 자신이 해야 하는 일, 하고 싶은 일은 일상 속에서 꾸준히 해 나가는 것이 가장 중요합니다. 그런 일에는 열정이라는 말을 붙이지 않습니다. 그게 살아가는 이유이기 때문입니다. 마치 삼시 세끼 꾸준히 먹고, 운동도 하고, 공부도 꾸준히 해 나가고 자신의 맡은 일을 제대로 수행해 나가야 하는 것이 삶입니다. 그러니 그런 일을 하는 사람에게 열정을 말하지 않습니다. 열정을 이야기 하는 것은 부족한 부분을 좀더 보완할 필요가 있는 사람들에게 필요한 말입니다."

후학이 다시 물었다.

"무엇인가 부족한 사람에게 열정이 필요하다면 결국 그런 기본적인 노력이나 일상화되어 있지 않은 사람들에게 필요한 말이네요. 결국 청년들이나 사회 초년생 또는 아직 자신의 역할이 결정되지 못한 사람들에게 필요한 것이네요. 그런데 왜 열정페이 같은 문제가 생기나요?"

선학이 대답을 했다.

"그것은 열정으로 모든 것을 다 해결할 수 있다는 신화 때문에 그런 것입니다. 특히나 그런 열정 성공을 믿는 사람들은 자신이 믿는 방식으로 다른 사람도 강요를 해서 생기는 문제입니다. 열정 페이를 정당하다고 주장하는 사람들은 대부분 스스로가 열정으로 성공했다는 믿음을 가지고 있는 사람입니다. 사실은 착각이지요. 하지만 자신이 믿는 믿음대로 타인들을 강요해서 생기는 문제입니다. 그리고 그것에 대한 무엇인가 혜택을 보려는 욕망을 가지고 있는 것입니다. 그래서 생기는 문제입니다."

후학이 다시 물었다.

"그럼 어떻게 그런 부분을 방지할 수 있나요? 정책적으로 그런 부분에 대한 지원이나 규제가 필요한 것은 아닌가요?"

선학이 대답을 했다.

"실제 일본의 경우도 열정 페이 논란이 만들어질 만한 곳들이 많이 있습니다. 바로 장인의 도제 수업에 들어가는 경우 입니다. 하지만 이들은 이런 부분에 대해서 열정 페이로 말하지 않습니다. 그 사실을 알고 들어 갑니다. 그리고 수련 기간 동안 충분히 배우기 때문에 문제가 되지 않습니다. 한국의 경우도 진정으로 그런 도제 수업을 할 수 있는 장인 밑에 들어가서 배운다면 열정 페이 논란은 사라질 것입니다. 문제는 그렇지 못한 사람들이 자신에서 그런 도제 수업을 받아야 한다고 강조하면서 문제가 되는 것입니다. 마치 자기를 그 분야 최고의 장인으로 스스로를 자평하면서 생기는 문제입니다. 이런 부분을 막기 위해서는 분명하게 구분이 필요합니다. 도제 수업에 들어 오는 사람은 먼저 그런 수업을 받을 만한 장인이 있는지 확인을 해야 하고 그렇게 교육을 해야 한다고 보는 장인은 자신의 교육을 통해서 새로운 장인을 만들어 갈 수 있다는 절박함이 필요합니다. 그 외의 경우는 사회적 계약입니다. 일종의 근로 계약이고 정부에서 정하는 근로 규칙을 재대로 지키기만 해도 되는 것입니다. 열정 페이 논란의 핵심은 바로 그 수준이 안 되는 사람이 스스로를 장인이라고 생각하는 착각과 제대로 그 사람에 대해서 알아 보지도 않고 정식 계약을 하지 않은 상태로 일을 하게 되는 경우에 생기는 미스매치입니다. 일을 시킬 사람도 잘 알아야 하고 일을 하는 사람도 근로계약을 명확히 해야 이런 부분은 사라질 것입니다."

문화적 개념

문화의 개념, 환경 적응하려는,
인간의 행위

후학이 물었다.

"문화가 무슨 말이지요? 누구나 문화라는 말로 붙이기는 하는데 정확히 뜻도 모르겠고 어디다가 붙이는 게 맞는 지도 모르겠습니다."

선학이 물었다.

"문화의 영어 뜻은 아시나요?"

후학이 대답을 했다.

"농사를 짓다 라는 말에서 출발했다고 알고 있습니다."

선학이 다시 물었다.

"그럼 한자로 문화의 뜻이 무엇인지를 아나요?"

후학이 대답을 했다.

"한자 그대로 풀어 보면 문자로 만들어진 것이라고 표현하는 것 같습니다. 즉 사상이라는 뜻이라 봅니다."

선학이 대답을 했다.

"맞는 말입니다. 한자로 먼저 풀어 보면 문(文)은 그 기원이 문신한 남자를 의미합니다. 이것이 무늬로 발전하고 이것이 다시 글을 의미하는 것으로 확장된 것입니다. 그리고 化라는 것은 두 가지 뜻이 합친 것입니다. 살아 있는 사람을 의미하는 人과 죽은 사람을 의미하는 人의 뒤집어진 모양으로 된 것입니다. 즉 산 사람이 죽었다는 의미로 이것은 변화를 의미하는 것입니다. 즉 글을 통해 변화한다는 의미가 바로 문화의 의미인 것입니다."

후학이 다시 물었다.

"문화라는 말의 한자 풀이로 보면 요즘 쓴 말들과는 연결이 되지 않는 것 같은데요?"

선학이 대답을 했다.

"이유는 바로 독일식 표현인 Kultur 를 일본어로 바꾸면서 문화文化로 한 것입니다. Kultur는 영어의 Culture와 같습니다. 이것은 라틴어인 Cultira에서 나왔다고 합니다. 보살피다. 경작하다 라는 의미입니다. 주 대상이 자연이었는데 이것이 로마시대로 오면 다시 확장되어 정신을 가꾼다는 의미로 바뀐 것입니다. 중세 시대로 되면서 이 개념이 신이 인간을 농경지를 가꾸듯이 가꾼다는 의미로 바뀌어 집니다. 하지만 르네상스가 시작되면서 인간과 사회를 대상으로 바뀌면서 인간과 사회의 정신 세계를 가꾼다는 의미로 바뀐 것입니다. 근대에 들어 오면서 독일에서는 높은 정신적인 가치를 지닌 행동 즉 예술, 철학, 종교 등을 포괄하는 의미로 받아들여졌습니다. 현대 미국에서는 culture를 더욱 확대 해석하여 인간 전체의 삶의 형태로 받아들이고 인간이 환경 속에서 생존하기 위해서 획득한 모든 것이라고 생각하게 된 것입니다."

후학이 다시 물었다.

"그럼 요즘 쓰는 문화의 의미는 한자 방식인가요? 아니면 미국식인가요?"

선학이 대답을 했다.

"현실적으로는 한자식이 아닌 미국식 표현이 맞습니다. 더 깊이 들어가면 문화는 일종의 환경 생존 전략입니다. 어느 환경 속에서 만들어진 생존 방법 모든 것을 의미하는 것이지요. 그래서 문화 앞에 붙는 모든 수식어는 바로 문화의 생존 환경을 뜻합니다. 그러니 문화가 다르다는 말은 처해진 문화의 환경이 다르다는 말입니다. 한국 문화와 일본 문화가 다른 것은 지리적으로 다른 것이고 귀족 문화와 농민 문화가 다른 것은 계급이 있던 시절의 계급이 다르다는 것을 의미합니다. 소비문화와 생산문화라고 표현하며 상품이 판매되어 쓰이는 문화와 상품이 만들어지는 과정 속의 문화가 다르다는 의미입니다. 즉 문화 앞에 붙은 모든 수식어는 바로 다른 환경 즉 지리적, 계급적, 과정적 또는 장르적 등 모든 방식의 구분되는 문화의 성격에 따라서 다른 문화가 존재하는데 그것은 바로 생존 전략의 결과물이라는 것입니다. 환경에 대응하는 행위의 결과가 문화인 것입니다."

후학이 대답을 했다.

"알겠습니다. 이제야 왜 수없이 많은 문화가 존재하는지에 대해서 알겠습니다. 그럼 문화도 좋은 문화와 나쁜 문화가 있을 수도 있겠네요? 수없이 많은 문화가 존재하지만 그런 문화들 중 구분이 필요하긴 하겠네요."

선학이 대답을 했다.

"문화에는 좋은 문화와 나쁜 문화가 존재하는 것이 있는 것이 아니라 문화가 도태되지 않고 살아 남을 수 있는가 없는가 하는 것이 더 중요합니다. 한 개인이라고 하더라도 하나의 문화만 향유하는 것이 아닙니다. 계급적 문화, 지역적 문화, 장르적 문화, 취향적 문화 등등 다양한 영역에 존재하는 것입니다. 노동자가 경상도에 있으면서 한국인이고 좋아 하는 취미는 TV보기를 즐기고 가끔 소주를 마신다고 하면 노동자 문화, 경상도 문화. 한국 문화, 대중 문화, 소비 문화를 가지고 있는 것입니다. 즉 문화간의 경쟁이 일어납니다. 한 개인에게도 주도 문화와 비주도 문화로 구분이 되고 되고 그 중에서 영향력이 적은 것은 사라지는 것입니다. 공동체나 국가에도 동일하게 작용합니다. 즉 문화는 가치 판단의 기준이기보다는 오히려 문화의 적자 생존이 더 중요한 문제지요. 그러나 하나는 분명합니다. 보다 많은 사람에게 보다 건강하게 이롭게 작동하는 문화가 더 오래 살아 남을 것입니다."

후학이 다시 물었다.

"그럼 어떤 문화를 오래 지속하려면 어떻게 해야 하나요?"

선학이 대답을 했다.

"보다 많은 사람에게 익혀지도록 만들어 내는 것입니다. 문화가 환경에 적응해서 만들어진 습관이라고 하는 뜻은 많은 사람들이 익혀지면 질수록 오해 살아 남는다는 의미입니다. 명분이나 정의가 문화에도 적용될 수는 있지만 사람들 행동 양식에 깊이 있게 담겨지지 않으면 오래 살아 남을 수 없습니다. 문화를 오래 지속시키는 가장 좋은 방법은 체험하고 그것을 자신의 문화로 받아들이는 사람이 많아지도록 만들어야 합니다. 그 방법을 어떻게 만들어낼 수 있는가 하는 것이 문화 기획자의 능력입니다."

역사의 시간, 흘러 간다 하여도,
변화는 있네

후학이 물었다.

"시간이 지나갑니다. 역사도 지나가겠지요. 그런데 역사는 무엇일까요?"

선학이 다시 물었다.

"무엇에 관한 역사인가요?"

후학이 대답했다.

"인간 사회의 역사이지요. 인간의 역사만큼 중요한 것이 없으니 당연히 인간의 역사이지요."

선학이 다시 물었다.

"인간의 역사 중에 무엇을 기준으로 보는가요?"

후학이 대답을 했다.

"음. 역사를 이야기할 때 어떤 기준으로 이야기한다는 것은 정치 변동에 따라 바라보는 것이 아닌가요?"

선학이 다시 물었다.

"그럼 정치 변동은 어디에서 그 근원이 있는가요?"

후학이 대답을 했다.

"정치 변동은 권력의 투쟁에 의해서 이루어지지요."

선학이 다시 물었다.

"권력 투쟁은 누구와 누구가 하는가요?"

후학이 대답을 했다.

"당연히 정권을 쥐고 있는 권력자와 그렇지 못한 세력과의 투쟁이겠지요."

선학이 다시 물었다.

"그러면 그 권력 투쟁을 이기기 위한 힘은 어디에서 나올까요?"

후학이 말했다.

"결국은 그 힘은 군사력이나 정치력 또는 군중 동원력이니 그 힘은 경제력에서 나오겠지요."

선학이 말했다.

"예 그 근본은 바로 경제력에 의해서 나옵니다. 경제력이란 바로 사람을 움직이는 힘이기 때문에 그 힘으로 권력투쟁에서 이길 수 있는 것입니다. 그래서 역사란 바로 권력 투쟁의 역사이고 그 바탕에는 바로 경제력 획득을 위한 투쟁이나 그 결과라고 볼 수 있습니다. 그러기에 역사를 명분이나 당위성으로 이해를 하는 순간 그 본질을 잊어 버리는 것입니다."

후학이 다시 물었다.

"그럼 권력투쟁의 역사와 경제력획득의 역사라면 일반인들은 역사를 어떻게 이해를 해야 하나요?"

선학이 대답했다.

"표면적으로는 권력 투쟁의 역사이고 내면적으로는 경제력 획득이 역사의 본질이라면 일반인들이 이해해야 하는 핵심은 바로 그 주체가 될 것인지 아니면 그 과정의 방관자과 될 것인지 하는 문제입니다. 즉 일반인도 역사의식이 있어야 한다는 것을 의미합니다. 자신이 가지고 있는 투표권이나 구매력 또는 참정권을 어떻게 사용하는가에 따라서 역사의 방향이 결정되는 것입니다. 역사의식을 가지고 움직이는가 아닌가는 바로 미래의 역사를 결정하는 일이기 때문입니다."

후학이 다시 물었다.

"역사의식을 가진 사람은 어떻게 행동해야 하나요? 특히 정부의 정책에 문제가 있다고 하는 것에 대해서 표현을 하려고 한다면 제약이 많이 따르기 때문에 이런 문제들에 부딪칠 때마다 포기하기 쉽지 않습니까?"

선학이 대답을 했다.

"역사의식이 있다는 것은 바로 역사의 주체가 된다는 것을 의미하고, 특히 미래에 변화될 방향에 대한 확신도 가지고 있다는 것을 의미합니다. 단순히 역사 의식이 있다는 것은 중요하지 않습니다. 그것도 필요하겠지만 더 중요한 것은 바로 역사의 변화에 대한 신념입니다. 그 신념이 있다면 그 변화의 방향으로 행동하고 포기하지 않게 되는 것이지요. 그래서 역사의식이란 다른 말로는 변화에 대한 신념이라고 할 수 있는 것입니다. 신념이 없으면 역사의 주체로 나설 수가 없습니다. 신념이 없어지면 그냥 추종자로 돈에 의해서나 폭력에 의해서 끌려 가는 행위밖에는 할 수가 없어지는 것입니다. 그래서 중요합니다. 저항할 수 있는 자유는 역사의식이 있는 사람만 할 수 있는 것입니다. 세상 변화의 출발은 바로 신념입니다. 특히 권력 구조의 변화 또는 미래 경제력의 변화에 대한 확신이 더욱 중요합니다. 비관적인 사람은 역사의 주체가 되지 못합니다. 희망이란 역사 의식이 분명할 때 더욱 빛을 발하는 것입니다. 역사를 배우는 것도 바로 역사적 변화에 대한 신념을 갖추기 위해서 필요합니다. 과거를 통해서 미래를 예측할 수 있기 때문이지요."

역사적 진보, 뿌리부터 바꾸자,
시스템 변화

후학이 물었다.

"역사는 왜 자꾸 반복되어 일어나나요? 한번 문제가 발생하였으면 없어져야 하는데 그렇지 않고 계속 반복되어 있어납니다. 이유가 무엇인가요?"

선학이 대답을 했다.

"역사가 반복되는 것은 일어났던 시기에 정확히 문제의 본질을 해결하지 않고 덮어두어서 생긴 것입니다. 잡초가 생겼다고 하여 눈에 보이는 잡초 잎만 제거하고 나면 그 잡초가 없어질 것이라고 하지만 실제는 뿌리도 없애고 씨앗도 없애야 잡초가 다시 생기지 않는 것입니다. 그러기에 뿌리부터 없애지 않으면 반복될 수밖에 없습니다."

후학이 다시 물었다.

"그러면 어떻게 해야 뿌리부터 없앨 수 있나요? 단순한 문제가 아닌 것으로 보이는데요?"

선학이 대답을 했다.

"뿌리부터 없애기 위해서는 세 가지의 원칙을 가지고 바라봐야 합니다. 첫째는, 이 역사적 사실들이 누구로부터 비롯되고 누가 그 혜택을 보고 있는가입니다. 역사의 주체가 혜택을 보아야 하는데 그렇지 않고 일부의 사람들이 혜택을 보면 그 집단이 끊임없이 문제를 일으키게 되어 있습니다. 자동차에서 운전사가 누구인가 하는 것과 같습니다. 음주운전으로 사고를 일으킨 사람이 다시 운전하면 또 음주운전으로 사고를 내게 되는 것과 같습니다. 둘째는, 문제가 잘못되었다고 할 때 그 문제를 해결하기 위해서 시스템이 전반적으로 해결되었는가 하는 것입니다. 자동차로 치면 기계적 결함이 해결되었는가 하는 것을 보는 것입니다. 그 해결을 하기 위해서는 처음부터 끝까지 일관된 시스템 정비가 이루어져야 하지요. 셋째는, 유지관리의 관점입니다. 시간이 지나면 잊어 버리기도 쉽고 관심이 덜하기도 하지요. 그러다 보면 또 발생합니다. 그래서 모든 사람이 알고 더 이상 그 문제에 대해서는 몸으로까지 방지하려고 할 때 비로소 문제는 뿌리부터 해결되는 것입니다."

후학이 물었다.

"역사는 주로 왕이나 권력자 중심으로 보게 되어 있습니다. 그러다 보니 운전사가 하나뿐이라고 생각하게 되고 사고를 낸 운전사를 그냥 바꿀 수 없는 상황이 일어나는 것이 역사적 현실이라고 생각하기 쉽다고 보는데요?"

선학이 대답을 했다.

"그런 생각을 하기 쉽지요. 이유는 과거의 역사를 기록한 목적이 바로 지배의 역사이기 때문입니다. 즉 지배자의 관점으로 역사가 기록되었고 그 영향이 오래 남아 있었던 것입니다. 하지만 역사는 지배자의 역사가 아닙니다. 강의 표면이 얼었다고 하여 강 속이 얼어 있지 않고 흘러 가는 것처럼 역사상에 나타난 지배자가 비록 바뀌지 않는다고 하여 역사에 내재한 변화가 안 바뀌는 것은 아닙니다. 지배자의 모습이 현재 시점에서만 보일 뿐이지 오랜 역사의 과정으로 보면 끊임없이 바뀌는 것입니다."

후학이 다시 물었다.

"그럼 어떤 방향으로 바뀌는가요? 실제 그 변화를 예측할 수 있는 측면도는 있는가요?"

선학이 대답을 했다.

"역사 변화 방향은 세 가지로 구분됩니다. 첫째는, 사람들이 평등해지고 있는가 하는 것입니다. 차별은 줄어들어도 차이는 있을 수 있습니다. 하지만 기준은 차별하는 제약들이 얼마나 줄어드는가 하는 것입니다. 둘째는, 얼마나 보편적 지적 수준이 올라가는가 하는 것입니다. 교육을 더 받거나 정보가 더 많이 더 빠르게 알 수 있거나 하여서 지적 수준이 더 높아지는 것을 말합니다. 지적 수준이 높아지면 질수록 올바르지 못한 지배자들은 지배하기가 어렵습니다. 그래서 지배자들은 항상 민중을 우매하게 만들 방법을 찾는 것이지요. 셋째는, 사회적 부가 얼마나 축적되는가 하는 것입니다. 즉 역사가 사회적 복지 환경 시설 등의 증가로 인해서 사회적 부가 증가되는가를 보여 주는 것입니다. 이것은 개인의 부와는 다릅니다. 오랜 기간을 보면 이런 사회적 부가 증가되는 것을 볼 수가 있습니다. 100년 전에는 없던 지하철 망이 현재에 있는 것처럼요."

후학이 다시 물었다.

"만일 역사가 올바르지 못한 방향으로 흘러가고 있다면 어떻게 해야 하나요? 권력자가 바뀐다고 하여 문제 해결이 되지는 않을 것으로 보이는데요?"

선학이 대답을 했다.

"지배자가 바뀐다고 하여 올바르지 못한 방향으로 흘러가는 역사가 바뀌지는 않습니다. 가장 중요한 변화는 자동차가 기계적 고장을 고쳐야 하듯이 역사도 시스템 문제가 해결되어야 합니다. 그러기에 출발이 중요합니다. 그 출발되는 사실들을 해결하지 못하면 항상 때가 되면 문제로 발생되는 것입니다. 지배자가 바뀌는 것은 운전사가 바뀌는 것과 같습니다. 역사의 올바른 방향을 바로 잡기 위해서는 운전사도 바뀌어야 하지만 시스템 결함도 바뀌어야 합니다."

학문의 길은, 지름 길은 없고,
질문만 있네

후학이 물었다.

"학문하는 방법은 무엇인가? 학문을 한다고 하는데 어떻게 하는 것이 올바른 방법인지 잘 모르겠습니다."

선학이 물었다.

"무엇 때문에 학문을 하려고 하는 가요?"

후학이 대답을 했다.

"학문을 하려고 하는 것은 보다 더 잘 알기 위해서 하는 것 아닌가요? 그러기 위해서 박사 학위도 따고 박사학위를 받아야 교수가 되든 연구원이 되는 되는 것 아닌가요? 학문을 하는 면허증 같은 거라 봅니다."

선학이 다시 물었다.

"그럼 박사 학위만 받으면 학문을 하는 것인가요?"

후학이 대답을 했다.

"그건 아니지만 학문을 하겠다고 한다면 그게 기본이라 봅니다. 박사 학위도 없는데 학문한다고 하면 누구도 믿어 주지 않지 않습니까?"

선학이 대답을 했다.

"그렇긴 합니다. 학문을 하겠다고 하는 것은 배움의 길에 들어서겠다는 뜻이니까요. 학문의 한자 뜻은 학은 배울 學학 물을 問문 입니다. 즉 그 뜻은 배우고 물어 본다는 뜻입니다. 묻고 배우는 것이 학문의 본질입니다. 무엇을 묻는가에 따라서 무엇을 배울지 결정됩니다. 인생에 대해서 물을 수도 있고, 사랑에 대해서 물어 볼 수도 있습니다. 과학에 대해서 물어 볼 수고 있고 우주에 대해서 물어 볼 수도 있습니다. 무엇을 물어 보느냐가 학문의 출발입니다."

후학이 다시 물었다.

"물어 본다고 하여 답이 나온다면 학문할 필요가 없는 것 아닌가요?"

선학이 대답을 했다.

"맞습니다. 물어 보았는데 답이 분명하다면 그건 학문이 아니지요. 학습으로 끝나는 것입니다. 이미 결론이 난 것을 배우는 것이 학습이거든요. 즉 배우고 익히면 됩니다. 하지만 학문에서의 물음은 다릅니다. 바로 그 답이 없다고 보여지는 것에 대해서 물어 보는 것이다. 그래서 그 물음은 끝나지 않는 물음입니다. 만일 처음에는 그 답을 알 수 있다고 보여지는 사람을 찾아 다니겠지요. 그래서 지도하는 선생이나 교수가 있는 법입니다. 하지만 그들도 답을 해주지는 못합니다. 단지 어떻게 찾아야 하는 지 길을 가르쳐 줄 뿐이다. 그 다음 그 길을 찾아 가는 것은 본인의 몫입니다. 책을 찾든지 논문을 뒤지든지 실험과 사례 또는 현장 조사를 통해 연구하든 무엇을 하든지 상관없이 본인들이 찾아 다녀야 합니다. 학문이란 어쩌면 끊임없이 찾아 다니는 여정과 같습니다."

후학이 다시 물었다.

"그렇구요. 그럼 학문을 한다는 것은 질문에 답을 찾아 다니는 것이네요. 그럼 학문하는 사람이라면 어떤 질문이 좋은 질문입니까?"

선학이 대답을 했다.

"절대적으로 좋은 질문이란 없다고 봅니다. 좋은 질문은 본질을 물어 보는 질문이 좋은 질문입니다. 그 본질이 무엇인가 하는 것은 답을 내기 쉽지는 않지만 그래도 그 본질을 찾아 가는 길이 가장 좋은 질문이라 봅니다. 다만 그 본질적인 질문은 본인이 생각하는 가장 중요한 문제에 대해서 하는 질문입니다. 오랫동안 건강 문제로 고생한 사람이라면 병이 무엇인지 물어 보는 것이 가장 좋은 것이라 봅니다. 오랫동안 사랑에 대해서 고민한 사람은 사랑에 대한 물음이 가장 좋을 수 있습니다. 물리학을 하는 사람이라면 힘이 무엇인지 물어 보는 것도 좋은 것입니다. 즉 자신이 가장 중요하게 생각하는 것에 대해 물어 보는 것이 좋습니다. 그리고 그 질문을 다양하게 해가면 하나의 답이 아니라는 것을 발견할 수 있지요. 그때부터가 본격적으로 학문하는 길에 들어선 것입니다. 즉 기존의 알고 있는 다양한 답 중에 자신이 원하는 답이 없을 때 그 답을 찾아 가는 것이 학문입니다."

후학이 다시 물었다.

"그럼 왜 박사 학위를 받아야 하나요? 실제 그런 질문들을 찾아 가는 것은 박사 학위가 없더라도 문제가 없는 것 아닌가요?"

선학이 대답을 했다.

"맞는 말입니다. 박사 학위가 없어도 됩니다. 하지만 박사 학위가 가지고 있는 의미는 제대로 학문을 할 수 있는 방법론을 배웠다는 것을 인정 받는 것을 의미합니다. 즉 학문의 결과가 아니라 어떤 주제에 대해서 학문할 수 있는 기본적인 기술과 방법론을 익혔다고 인정하는 것입니다. 실제 학문은 그 전에 할 수도 있고 그 후에 할 수도 있습니다. 하지만 객관적으로 평가할 수 있는 기준점이 되는 것이 바로 박사학위를 가지고 있는가 없는가 하는 때입니다. 어떤 사람은 박사 학위를 받으면 학문이 끝난다고 생각을 하는데 그것은 착각입니다. 박사학위를 받는 것은 이제 학문의 길을 달릴 수 있는 면허증을 받은 것과 같은 것입니다. 얼마나 달려가야 할지 하는 것은 그 다음 문제일 뿐입니다."

후학이 다시 물었다.

"그럼 박사학위를 가지지 못한 사람은 어떻게 학문을 해야 하나요?"

선학이 대답을 했다.

"학문 그 자체로서 끝나도 됩니다. 즉 자신이 묻고 답하고 싶은 분야에 대해서 스스로 만족한 수준의 답을 찾았다면 그것으로 끝나도 됩니다. 그게 진정한 학문의 목적이기 때문입니다. 하지만 자신이 내린 답이 인정받을 만한지 그리고 사회적으로 인정을 받을 만한지 하는 것을 검증하고 싶다면 결국 논문이나 책을 또는 발표를 할 수밖에 없습니다. 즉 결과물을 만들어 내야 한다는 뜻입니다. 그렇게 하여 학문적으로 검증을 받는다면 그것은 학문의 결과를 얻은 것과 같습니다. 즉 박사학위를 가지지 못한 사람의 학문은 결국 결과를 통해서 학문의 깊이를 보여주는 것입니다. 그것은 이미 박사학위가 없더라도 충분히 학문을 하는데 문제가 없었고 결과도 바르게 나왔다는 것을 증명하는 것이기 때문입니다. 그런 결과를 낸 사람들이 생각보다 많이 있습니다. 그들에게는 박사학위란 어쩌면 형식일 뿐이라고 보기 때문에 쓸데없는 시간 낭비하기 싫어서 안 하는 사람들이 많이 있습니다."

후학이 마지막으로 물었다.

"그럼 학문을 어떻게 해 나가는 것이 가장 바람직한가요?"

선학이 대답을 했다.

"학문의 길은 끝이 없는 길입니다. 하면 할수록 그 길은 길어 보입니다. 학문을 하고 그 끝을 보았다고 하는 사람은 어리석은 사람입니다. 학문은 끝없는 길에 마치 바톤을 넘겨주듯이 자기가 연구한 분야를 넘어서서 연결될 수 있도록 만들어 주어야 합니다. 학문의 길을 가는 데도 끊임없이 주저함 없이 가야 하지만 자기의 때에 끝날 것이라고 착각하지 말고 다음 세대에 연결하여서 지속될 수 있도록 만들어야 합니다. 그렇게 할 때 학문의 체계는 하나 하나 자리 잡아 가는 것이고 그 길에 한두 발자국 남기는 것입니다. 자만하지도 말아야 하고 교만하지도 말아야 하며 자신의 부족함 그대로 다음 세대에 넘겨 줄 수 있는 사람이 학문을 제대로 하고 가는 사람입니다. 그렇게 해야 그 학문이 다음 세대에 모범이 된다고 봅니다."

사냥을 통해, 자신을 드러내지,
남자의 존재

후학이 물었다.

"남자란 어떤 존재입니까?"

선학이 대답을 했다.

"남자가 어떤 존재라니요. 존재는 존재하기 위한 역할이나 기능이 있어야 존재의 의미가 있습니다. 남자가 어떤 방식으로 존재하는가라는 물음이 되어야 합니다."

후학이 다시 물었다.

"그러면 다시 묻겠습니다. 남자란 어떤 방식으로 존재하는 사람인가요?"

선학이 대답을 했다.

"남자란 분류하여 보면 물질에서 생물, 생물에서 동물, 동물에서 유원인, 유원인에서 인간, 인간에서 남자로 부류됩니다. 이 단계 별로의 나름의 정의가 있을 것이고 다시 남자는 중년남자, 청년, 청소년, 노인 등으로 또다른 정의가 필요한 남자로 구성됩니다. 즉 남자의 존재란 바로 이런 연관성 속에 존재하는 것입니다."

후학이 다시 물었다.

"복잡하네요. 그럼 남자로 분류되는 그 상태에서 정의는 무엇일까요?"

선학이 말했다.

"정의를 하기보다는 그 상태의 남자가 무엇을 하기 위해서 존재하는가 하는 것입니다. 즉 남자가 사회 구성원으로 어떤 방식으로 자신의 존재를 증명하는가에 질문이 되어야 합니다. 남자는 공동체 내에서 사냥의 역할로 그 존재 방식을 증명해 왔습니다. 사냥이란 다른 의미로 보면 공동체를 떠나서 사냥거리를 찾아 다니면서 사냥이 끝나면 돌아 오는 존재입니다. 항상 유랑하고 항상 위험에 처하고 항상 사냥감을 위해서 목숨을 거는 존재입니다."

후학이 말했다.

"그것은 과거 원시인 때 일어난 일이고 현대는 다르지 않습니까? 현재에는 누가 사냥을 하는가요?"

선학이 대답을 했다.

"다르지 않습니다. 남자의 존재 방식은 공동체 내에 필요한 것을 외부에서 조달하는 역할을 하는 것입니다. 그러기 위해서 나가서 방황하고 위험에 처하고 때로는 목숨을 걸기도 하는 것입니다. 단 하나의 목적이라면 가족이라고 불리는 공동체에 위하여 필요한 재물이나 필수품을 구해오는 역할인 것입니다."

후학이 다시 물었다.

"그런 측면에서 비슷하긴 하지만 그렇다고 모든 남자들이 그렇게 하지는 못하지 않나요?"

선학이 대답을 했다.

"남자는 기본적으로 공동체 속에 항상 있을 수 없는 역할 입니다. 항상 외부적으로 나가야 하는 역할을 하지요. 다만 그런 일을 중단해야 하는 것은 바로 자신이 유지해야 할 공동체가 없는 경우이거나 아니면 공동체가 해체된 경우입니다. 나이가 어리면 공동체를 구성하기 위해서 노력하고 나이가 들면 그 속에서 일정 역할을 하도록 사회관계가 조직화된 것입니다."

후학이 다시 물었다.

"남자들의 공동체를 위한 역할이 줄어 들고 있습니다. 그렇다면 그것은 남자로서의 사회적 기능이 약화된다고 보아야겠네요?"

선학이 말했다.

"맞는 말입니다. 남자들의 가장 기본적인 존재 이유인 공동체를 위한 역할이 줄어들고 있습니다. 이것은 다른 말로는 사냥하기 어려워졌다는 것을 말하는 것입니다. 즉 그만큼 경쟁이 심해지면서 사회적 관계를 지속하고 확장 하기가 어렵다는 것을 말합니다. 그러면서 대체되는 여자의 역할이 강화되는 것이지요. 공동체를 지키고 유지하는 것은 여자이기 때문입니다."

후학이 다시 물었다.

"그러면 경쟁에서 뒤진 남자들은 어떻게 살아가야 하나요? 슬픈 일입니다."

선학이 대답을 했다.

"사냥감의 크기를 줄이는 것입니다. 즉 작은 목표물을 향해서 가야 하는 것입니다. 남들이 쳐다보지 못하는 작은 사냥감을 찾아야 한다는 것입니다. 그 전에는 곰도 잡으려고 하고 사슴도 잡으려고 했다면 이제는 쥐도 잡고 물고기도 잡는 방식으로 바꾸어야 합니다. 비록 수확은 적을 지라도 최소한 공동체에서 필요한 부분을 충당할 수 있을 것이기 때문입니다. 그런데 과거의 경력만으로 그런 일을 마다한다면 결국 더 이상 남자로서의 사회적 기능을 못하게 되는 것입니다."

세상이 변해, 모계 중심의 사회,
여성이 주인

후학이 물었다.

"여성들이 세계적으로 많은 업적을 만들고 있습니다. 세상이 많이 바뀌는 것 같습니다."

선학이 대답을 했다.

"근본적으로는 사회적 관계가 바뀌었기 때문에 그렇습니다. 여성의 지위가 올라간 이유도 있지만 여성의 능력이 더욱 중요해지는 시점이 온 것입니다."

후학이 다시 물었다.

"그럼 사회적 관계가 어떻게 변했다는 것이지요?"

선학이 대답을 했다.

"기존의 사회적 관계는 가부장적 관계를 중심으로 이루어진 것입니다. 이 근본적인 이유는 물적 재산의 상속에 의해서 이루어진 것입니다. 하지만 현대는 물적 자산보다는 지적 자산이 더욱 중요한 시점에 와 있습니다.

그러기에 지적 자산을 양도 받는 구조를 가진 성이 더욱 강력한 권한을 가지는 것입니다. 현실적으로 보면 지적 자산을 전승시키는 것은 여성 즉 모계를 통해서 이루어지는 것입니다. 이 결과가 결국은 여성의 권한을 강화하게 되는 것입니다."

후학이 다시 물었다.

"그럼 가부장적 사회에서 모계 사회로 바뀌는 것이란 말인가요?"

선학이 대답을 했다.

"그렇습니다. 이미 모계 사회로 상당히 진행이 되었습니다. 모계 사회의 지적 전승은 바로 모계를 통해서 전달됩니다. 여성은 특히 복잡한 사회관계를 제어하는 능력을 천부적으로 가지고 태어납니다. 그런 이유로 자녀들의 교육을 책임을 지고 자녀들의 의식구조를 결정하게 되기에 여성 중심의 구조로 바뀌는 것입니다. 남성은 그런 의미로 보면 가족 내에 지적 전승에 큰 영향을 끼치지 못하는 것입니다. 그게 가족 내에서 이미 남성이 소외되는 구조로 바뀐 것입니다."

후학이 다시 물었다.

"그럼 여성의 사회적 특징은 무엇인가요?"

선학이 대답을 했다.

"여성의 사회적 특징은 3가지로 정의가 됩니다. 하나는 다기능 역할에 관한 능력입니다. 여성은 다양한 역할을 수행하는데 문제가 없도록 진화되어 왔습니다. 두 번째는 감성적 능력에 관한 것으로 주로 의사결정에 관한 능력을 가지고 있는 것입니다. 의사결정은 합리적 결정과정이라기보다는 감성적 결정과정이 많습니다. 그런 과정에서 통해서 여성들이 의사결정권을 가지는 것입니다. 소비자 구매력에 결정권을 90% 이상이 여성에 의해서 이루어지며 선거에 있어서도 결정권이 여성에게 넘어간 상황입니다. 여성의 동의가 없이는 선거에 이길 수 없는 것이 현실인 것입니다. 셋째로 중요한 능력은 사회적 책임에 관한 능력입니다. 즉 가족에 대한 책임이 여성에게는 강하게 남아 있습니다. 그 근본 이유는 바로 자식에 대한 명확한 귀속권한을 가지고 있기 때문입니다. 따라서 물적 자산의 중요성이 약화되면서 그 권한을 많이 가지고 있던 남성들은 가족 내에서 발언권이 떨어진 것이고 실제 가족제도 내에서도 그 영향력이 떨어졌습니다. 이미 서구 유럽사회에서는 미혼모의 출산율이 50%를 넘은 것이 이 사실을 반영하고 있는 것입니다."

후학이 다시 물었다.

"사회 속에 여성이 그렇게 바뀐다면 사회적으로도 많이 바뀌겠네요?"

선학이 대답했다.

"그렇게 변할 것입니다. 하루 아침에 바뀌지는 않지만 가면 갈수록 많이 변할 것입니다. 문제는 있습니다. 지도자급의 여성의 숫자가 많지가 않기 때문에 생기는 문제입니다. 사회적으로는 여성의 권한이 많이 올라갔고 능력도 향상되었지만 아직은 지도자로 성장한 인물들이 그렇게 많지는 않습니다. 이미 지도자들로 나선 사람들은 사회가 변하기 이전에 탄생한 사람들이고 현재 바뀐 사회 속에 성장한 세대는 아직 지도자로 성장할 수는 없는 상황입니다. 시간이 필요한 시점이고 이 변화된 세대가 성장을 하여 지도자로 나서는 시기가 되면 사회 제도적으로 모든 것이 바뀔 것입니다."

후학이 대답을 했다.

"그럼 남성들은 어떻게 해야 하나요?"

선학이 대답을 했다.

"남성과 여성은 사회적 역할의 차이는 있지만 차별은 없는 관계여야 합니다. 그리고 여성이 남성과 동등하게 될 수밖에 없다는 것을 인정해야 합니다. 이미 변화된 세대 즉 모계 중심으로 가족관계가 변하고 나면 그 속에서 길러진 남성들은 여성들의 사회적 역할의 변화에 대해서 인정하게 될 것입니다. 그러기에 남성들은 자신이 잘 할 수 있는 역할을 중심으로 사회 변화에 적응해 가면 됩니다. 그게 남성이 변화된 사회에 적응하여 살아가는 방법입니다."

감성의 시대, 스스로 만들어야,
힘이 된다네

후학이 물었다.

"감성은 무엇을 의미합니까? 감정 감각들도 비슷한 말로 들리는데 이것들과는 어떤 관계가 있는 것인가요?"

선학이 다시 물었다.

"감성이라는 말은 어디에서 많이 쓰이나요?"

후학이 말했다.

"요즘은 감성 시대라고 하잖아요. 주로 방송이나 미디어에서 많이 쓰이고 있습니다. 감성이라는 말을 쓰면 무엇인가 달라 보여요. 감정이라는 말은 조금 오버 한다는 느낌인데 감성이라고 하면 무엇인가 새로운 느낌입니다."

선학이 대답했다.

"나름 일리 있는 이야기네요. 자극 감각 감성 감정은 하나의 연결 고리를 가지고 있어요. 자극부터 보면 자극은 인간의 오감이 반응할 수 있도록 하는 외부적 요인입니다. 만일 인간이 인식하지 못하는 자극은 자극이 아닙니다. 인간이 소리 중에서 동물들이 듣는 소리를 못 듣습니다. 분명 동물들이 반응을 하니 자극은 자극이지만 인간에게는 자극이 아닌 것이지요. 이 자극은 오감을 자극하는 것입니다."

후학이 다시 물었다.

"그럼 자극은 어떤 방식이든 외부에서 오감을 불러 일으키도록 하는 외적 요인이 되는 것이군요. 그럼 이 자극이 오감을 자극하고 나면 그것이 감각이 되나요?"

선학이 대답을 했다.

"오감에 이루어진 자극을 인지하는 것이 감각입니다. 즉 감각부터 인간의 내적 인식이지요. 자극이 외적 요인이라면 감각은 내적 인식으로 바뀌는 것입니다. 이런 감각은 주로 신경세포에 의해서 이루어집니다. 과거에는 과학이 발전하지 않을 때는 감각에 대한 연구가 중요하지 않았지만 지금은 감각에 관한 연구를 많이 합니다. 감각을 받아 들이는 오감인 시각, 청각, 후각, 미각, 촉각들의 그 자체의 프로세스를 연구를 많이 하면서 이제는 신경세로인 뉴런의 활동에 대해서도 연구를 많이 합니다. 감각능력이 어떻게 하면 뛰어날 수 있는 지도 연구하고 그 장애에 대해서도 연구를 많이 합니다. 근본적인 접근법이 바로 외부적 자극의 전기 신호에 대한 전달 과정으로 보고 이것이 컴퓨터의 입력 장치와 비슷한 개념으로 받아들이기 때문이지요. 인간의 뇌가 오감을 통한 들어 오는 전기 신호를 받아들이는 프로세스를 감각이라고 보는 것입니다."

후학이 다시 물었다.

"감각이란 게 그냥 느껴지는 것은 아닌가 보네요. 우리가 그냥 일상 적으로 느끼는 모든 감각이 그 속에서는 과학적 이유가 있는 것이네요. 그럼 감성은 무엇인가요?"

선학이 대답을 했다.

"감성은 감각으로 인해서 이루어진 자극에 대한 인지능력을 의미합니다. 즉 감각된 정보를 해석하고 반응하고 그리고 재구성하는 능력을 의미합니다. 감각 그 자체가 아니라 감각된 정보에 대한 인지 능력을 의미하는 것이지요. 그래서 감정과는 차이가 있습니다. 감성이 중요해지는 것은 수없는 자극이 현대 사회에서 이루어지고 있고 어떤 식이든 사람들은 감각하게 되어 있습니다. 문제는 이 감각된 정보를 어떻게 해석하고 반응하고 처리해야 하는 지 훈련이 되어 있지 않습니다. 그래서 감성 능력이 뛰어난 사람들이 많이 필요로 하는 것입니다. 감성 능력이 뛰어나면 그것을 통해서 새로운 해석방법이나 응용방법들을 제시해 줄 수 있기에 이런 사람들이 각광을 받은 것입니다."

후학이 다시 물었다.

"그럼 감성이 중요해진 것은 현대 사회가 되면서네요. 그럼 감정은 무엇인가요? 완전히 기존에 우리가 알고 있는 것과는 다른 느낌인데요?"

선학이 대답을 했다.

"감정은 감성의 현재와 과거에 대한 개별적인 심리적 반응을 의미합니다. 감성으로 인해서 오감으로 감각되고 감성적으로 해석된 것에도 반응을 하지만 과거에 축적된 감성을 회상하면서 느끼는 반응도 있는 것입니다. 감정은 역사적인 흐름을 가지고 있는 것입니다. 대표적인 것이 바로 추억입니다. 추억을 통해서 감정이 일어나지요. 하지만 이것은 현재의 감성이 아니라 과거의 감성입니다. 그래서 그 추억을 통해서 일어난 감정은 과거의 축적된 감성인 것이지요. 감정이 보다 과거적 회기가 많기 때문에 현대 사회에서는 감정보다는 감성이라는 말을 많이 쓰는 것입니다. 바로 현재의 반응을 의미하기 때문입니다. "

후학이 다시 물었다.

"그럼 감성은 현재적 의미가 강한 것이네요? 일종의 대중문화로 인해서 만들어진 느낌이 많이 드네요."

선학이 대답했다.

"감성은 감각의 해석이기 때문에 감각은 현재의 자극을 기준으로 하는 것입니다. 즉각적인 효과를 볼 수 있기 때문에 감성이 중요한 것입니다. 감성이 강조되는 시대는 바로 자극에 대한 해석이 많이 필요로 하는 시대입니다. 감성력을 높인다는 것은 바로 그 해석력을 높인다는 의미와 동일합니다. 그만큼 자극이 많아지고 감각된 정보가 많아지면 해석이 안 되면 그것은 인지 혼란이 많이 생기기 때문입니다. 매스 미디어가 발달할 수록 그 자극의 강도나 절대량이 증가되기 때문에 더 중요해진 것입니다. 감성시대란 의미는 바로 이런 의미에서 출발한 것입니다."

후학이 다시 물었다.

"그럼 감성력을 높이려면 어떻게 해야 하나요? 감성이 현대 사회에서 중요하다면 분명 높여야 된다고 보는데요."

선학이 대답을 했다.

"감성 능력을 높이는 가장 확실한 방법은 어느 분야든 하나의 자극에 대해서 해석하는 훈련을 높이는 것이 좋습니다. 즉 시각이든 후학이든 미각이든 상관없이 최대한 그 감각에 대한 해석을 훈련받는 것이 효과적입니다. 모든 오감에 대해 감성 능력을 높이는 것은 어렵습니다. 하지만 사람마다 자신의 오감 중 가장 효과적인 감각 기관이 있습니다. 이 감각 기관을 중심으로 감각 능력을 키우고 감성 능력도 키워 나가는 것이 가장 효과적입니다. 그러기 위해서는 자신의 오감 중 어떤 감각이 가장 발달했는지 확인할 필요가 있습니다. 그것이 출발이 되는 것입니다."

후학이 다시 물었다.

"공부를 하거나 훈련을 받거나 하면 더 좋아지는 것은 아닌가요?"

선학이 대답을 했다.

"맞습니다. 공부하면 좋지요. 더욱이 훈련을 받으면 더 좋기도 합니다. 다만 모방은 안됩니다. 공부와 훈련을 통해서 자신이 스스로 감성능력을 키우는 방법을 찾는 것이지 감성을 모방하는 것은 아닙니다. 모방은 모방 대상자의 감성일 뿐이지 자신의 감성이 아닙니다. 오히려 자신의 감성을 만들어 내는데 장애가 되기도 합니다. 스스로 내면에 있는 감성능력을 끌어 올리는 것에 집중해야 합니다. 그것은 사색이나 명상 또는 스스로 느끼는 훈련을 통해서 자신만의 감성 능력을 길러 내야 자신의 것이 됩니다. 감성 능력 또한 자신의 아이덴티티를 구성하는 중요한 요소 중의 하나입니다."

가장 명확히, 의사전달 하려면,
기호가 최고

후학이 물었다.

"기호가 무엇이지요?"

선학이 대답했다.

"의미지요."

후학이 다시 물었다.

"의미란 무엇인가요?"

선학이 대답했다.

"전달하고자 하는 하나의 뜻입니다. 즉 말하거나 글을 쓰는 사람의 생각입니다."

후학이 다시 물었다.

"그럼 글자는 무슨 상관 있나요?"

선학이 대답했다.

"일종의 기호입니다. 기호 중에서 문법체계를 갖춘 것을 글자 즉 문자라고 하지요."

후학이 다시 물었다.

"그럼 기호의 범위는 상당히 많군요? 그럼 상징과는 무슨 관련이 있나요?"

선학이 대답했다.

"상징은 다양하게 해석이 됩니다. 하지만 기호는 어느 정도의 한계적 의미 또는 하나의 의미만 가지고 있어 구분이 됩니다. 그래서 기호는 상징성을 가지는 경우도 있지만 보다 더 구체적인 의미를 가지는 것이지요."

후학이 다시 물었다.

"세상을 해석하는 방법으로 기호를 많이 연구합니다. 왜 그런가요?"

선학이 대답을 했다.

"모든 인간은 표현하고 싶어합니다. 그런 표현 욕구는 특히나 감정적으로 억눌리거나 아니면 특별한 감정이 생겼을 때 특히 심해집니다. 이럴 때 표현을 하지요. 그 표현 방법이 바로 기호를 만드는 것입니다. 그런 기호를 보고 다른 사람들도 그 감정을 읽어 내는 것입니다. 세상에 많은 기호가 끊임없이 만들어 지기에 만들어진 그 기호를 보면 세상을 볼 수가 있는 것입니다."

후학이 다시 물었다.

"기호가 중요한 역할을 할 수 있군요. 그러면 예술도 그런 종류의 하나인가요?"

선학이 대답했다.

"예술은 그 장르마다의 성격에 따라서 다른 기호들을 만들어 냅니다. 그림은 색을 기호로 쓰는 것이 기본이고 무용은 동작 중 특히 손이 중요하고 음악은 음이 그 기호의 하나입니다. 기호는 대중화 됩니다. 즉 모든 사람이 알 수 있도록 퍼지게 됩니다. 그 기호가 일반화되었을 때 그 기호는 힘을 가지는 것입니다. 특정 작가가 예술에서 만든 기호가 대중화될 때 그 작가는 위대한 예술가라고 칭송을 받는 것이지요. 다른 의미로는 작가가 만든 기호 문법이 통한다고 보아야 하는 것입니다."

후학이 다시 물었다.

"기호와 예술은 떨어질 수 없는 부분이구요. 그럼 왜 기호가 힘을 가지게 되는 것인가요?"

선학이 대답을 했다.

"기호가 힘을 가질 수 있게 만드는 것은 바로 통일된 의미 전달이기 때문입니다. 즉 생각이나 이념을 전달하고자 할 때 가장 단순하면서도 분명하게 전달하는 방법 중에 하나가 바로 기호이기 때문입니다. 십자가를 그리면 그가 기독교인이 이라는 것을 바로 전달합니다. 손을 합장하면 나는 불교인이라는 것을 바로 말해 주듯이 분명한 메시지를 전달하는 것이 가능합니다. 그래서 한번에 한꺼번에 이런 메세지가 전달이 되는 순간 힘이 있는 것입니다. 기호의 힘은 순간적으로 모든 사람들이 명확한 인식을 하게 만들기에 힘이 있는 것입니다. 기호의 의미가 섞이거나 혼란스러우면 그 힘은 약해지는 것입니다. 그래서 광고에서도 명확한 기호 즉 상표를 분명하게 인식하게 만드는 것을 가장 중요하게 여기는 것입니다. 기호가 명확해 지면 영향력이 생기는 것입니다."

후학이 다시 물었다.

"기호가 영향력을 가지도록 만드는 것이 중요하겠군요. 어떻게 하면 기호가 효과적으로 영향력을 가질 수 있도록 할 수 있을까요? 많은 사람들이 고민하는 부분인 것 같습니다."

선학이 대답을 했다.

"기호가 영향력을 가지는 방법 중 가장 효과적인 방법은 사람의 잠재 의식 속에 내재된 부분과 결합을 시키는 것입니다. 특정 문화의 영향력 속에 있으면 그 문화만의 특징이 항상 존재합니다. 그런 부분을 결합시켜내는 기호는 영향력을 가집니다. 두 번째는 그 기호가 최근까지 정립이 안 되어 있어 아무도 느끼지 못하고 있던 것을 기호화시킨 경우에 영향력이 커집니다. 단순히 새롭다는 것보다는 잠재적으로는 정립이 안 되어 있지만 기호화되는 순간 이것이구나 하고 느끼는 그런 기호일 때 누구나 강하게 기호의 힘을 느끼는 것입니다. 셋째로는 친숙한 매체를 통해서 쉽게 전달될 수 있을 때 그 기호는 힘을 가집니다. 광고에서 사용하는 기호도 매체의 성격에 따라서 그 영향력이 차이가 나는 것처럼 기호는 그 속성에 맞는 매체에 따라서 힘이 달라집니다. 이런 차이를 알고 효과적인 매체를 선택할 수 있을 때 힘을 가지게 되는 것입니다."

예술품 감상, 자기 논리로 봐야, 깊이 느끼지

후학이 물었다.

"예술 작품을 보는데 이해가 잘되지 않습니다. 어떻게 해야 예술작품을 이해 할 수 있을 까요?"

선학이 대답을 했다.

"예술은 이해되는 만큼만 이해가 됩니다. 얼마나 그 작품을 이해하기 위해서 공부를 하셨나요?"

후학이 대답을 했다.

"음, 언제나 공부하고 갈 수는 없지 않나요? 정말 이해하고 싶어서 열심히 공부해야 하는 경우도 있지만 대부분은 그냥 예술을 접하는 것이 일반적이라 봅니다. 그러니 모르는 상태로 예술을 접한다고 보아야지요. 그런 상태로 예술 작품을 만나면 어떻게 해야 하나요?"

선학이 대답을 했다.

"예술은 감정의 표현입니다. 즉 작가는 자신이 표현하고 싶어 하는 감정을 예술의 다양한 형식을 통해서 표현하는 것입니다. 따라서 작가가 표현하려고 하는 감정이 무엇인지를 이해하는 것이 출발입니다."

후학이 대답을 했다.

"그러면 예술가가 표현하고 하는 감정을 읽어 내기만 하면 예술감상이 되나요?"

선학이 대답을 했다.

"작가의 감정을 읽어 내는 것이 출발이지만 그 다음 단계로는 그 감정의 표현을 하기 위한 작가의 논리를 이해하는 것이 필요합니다. 감정이란 단순히 감정 그 자체가 아니라 바탕이 되는 논리를 가지고 있습니다. 아무런 의미 없이 화가 나지는 않습니다. 분노는 그 분노를 잉태시키는 환경이나 상황 또는 논리 구조가 있기에 분노를 하는 것입니다. 그러기에 그 논리를 찾아 내는 것이 필요합니다."

후학이 다시 물었다.

"그것은 조금 어려워지는 것 같은데요. 그런 논리를 이해하기 위해서는 공부가 필요하네요. 그러면 그 단계만 되면 예술을 이해했다고 하나요?"

선학이 대답을 했다.

"그것으로 끝나면 안되지요. 문제는 작가의 감정을 읽어 내고 그 논리도 이해를 한다면 그 다음은 자신의 감정으로 승화시키는 것입니다. 즉 자신의 감정으로 예술 작품을 보면 되는 것입니다. 가장 간단히는 나라면 이 감정을 어떻게 표현할까 하는 것을 생각하는 것입니다. 즉 예술가의 감정 표현을 자신의 감정표현으로 바꾸어 생각해 보는 것입니다. 그러면 예술가의 표현에서 느낄 수 없는 새로운 것을 알게 됩니다."

후학이 물었다.

"예술가도 아닌데 그런 감정을 표현할 수 있나요?"

선학이 대답을 했다.

"예술가가 아니라고 자신의 감정 표현을 할 수 없는 것은 아닙니다. 다만 처음에는 힘들지 모르지만 자주 하게 되면 그 감정 표현이 자유로워지는 것입니다. 그래서 자주 이런 과정을 거치게 되면 예술작품이 보다 더 친근하게 느껴지는 것입니다."

후학이 다시 물었다.

"자신을 감정화시키고 나면 이제 완전히 예술 작품을 이해하는 것인가요?"

산학이 다시 대답을 했다.

"아닙니다. 마지막으로 자신의 논리를 찾아 내는 과정이 남아 있습니다. 자신이 느낀 감정이 자신이 가지고 있는 상황이나 환경 또는 논리구조와 어떻게 결합되는지를 찾아 내어야 합니다. 단순히 감정을 이입하는 단계를 넘어야 한다는 것입니다. 그렇게 되면 자신의 색깔에 맞는 작품들을 고를 수도 있고 그런 자품들을 비평할 수도 있게 되는 것입니다. 예술작품을 바로 보는 눈도 문화적인 힘입니다."

후학이 다시 물었다.

"생각보다 예술작품을 이해하는 과정이 어려운 과정이군요. 그냥 보고 느끼는 것을 쉽게 생각했는데 그것을 하나씩 이해한다는 것은 많은 노력이 드는데 그런 과정이 힘들어진다면 예술 작품을 감상하는 것을 어려워하지 않을까요?"

선학이 대답을 했다.

"한두 번 어려운 과정이 있을지 모르지만 그런 과정을 거치면서 숙련이 되면 모든 과정이 쉽게 느끼게 됩니다. 예술교육이 필요한 이유가 바로 이런 것입니다. 구구단이 어린 아이에게는 처음에 힘들지만 외우고 나면 그 다음에는 계산하기 편하듯이, 예술작품도 처음에 힘들지만 초기에 제대로 예술교육을 통해서 배우면서 익히면 그 다음 반복되는 과정을 통해서 쉽게 감정이입도 되고 자기 논리도 구축되는 것입니다. 논리 구조를 자기화시키는 것은 예술작품의 문제이기보다는 자신의 철학이나 사상의 문제와 더 깊은 관련이 있습니다. 예술은 작가의 것이기도 하지만 감상자의 것이기도 합니다. 때로는 작가의 의도와는 다른 감정으로 감상자가 읽었다고 하더라도 그것도 예술입니다. 그러기에 예술은 자주 접하게 되면 될수록 그런 메커니즘을 익힌 사람들이 많을 수록 문화적 깊이는 깊어지는 것이고 그 속에 느끼는 기쁨도 많아집니다."

역사의 소리, 음악으로 탄생해, 시대의 언어

후학이 물었다.

"논어에 보면 공자는 음악을 오래 연주해 보고 들으면, 어느 시대에 만들었는지 누가 만들었는지도 알 수가 있었다고 합니다. 단순히 음악을 듣는 것만으로도 그것이 가능한지요?"

선학이 대답을 했다.

"음은 물리적 소리이고 음악은 물리적 소리의 배열입니다. 그러기에 그것만 가지고는 무엇인지 알 수가 없지요. 하지만 물리적인 배열을 사람들이 감명깊게 알아들을 수 있는 것은 그 음을 배열해 내는 작곡가의 생각이 담긴 것입니다. 그러기에 그 생각을 읽어내는 것입니다."

후학이 다시 물었다.

"그럼 음악을 듣는 것은 일종의 작곡가가 전달하고자 하는 메시지를 듣는 것이군요. 그런데 그게 쉽게 알 수는 없지 않는가요?"

선학이 대답을 했다.

"일종의 언어입니다. 아무리 아름다운 목소리로 사랑을 고백한다고 하더라도 중국인이 중국말로 한국 사람에게 고백을 한다면 그 느낌을 알 수가 없지요. 마찬가지로 음악의 언어를 알지 못하는 사람이 그 언어를 이해 하려고 하면 먼저 그 언어를 배워야 합니다. 그렇지 않고는 힘든 것이지요. 음악들 듣고 작곡가의 생각을 알아 낼 수 없는 것은 바로 언어를 익히지 않고 듣기 때문입니다. 하지만 지속적으로 들으면 익혀집니다. 마치 아이가 언어를 모르지만 계속 들으면서 익히는 것과 같습니다."

후학이 다시 물었다.

"그럼 음악 언어는 동일한가요? 민족 별로 음악체계가 다른 것으로 알고 있는데 어떻게 해석해야 하나요?"

선학이 대답을 했다.

"민족 별로 역사적으로 훈련된 음악 언어가 따로 있습니다. 중국은 중국대로, 인도는 인도대로, 한국은 한국대로, 서양은 서양대로 따로 음악 언어가 따로 있습니다. 하지만 모국어도 있고 공용어도 있듯이 음악도 모국 음악이 있고 공용 음악이 있습니다. 모국 음악은 태어날 때부터 지니고 있지만 공용 음악은 태어나면서 익히는 것이지요. 마치 한국인이 영어를 배우고 말하는 것과 같지요. 그러나 모국음악을 쓰는 영어권 사람들과는 다르게 공용음악을 듣는 사람들은 정확하게 그것을 이해하기란 어렵습니다. 그런 차이는 분명하게 있습니다."

후학이 다시 물었다.

"그럼 한국인이 서양음악을 공부하는 것은 어떤 의미로는 한계가 있는 것이네요. 어떻게 해도 모국음악을 하고 있는 사람들을 넘어 설 수가 없다는 것으로 보이는데요."

선학이 대답을 했다.

"음악의 세계가 바뀌고 있습니다. 공용음악이 모국음악으로 바뀌는 시점은 10살 이전에 얼마나 모국음악을 많이 들었는가에 달려 있습니다. 아무리 한국인이라고 하여도 외국 나가 살면서 10살 이전에 영어로만 대화를 듣고 공부를 하면 그 영어가 모국어가 됩니다. 이와 마찬가지로 모국음악을 듣지 않고 공부도 하지 않고, 공용음악만 듣게 되면 그것이 모국 음악으로 바뀌는 것입니다. 즉 현재의 음악 교육에 따라서 그 모국음악이 바뀌는 것입니다."

후학이 다시 물었다.

"그럼 현재 한국의 음악 교육을 보면 모국음악이라고 할 수 있는 한국음악교육은 너무 적습니다. 그럼 결국 공용음악인 서양음악이 모국음악으로 바뀐다는 것이네요?"

선학이 대답을 했다.

"맞습니다. 바로 그 점 때문에 모국음악 교육 중요성이 부각되는 것입니다. 모국음악의 교육 없이는 모국음악을 지킬 수가 없습니다. 한국은 이미 90%의 음악 교육이 공용음악으로 진행되고 있습니다. 어쩔 수 없이 모국음악이 바뀌고 있는 것이지요."

후학이 다시 물었다.

"그럼 그게 나쁜 것인가요? 공용음악을 잘하면 세계적인 수준의 음악이 될 수도 있지 않나요? 오히려 모국 음악을 교육하기보다는 공용음악으로 완전히 바뀌면 더 좋은 기회들이 생기는 것이 아닌가요?"

선학이 대답을 했다.

"한국인이 영어를 쓰는 것이 더 좋다고 영어를 모국어로 바꾸자는 이야기와 같은 것입니다. 분명 영어를 모국어로 쓰면 더 경쟁력 있고 좋을 수 있습니다. 하지만 문화적인 역사적 배경이 다르기에 한국어가 아닌 영어로만 모든 것을 표현할 수가 없습니다. 즉 표현의 한계를 지니고 있고 창조력에서도 한계가 있는 것이지요. 공용음악만 강조하게 되면 모국음악이 가지는 역사적인 잠재력 또는 창조력을 발휘할 수가 없습니다. 그러기에 모국음악과 공용음악을 함께 배우고 계승하는 것이 더욱 좋습니다. 오히려 이런 이해를 기반으로 상호 교육을 더욱 강조하는 것이 좋지요."

후학이 다시 물었다.

"다시 처음으로 돌아가면 음악을 통해서 역사와 인물을 읽어낼 수 있나요? 어떻게 하면 그렇게 할 수 있을까요? 손쉬운 방법이 무엇인가요?"

선학이 대답을 했다.

"음악을 듣는 행위는 바로 반복해서 작곡가의 메시지를 듣는 것입니다. 그 메시지에는 작곡가가 느끼는 역사적인 개인적인 감정이나 생각이 만들어 지는 시절에 담겨진 것입니다. 제대로 이해를 하기 위해서는 작곡가가 가지고 있던 시대의 역사를 제대로 아는 것이 필요합니다. 베토벤을 알려고 하면 베토벤이 살았던 시대를 알아야 합니다. 그 시대는 부르주아가 귀족세력을 몰아내고 핵심 세력으로 등장한 시기였고 그 시대의 음악입니다. 그 후 베토벤이 아직도 각광받는 것은 아직 부르주아의 시대가 끝나지 않았다는 것을 의미합니다. 그러기에 음악사는 문화사이고 역사입니다. 음악의 변화를 보면 바로 시대의 변화를 볼 수가 있습니다. 공자도 지적한 것이 바로 이것입니다. 공자가 민요를 많이 수집하고 정리한 것도 바로 백성의 소리 백성이 염원하는 소리를 듣기 위한 것이었습니다. 음악을 통해서 역사와 정치를 바라 볼 수 있는 것이지요. 역사를 제대로 알면 음악이 정확히 들립니다. 왜냐면 음악은 정치와 역사의 반응입니다."

편안한 집이, 삶의 바탕이 되네,
부담 없는 집

후학이 물었다.

"좋은 집은 어떤 집인가요?"

선학이 대답했다.

"좋은 집은 편안한 집입니다."

후학이 다시 물었다.

"편안하다는 말은 어떤 것들이 편해야 하는 것인가요?"

선학이 대답을 했다.

"먼저 살고 있는 사람에게 부담이 되지 않아야 합니다. 그리고 내부 구조가 효율적으로 설계되어 있어야 하구요. 또 환경 변화에 항상성을 유지할 수 있는 집이 좋은 집입니다."

후학이 다시 물었다.

"부담이 되지 않아야 한다는 말은 어떤 의미인가요?"

선학이 대답을 했다.

"그 집을 유지 관리하는데 비용이 많이 들지 않아야 한다는 의미입니다. 좋은 집이긴 한데 난방비가 많이 들거나 관리비가 많이 들거나 하는 경우입니다. 자신의 소득보다 훨씬 높은 비용을 지출하게 되어 항상 부담스럽다면 좋지 않은 집입니다. 그런 집에 살고 있다면 바꾸어야 합니다. 집을 팔든 임대를 놓든 그 집을 떠나는 게 좋습니다. 자신에게 맞지 않는 집입니다."

후학이 다시 물었다.

"알겠습니다. 그럼 내부 구조가 효율적이라는 의미는 무엇인가요?"

선학이 대답을 했다.

"가장 중요한 것은 누가 살고 있는가 하는 것입니다. 아이들이 있는 집과 노인들이 있는 집은 다릅니다. 아이들이 활동하기 편한 집이 있고 노인들이 편한 집이 있는 것입니다. 분명 모두가 살도록 만들어진 집이긴 하지만 나름의 차이가 있습니다. 그래서 누가 살고 있는지가 중요합니다. 그리고 내부의 소소한 부분들이 어디를 기준으로 만들었는지도 확인을 해야 합니다. 집을 스스로 짓는다면 가족 구성원의 특징에 따라서 그것을 반영하여 지어야 합니다."

후학이 다시 물었다.

"그럼 구성원의 연령이 바뀌면 바뀌어야 하는 것은 아닌가요? 또 하는 일이 바뀌어도 그런 것이 아닌가요?"

선학이 대답을 했다.

"역사적으로는 한국의 집은 열린 공간입니다. 작업장이기도 하고 놀이터이기도 하고 공연장이기도 한 다양한 모습을 가지고 있었습니다. 하지만 현대로 들어 오면서 많이 바뀌었습니다. 용도에 맞게 바뀐 것이지요. 크기나 구조 시대에 따라서 달라지기도 하고요. 그런 의미로 보면 집은 이제 용도에 맞게 찾아 가며 살아야 합니다. 직접 짓는다면 어느 정도까지 자신이 살지를 고민하고 그에 맞추어 지어야 합니다. 집은 한번 지어지면 바꾸기가 어렵기 때문에 그런 부분들을 확인하고 지어야 하는 것입니다."

후학이 다시 물었다.

"항상성을 유지해야 한다는 것은 어떤 의미인가요?"

선학이 대답을 했다.

"만일 태풍이 오면 그 태풍은 막아 주는 집이어야 하고 너무 더워도 그것을 어느 정도는 막아 줄 수 있는 집이어야 합니다. 다양한 환경적인 변화에 대해서 어느 정도 이상의 항상성이 유지되어야 한다는 의미입니다. 집은 오래 그 땅에 있습니다. 한국의 아파트나 집들은 30년 40년을 넘기가 힘듭니다. 너무 항상성 유지가 안 되는 것이지요. 서구의 집들은 100년 이상 아니 수백 년 된 집들이 수도 없이 많이 있습니다. 하지만 한국의 집들이 그런 집이 적은 것은 오랫동안 유지할 수 있는 그런 집이 아닌 것이지요. 집을 고를 때는 충분히 환경에 항상성을 가지고 있는 집인지 확인 하고 골라야 합니다. 그냥 만들어져 있다고 하여 모두가 좋은 집은 아닙니다."

후학이 다시 물었다.

"그럼 이런 세 가지의 필요를 잘 만족하는 집이 많지는 않겠는데요? 실제 이런 집을 찾아 내기란 쉽지가 않아 보입니다. 무조건 이런 기준으로만 봐야 하나요?"

선학이 대답을 했다.

"모든 기준을 충족하기란 쉽지가 않습니다. 하지만 선택의 기준은 있습니다. 먼저 선택해야 하는 것은 바로 부담스럽지 않은 것을 기준으로 봐야 합니다. 그것이 첫 번째 기준입니다. 이 기준으로 보면 구성원에 맞지 않을 수 있습니다. 그런 부분은 인테리어로 바꾸어야 합니다. 가구구조나 아니면 간단한 구조물을 통해서 또는 구성원이 편히 사용할 수 있는 기구를 통해서 보완을 하는 것입니다. 항상성을 유지할 수 있는지도 봐야 합니다. 그것은 가장 기본입니다. 아예 그것이 안 되는 집이라면 선택 자체를 하지 많아야 합니다. 즉 항상성이 기본적으로 유지되는 집을 기준으로 부담되지 않는 집을 선택해야 한다는 의미입니다."

후학이 다시 물었다.

"현재 그렇지 못한 집에 살고 있는 사람은 어떻게 해야 하나요?"

선학이 대답을 했다.

"집이 지옥이면 안됩니다. 의외로 그런 집이 많이 있어요. 그런 집을 보면 어느 한 부분의 집착 때문에 그 집을 유지하려고 하는 것입니다. 즉 부동산 가격이 오를 것이라는 환상이나 교육이 좋을 것 같은 이유 등등 다양한 이유로 집에 집착하기 때문에 일어나는 현상입니다. 그런 집들을 통해서 이룰 수 있는 시기는 이미 지났습니다. 한국이 고도 성장의 시기에는 그런 일이 가능할지는 모르지만 이미 그런 시기는 지났습니다. 빠른 시일 내에 자신이 편히 살 수 있는 집으로 바꾸어야 합니다. 그럴 때 하는 일도 잘 풀리고 안정적입니다. 집을 잘 선택하는 것은 바로 현대판 풍수지리입니다. 집이 부담이 되면 그것은 모든 일이 풀리지 않게 되기 쉽습니다. 집이 살아 가는데 가장 기본이 되는 삶의 바탕입니다."

말이 통해야, 서로 통하겠지,
언어는 코드

후학이 물었다.

"가장 효과적인 소통 방법이 무엇인가요?"

선학이 대답을 했다.

"가장 확실한 것은 언어 즉 말이지요."

후학이 다시 물었다.

"그럼 말이나 문자나 이런 것이겠네요?"

선학이 대답을 했다.

"아닙니다. 언어란 말과 문자만 의미하는 것은 아닙니다. 언어란 인간이 소통하고자 하는 모든 것입니다. 즉 소통하기 위해서 만들어 내는 모든 것에는 언어가 있습니다."

후학이 다시 물었다.

"그럼 음악도 미술도 언어를 가지고 있다는 것이네요?"

선학이 대답을 했다.

"맞습니다. 음악에는 음악언어가 있고 미술에는 미술언어가 있습니다. 예술가는 자신이 만들어낸 언어로 관객들에게 메시지를 전하고 있는 것이지요. "

후학이 다시 물었다.

"그런 예술에도 언어가 있다면 실제 그 언어를 이해하는 사람은 드물지 않습니까?"

선학이 대답을 했다.

"독일인이 우리 앞에서 열심히 메시지를 전달하기 위해서 말을 하고 있다고 한다면 그 의미가 무엇인지 알고 싶으면 독일어를 공부해야 가능한 일입니다. 아무리 그 사람이 억만금을 준다고 하며, 대답을 제대로 한다고 해야 할 조건이라면 독일어를 배워야만 가능한 일이지요. 예술언어도 그와 같이 배우고 익혀야 가능한 것입니다."

후학이 다시 물었다.

"예술언어는 독일어처럼 통일된 문법이 없지 않나요? 작가마다 다르게 표현하기 때문에 다를 것 같은데요."

선학이 대답을 했다.

"예술언어는 나름의 규칙이 있습니다. 즉 언어가 있지요. 음악을 음이 그 것이고 악보로 표현한 것입니다. 미술은 색과 도형입니다. 이 두 가지의 언어 수단으로 표현하는 것입니다. 말을 할 줄 안다고 모두 시인이 안되듯이 음과 색을 칠하기만 한다고 하여 예술가가 되는 것은 아니고 예술언어를 사용할 줄 아는 것도 아닙니다. 그래서 예술언어도 나름의 훈련과 창조가 있어야 하는 것이지요."

후학이 다시 물었다.

"그러지만 그런 언어를 일반인들이 알지는 못하잖아요. 예술가가 아무리 좋은 메시지를 전하려고 하여도 못 알아 들으면 소용이 없는 것이 아닌가요?"

선학이 대답을 했다.

"맞습니다. 예술가는 자신만의 언어와 상징으로 때로는 일반인들이 알지 못하게 만들기도 합니다. 하지만 예술가에게 일반에 맞게 만들라고 말하는 것도 문제될 수 있기에 일반인들이 예술 교육을 통해서 언어를 익히는 것도 필요합니다. 또한 예술가들의 언어를 번역해서 알려 주는 비평가들도 필요한 것이지요. 예술의 이해는 바로 예술언어의 이해에서 비롯됩니다."

후학이 다시 물었다.

"그럼 언어란 게 예술뿐 아니라 모든 영역에서 필요한 것이네. 특정 분야별로 다른 언어가 사용되고 있는 것처럼 느껴지는군요."

선학이 대답했다.

"언어는 어느 영역이든 만들어지는 일종의 지적 공감대 내에서 이루어지는 소통입니다. 의사들은 의사들만 사용하는 언어들이 있지요. 즉 전문 의학용어입니다. 일반인들은 알아 듣지 못하지요. 범죄 집단이나 스파이 같은 사람들은 암호로 독자적인 언어 체계를 만들어 냅니다. 이것 또한 소통이 필요한 사람과 함께 하되 그 외의 사람들에게는 전달되지 않도록 하는 것이지요. 언어는 그들만의 언어가 있습니다. 일반적인 모국어를 제외한 나름의 전문 언어 공감대가 현대 사회에는 있습니다. 그 공감대 안에서만 서로의 감정을 제대로 읽어 내고 소통할 수 있는 것이지요."

후학이 다시 물었다.

"결국 언어가 필요한 것은 바로 서로의 가장 효과적인 소통 방법이 무엇인가에 따라서 달라지는 것이네요?"

선학이 대답을 했다.

"예 그렇습니다. 누구든 자신만의 언어를 가지고 있습니다. 그것을 공감하는 사람끼리 소통이 될 때 제대로 감정이 전달되는 것이지요. 자기만의 언어도 필요하고 그 언어를 공감하는 집단도 필요하고 평생 함께 살아갈 사람들도 그 언어를 사용하는 사람들과 맺어질 때 감정 소통에 문제가 없어 지는 것입니다. 문화적 갈등이란 공통의 언어를 통해서 소통하지 못하기 때문이다. 같이 협력하고 이야기 하고 싶은 사람이 있으면 제일 먼저 동일한 언어를 사용하는지 확인해야 합니다. 그것이 출발입니다. 그 언어에 대한 이해가 깊을 수록 감정의 교류는 원활해 지는 것이지요. 그들만의 언어가 이 시대에 필요한 것은 바로 이런 이유입니다."

마음속으로, 갖추어져 행하니,
사회가 밝네

후학이 물었다.

"사람들이 배려가 부족합니다. 상대에 대해서 너무 배려 없이 함부로 하는 경우가 많습니다. 이 배려심을 높이는 방법이 없을까요?

선학이 대답을 했다.

"배려는 그냥 나오는 게 아닙니다. 배려는 먼저 고려를 해야 나오는 것입니다. 즉 생각을 먼저해야 한다는 것입니다. 상대방에 대해서 생각을 먼저해야 배려심이 생기는 것입니다."

후학이 다시 물었다.

"상대에 대해서 생각을 해야 배려심이 나온다면 상대에 대해서 어떤 생각을 해야 하나요?"

선학이 대답을 했다.

"상대에 대해서 먼저 생각해야 하는 것은 자신이 가지고 있는 것과 상대가 가지고 있는 것의 비교입니다. 즉 지식일 수도 있고 문화일 수도 있고 때로는 지위일 수도 있고 권력일 수도 있습니다. 상대방과 비교하여 무엇인가 나은 부분을 발견하는 것이지요. 그렇게 발견하는 과정이 고려하는 과정입니다. 이것이 발견되면 이것을 어떻게 나누어 줄까 하는 것을 생각해야 합니다. 이것이 고려하는 과정입니다. 이 과정 후 실제 나누어 주는 과정이 배려입니다."

후학이 말했다

"그럼 고려의 과정이 끝나고 나서 배려의 과정으로 넘어 오는 것이군요. 나누어 줄 것을 발견하지 못하면 배려를 할 수 없다는 것이네요."

선학이 대답을 했다.

"그렇습니다. 거지가 부자에게 배려를 할 수는 없는 것입니다. 하지만 상대에 대해서 어떤 식으로든 나누어 줄 것이 있습니다. 만일 부자와 거지가 있다고 하더라도 거지가 관상을 보는 능력을 가졌다면 부자가 음식으로 배려를 해준다면 거지는 관상을 봐서 미래의 재앙을 막을 수 있도록 도와 줄 수 있는 것입니다. 즉 어떤 관계든지 상대방을 배려할 수 있는 부분이 있습니다. 다만 그것이 무엇인지 고려하지 않기 때문이지요."

후학이 다시 물었다.

"나누어 줄 것을 발견했다면 어떻게 해야 하나요? 그저 나누어 주기만 하면 되는 것인가요?"

선학이 대답을 했다.

"아닙니다. 무조건 나누어 준다고 상대가 배려를 받았다고 느끼지 않습니다. 때로는 배려라고 한 것이 상대에게 자존심을 상하게 할 수도 있습니다. 배려를 하기 전에 조심을 해야 할 것은 바로 상대가 배려를 받아드릴 자세가 되어 있는지 확인하는 것입니다. 배려를 받지 못한 사람은 배려를 할 지도 모릅니다. 또 배려를 해보지 못한 사람은 상대가 배려를 하는 것에 익숙하지 않습니다. 그러기에 배려는 먼저 상대가 어떤 상태에서 배려를 받아들일까를 생각하고 해야 합니다."

후학이 다시 물었다.

"배려는 생각보다 어려운 것이군요. 그렇다면 배려를 하여서 상대가 받아들였다면 그 다음은 어떻게 해야 하나요?"

선학이 대답을 했다.

"배려는 그 대가를 바라는 것이 아닙니다. 일종의 생활의 자세입니다. 서로 배려를 할 때 사회가 좋아지는 것입니다. 지금 당장 내가 배려했으니 그 다음에는 당신이 해야 한다는 것은 거래이지 배려가 아닙니다. 그래서 배려는 자선에 가깝습니다. 선을 행하고 나면 그 선행이 직접 내게 돌아오기보다는 먼 미래나 또는 내 친인척에게 돌아오는 보험과 같은 것입니다. 그래서 너무 무리한 생색을 내기 위한 배려는 필요가 없습니다. 그것은 거래를 위장한 배려일 뿐입니다. 그러니 항상 자기가 제공할 수 있는 수준의 배려가 필요한 것입니다. 목마른 사람에게 물 한잔 주듯이 말입니다."

후학이 물었다.

"배려와 배려심의 차이는 뭔가요?"

"배려는 배려하는 행위를 말하는 것이고 배려심은 이 행위를 할 수 있는 마음 자세입니다. 그러기에 배려보다는 배려심을 훈련하고 증진시키는 것이 더 중요합니다. 배려심을 기르는 것은 문화 교육으로 이루어져야 합니다. 일종의 예절 교육과 같은 것이지요. 그 사회가 얼마나 행복한 사회인가 하는 것은 이 배려심에 대한 교육을 얼마나 열심히 하는가에 달려 있습니다. 사회적으로 배려심이 부족한 사회일수록 사회적 문제가 많이 생깁니다. 그러니 지금 당장 사회적 문제를 줄이는 최선의 방책이 배려심을 기르도록 하는 것입니다."

비록 약해도, 세상을 바꾸는 힘,
청년의 열정

후학이 물었다.

"열정이 필요한데 열정을 가질 수가 없습니다. 어떻게 해야 합니까?"

선학이 대답했다.

"열정은 먼저 관심에서 출발합니다. 자신이 가장 관심있어 하는 것은 있습니까?"

후학이 대답했다.

"잘 모르겠습니다. 관심 있는 분야는 많지요. 돈에 대해서도 사랑에 대해서도 정치에 대해서도 직업에 대해서도 병에 대해서도 한국의 미래에 대해서도 많이 있습니다."

선학이 대답을 했다.

"그 중에서 자신이 풀어야 할 문제가 있는 것은 어느 것입니까?"

후학이 대답을 했다.

"잘 모르겠습니다."

선학이 대답을 했다.

"열정을 가지기 위해서는 먼저 관심 있는 분야가 명확해야 합니다. 그리고 그 분야 중에 자신이 풀어야 할 문제가 있는 곳이 있어야 합니다. 그러면 열정을 가지는 분야를 결정한 것이고 그것을 중심으로 풀어 가야 하는 것입니다."

후학이 다시 물었다.

"그 분야가 정해진다고 열정을 가지나요? 소득이 없는데 열정은 있을 수 없지 않나요?"

선학이 대답을 했다.

"맞습니다. 열정을 가지는 분야를 찾았다고 열정이 생기지는 않습니다. 그 분야의 문제를 해결했을 때 돌아오는 성과가 명확해야 합니다. 그러면 열정을 가질 수 있는 환경이 조성된 것입니다. 만일 이 성과보상이 분명하지 않으면 열정을 가지고 하다가도 중간에 중단할 수가 있습니다."

후학이 다시 물었다.

"환경이 갖추어 졌다고 열정을 가지지는 않을 것으로 보이는데요?"

선학이 대답을 했다.

"그럴 수도 있습니다. 하지만 환경이 조성되어 있는데 열정을 가지질 못한다면 초기에 자신이 관심 가지는 분야가 아니었을 가능성이 높습니다. 열정은 관심 과제 보상으로 이어지는 프로세스 과정입니다. 즉 이 과정을 통해서 열정을 발휘하는 환경과 조건이 만들어진 것입니다."

후학이 다시 물었다.

"열정을 가지고 일하다가도 포기를 많이 하지 않습니까? 그럴 때는 어떻게 해야 합니까?"

선학이 대답을 했다.

"열정을 가지고 일을 시작하지만 분명히 하는 도중에 문제가 발생합니다. 하지만 그렇다고 포기한다면 열정이 아니지요. 열정은 문제를 해결하는 과정입니다. 문제가 발생되었을 때 해결하는 과정에 포기할 만큼 문제 풀이가 안되면 그때는 전제를 다시 봐야 합니다. 대부분 문제는 초기의 전제를 제대로 파악하지 못해서 생기는 것입니다. 이것을 명확히 하면 문제의 풀이가 쉽지요. 막연히 열정을 가지고 해결하라가 아니라 어디를 봐야 열정이 지속될 것인지를 고민해야 하는 것입니다."

후학이 다시 물었다.

"열정을 증가시키려면 어떻게 해야 하나요? 특히 젊은 사람들에게 말입니다."

선학이 대답을 했다.

"열정을 가지도록 하는 것은 어릴 적부터의 교육입니다. 열정을 가지지 못하고 있는 청년들은 자신의 열정 프로세스에서 어릴 적의 경험에 의해서 약화된 것입니다. 누구나 어릴 적에는 열정을 가지고 있습니다. 하지만 자라는 과정에서 열정을 가지지 못하게 만든 부정적인 이야기들을 많이 듣게 되면 열정이 사라지는 것입니다. 한번이라도 열정을 가지고 성공시켜 본 경험이 있으면 열정을 가지고 합니다. 그러나 그런 과정에서 부정적인 이야기로 실패를 하게 되면 다시 열정을 가지기보다는 부정적인 생각을 하게 되는 것입니다. 부정적인 생각이 바로 열정을 가로 막는 핵심입니다. 그래서 어릴 적 경험을 되돌려 보고 그런 경험에 무슨 문제가 있었는지 정확히 파악하는 것이 핵심입니다. 그것이 별일 아니고 언제나 극복 가능하다고 느끼는 순간부터 달라지는 것입니다. 그런 부정적인 생각을 극복하고 나면 열정은 열정 프로세스에 의해서 가질 수가 있게 됩니다."

변화하는 힘, 모순과 경쟁으로,
이뤄진다네

후학이 물었다.

"모순이라는 고사를 아시지요? 세상의 모든 것을 뚫을 수 있는 창과 세상의 모든 창을 막아 낼 수 있는 방패를 지칭하는데 그런 단순히 말이 논리적이지 않다는 것 이상의 의미가 있을 것 같은데 어떻게 이해를 해야 하나요?"

선학이 대답을 했다.

"논리적으로 맞지 않는다고 보지만 꼭 그런 것은 아닙니다. 평행선을 달리는 철도 길은 평행선을 달려야 철도의 길의 역할을 하는 것처럼 서로의 대립이 존재를 해야 존재하는 의미가 있는 것도 많이 있습니다."

후학이 다시 물었다.

"어떤 경우라도 그 결과는 창이 이기든 방패가 이기든 하지 않나요?"

선학이 대답을 했다.

"여기서 주목해야 하는 것은 주어진 상황입니다. 분명 극단적으로 대비해 보면 창이든 방패는 순간적으로는 무엇인가 이길 것입니다. 만일 그 이기는 순간으로 모든 것이 끝나면 문제가 없지만, 창이 이기면 다음 순간에는 그 창을 막아내는 방패를 다시 준비한다면 또 다른 결과를 보일 것이고 방패가 막아 낸다면 또 창을 그 방패를 뚫을 창을 만들어 낼 것입니다."

후학이 다시 물었다.

"그러면 끊임없이 서로 개선하는 것이네요. 최종적으로 누가 이겼다라고 할 수도 없겠네요."

선학이 대답을 했다.

"모순을 역사의 변화의 힘이라고 보는 시각이 있습니다. 그 근본 원인은 대립된 두 세력의 끊임없는 경쟁 또는 투쟁이라고 보는 것이지요. 창이 뚫기 위해서 발전하고 방패도 막아내기 위해서 개선하는 과정이 마치 역사의 발전 과정이라고 보는 것입니다. 그렇다고 하여 두 가지 세력이 그냥 그대로 존재하는 것은 아닙니다. 일종의 세력화 과정을 통해서 확장되기도 하고 분열되기도 하는 것이지요. 역사에서는 모순과정이 한 쌍의 방식으로만 존재하지 않습니다. 여러 개의 쌍들의 대립이 이루어져서 그 힘들 간의 분열과 결합을 통해 경쟁하면서 역사의 발전을 이루어 가는 것이지요."

후학이 다시 물었다.

"그럼 그 대립의 주체들을 확인한다면 모순 구조를 더 명확히 할 수가 있겠네요?"

선학이 대답을 했다.

"모순 구조의 파악이 그 출발은 분명합니다. 하지만 모순 구조 또한 충첩되어 있습니다. 하나만의 모순 구조를 가지고 있지는 않다는 것이지요. 정치적이 부분에서 또는 경제적인 부분에서 또는 사회적인 모순들이 공존하고 있기에 하나의 모순만으로 설명할 수는 없습니다. 그러나 그 기본 구조가 모순 구조를 가지고 있다는 사실을 인식하는 것이 중요합니다. 이 모순 구조 간의 관계를 정립하는 것 또한 중요한 문제이기도 하지요."

후학이 다시 물었다.

"아직도 명확하게 모순이라는 것을 어떻게 이해해야 할지 모르겠습니다. 모순 구조라는 게 존재하기는 하는 것인가요?"

선학이 대답을 했다.

"모순 구조는 관점입니다. 즉 어떤 각도로 사물을 보는가를 말하는 것이지 그것이 존재하는 확증 사실이 아닙니다. 예를 들면 검은색에서 흰색으로의 스펙트럼이 있을 경우 명확하게는 양극단에 있는 검은 색과 흰색은 알 수 있지만 그 사이에 다양하게 분포하는 회색지대에서 어디까지는 검정이고 어디까지는 흰색이라고 구분하기는 어렵습니다. 그래도 어느 지점에는 있을 것이라고 생각하고 자르는데 그 자르는 것이 바로 관점입니다. 여기까지는 검정으로 분류를 하고 여기까지는 흰색으로 분류한다는 것이지요. 이런 관점은 사회적 환경이나 역사적 조건에 의해서 달라집니다."

후학이 다시 물었다.

"그러니까 조금 더 이해가 됩니다. 관점이란 게 분류하는 기준이 된다고 보는 것이네요. 그 분류에 의서 이 영역은 대립 세력의 오른 편에 이 부분에 대해서는 대립 세력의 왼편에 위치하게 하는 것이구요. 그런 한번 결정된 부분은 바뀌지는 않나요?"

선학이 대답을 했다.

"바뀝니다. 그러나 그냥 바뀌는 것이 아니라 바뀌는 데도 순서가 있습니다. 검정 부분이 바뀐다고 할 때 검정에 가까웠던 부분은 검정이 가까울 수록 느리게 바뀌고 흰색 영역과 근접해 있을 수록 빨리 바뀌는 것입니다. 변화하지 않는 것은 없으나 그 시차가 있다는 것을 이해하는 것이 중요합니다. 그래서 그 시차가 차이 나는 것을 동일하게 해석하면 많은 오류를 범하게 되는 것입니다. 고정 관념이란 바로 시차가 있다는 사실을 인정하지 않고 변화한다는 사실만으로 모든 것을 같이 취급하는 순간에 일어나는 것입니다. 때로는 변화하지 않는다고 보는 것도 당연히 고정 관념이지요."

사회적 개념

도덕 의식은, 학교와 가정에서, 시작된다네

후학이 물었다.

"사람들이 공중 도덕을 잘 지키지 않습니다. 이제는 사회가 도덕도 없이 바뀌는 것 같습니다. 왜 이런 현상이 생기는 것일까요?"

선학이 대답을 했다.

"도덕이 필요한 것은 도덕이 나름대로 사회적 기능이 있어야 하는데 그 기능이 줄어들기에 그런 것입니다."

후학이 다시 물었다.

"그런 사회적 기능이라는 게 무엇인가요?"

선학이 대답을 했다.

"사회적 기능이란 것은 간단히 생각하면 모두에게 이로운 것입니다. 모두에게 이롭게 하는 방법이 사회적으로 합의가 되어 있는 것을 도덕이라고 합니다. 사회적으로 이로운 것이란 게 다양한 측면이 있지만 법적으로든 사회적 규범으로든 정의되어 있지 않은 영역에서 발생하는 이롭게 하는 행위에 대해서 도덕이라고 하는 것입니다."

후학이 대답을 했다.

"그럼 법적으로든 규범적으로든 정의가 되고 나면 도덕이라는 말은 의미가 없겠군요."

선학이 대답을 했다.

"도덕이 중요했던 시기에는 도덕의 기능이 포괄적이고 정의되지 않았던 영역이 많았습니다. 그러니 도덕의 중요성이 중요했지요. 사회가 발전하면 할수록 도덕의식으로 판단해야 할 영역이 줄어 드는 것입니다."

후학이 다시 물었다.

"왜 그렇게 도덕으로 판단하지 않고 법이나 규범으로 정의를 해야만 하는 것인가요?"

선학이 대답을 했다.

"근본적인 이유는 판단의 문제 때문입니다. 사회적 이해관계가 첨예하게 대립되면서 도덕의 잣대로만 판단할 수 있는 부분이 줄어들기 시작합니다. 분명한 기준이 필요한데 그것을 도덕을 판단하게 되면 그만큼 이해관계자의 갈등이 증폭되는 것이고 이것이 누군가의 판단이 필요한 상황으로 가는 것입니다. 즉 도덕의 영역은 줄어들고 법적인 영역은 넓어지는 것이 현대사회입니다."

후학이 다시 물었다.

"그럼 도덕이 제도화되어 가니 크게 보면 문제가 없는 것 아닌가요?"

선학이 대답을 했다.

"두 가지 측면에서 문제가 됩니다. 첫째는, 제도화되어 가는 영역에 대한 계층 또는 세대 간의 차이입니다. 젊은 세대는 이것이 이미 규범화되어 있기 때문에 인식을 하고 있지만 나이든 세대는 이것에 대한 생각이 없기에 도덕적 판단만 하는 것입니다. 그래서 젊은 세대와 노인세대의 갈등이 초래 되는 것입니다. 둘째는, 그래도 제도화되어 있지 않은 영역에 대한 문제입니다. 아무리 제도화를 한다고 하여도 도덕적 판단이 필요한 부분이 많이 있 습니다. 그 영역에 대한 부분이 제도화되어 있지 않다면 이것에 대한 제도 화가 필요하기도 합니다. 문제는 제도화되기 전에 문제인데 이것이 갈등을 초래하기도 하고 더욱 문제는 도덕적 판단 능력이 가면 갈수록 줄어들기에 도덕의식 자체가 사라지게 되는 것입니다."

후학이 다시 물었다.

"문제이긴 하네요. 그래서 도덕의식이 없다고 하는 것이군요. 그러면 어 떻게 해야 도덕의식이 강한 사회가 될 수가 있나요?"

선학이 대답을 했다.

"도덕의식의 강화란 그 출발은 바로 학교교육과 가정교육에 있습니다. 과거의 도덕 의식은 지역 공동체에서 도덕적 기준을 만들어 주었습니다. 하 지만 현대 사회가 되면서 이런 도덕의식을 길러 줄 수 있는 현실적인 기관 이나 장소가 학교와 가정밖에 없습니다. 그런데 도덕 교육해야 할 두 곳이 도덕보다는 학습에 초점이 맞추어져 있는 것입니다. 학습은 경쟁의 결과물 이지만 도덕은 협력의 결과물입니다. 그러기에 관점을 바꾸는 교육이 이루 어 지지 않으면 현실적으로 도덕의식 강화라는 것은 불가능합니다. 그러기 에 출발은 학교와 가정입니다. 즉 교사와 부모의 의식이 바로 사회적 도덕 의 기준이 됩니다."

도와 덕으로, 바른 길을 가야지,
출발은 정치

후학이 물었다.

"사회가 발달할수록 도덕을 지키지 않는 사람들이 많이 있습니다. 왜 그럴까요?"

선학이 다시 물었다.

"도덕이 그럼 무슨 뜻인가요?"

후학이 대답을 했다.

"아마도 사회적으로 지켜야 할 윤리 그런 것이 아닌가요?"

선학이 다시 물었다.

"그런 도덕은 어떻게 만들어졌나요?"

후학이 대답을 했다.

"사회적으로 지켜야 할 관습으로 공동의 생존을 위해서 만들어진 것이라 봅니다."

선학이 다시 물었다.

"도덕은 어떤 말로 구성되어 있나요?"

후학이 대답을 했다.

"도(道) 와 덕(德) 인 것 같습니다."

선학이 대답을 했다.

"맞습니다. 도와 덕으로 구성되어 있지요. 도란 자연의 섭리 또는 인간이 살아 가야 할 본질적인 측면을 이야기합니다. 도가 있어야 어떻게 살아 갈지를 알 수 있지요. 즉 지도와 비슷합니다. 지도가 사람이 길 위에서 어떻게 가야 할지를 보여 주는 것이라면, 도란 인생 길 위에서 어떻게 살아 갈지를 보여주는 것입니다. 지도로 목적지에 갈 수 없듯이, 도로 인생길을 갈 수 없습니다. 지도를 들고 걸어 가든 타고 가든 뛰어 가든 가야 하는 행위가 있어야 합니다. 그래야 목적지에 도달할 수 있지요. 도도 마찬가지입니다. 도만으로 이룰 수 있는 것이 아니라 도를 지키고 행하려는 행동이 있어야 합니다. 그것이 바로 덕입니다. 도가 있으면 어떻게 할지를 알게 되고 덕을 통해서 결과를 만들어 내는 것입니다. 그 결과로 사회적 윤리가 만들어지는 것이지요."

후학이 다시 물었다.

"그렇군요. 도는 알겠는데 덕을 어떻게 해야 바로 하는 것인가요?"

선학이 대답을 했다.

"덕은 널리 이롭게 하는 것입니다. 즉 함께 살고 있는 주변 사람이나 공동체에 이롭게 하는 것이지요. 단순히 자신의 가족에만 해당되는 것이 아닙니다. 가족에게 이로운 일이 세상 사람들이나 민족 국가에 해롭게 되는 일이 많이 있습니다. 덕은 모든 사람이 이롭게 될 수 있는 그런 행동을 해야 한다는 의미입니다. 만일 도둑질을 하지 말라고 하면 모든 사람에게 이롭습니다. 하지만 가족에게는 하지 말고 다른 사람에게는 하라고 한다면 가족은 이로울지 모르지만 다른 사람에게는 해로운 일을 하는 것입니다. 그래서 덕으로 이롭게 한다는 것은 이 모든 사람들에게 이로운 일을 한다는 의미입니다. 덕이 있다는 말은 그 사람으로 인해서 누구에게도 해롭지 않다는 뜻이지요."

후학이 다시 물었다.

"그렇다면 도덕을 지킨다면 세상에 모든 사람들이 이롭게 행동한다는 뜻이 되는군요. 하지만 현실은 그렇지 않지 않나요? 도덕을 지키기가 쉽지 않지 않습니까?"

선학이 대답을 했다.

"도덕을 지키는 것은 상대적입니다. 내가 지키면 남도 지키지만 내가 어기면 남도 어기는 것이 도덕입니다. 내가 이롭다고 생각하고 행동하지만 남에게는 해롭고, 내가 해롭다고 느끼지만 남에게는 이로운 것도 많이 있지요. 모두가 이로운 것은 있습니다. 배가 고프면 적당히 먹으면 되고 남에게 폭력이나 살인을 안 하면 되고, 도둑질이나 사기를 치지 않으면 됩니다. 즉 누구나 지키면 모든 사람이 이로운 것을 지키면 되는 것이지요. 그것 만으로도 도덕이 지켜진다면 사회는 좋아집니다."

후학이 다시 물었다.

"그래도 안 지키는 사람들이 있다면 어떻게 해야 하나요?"

선학이 대답을 했다.

"그것은 자신만 생각하는 이기심에서 비롯됩니다. 쥐 새끼도 몰리면 고양이를 문다고 합니다. 살기 위해서지요. 시회가 살 수 있도록 만들어 두지 않으면 그런 일이 일어납니다. 일하고 싶으면 일할 수 있고, 배가 고플 때

먹을 수 있고, 쉬고 싶을 때 쉴 집이 있고, 문제가 생길 때 도와 줄 수 있는 사회가 된다면 도덕을 지키는 일이 쉬워집니다. 하지만 그런 환경이 안되어 있는데 도덕을 지키라고 하면 지키기 쉽지 않습니다. 도덕을 지키는 것을 구호나 명분이 아니라 바로 사회 시스템의 문제입니다. 사회가 안정된 사회 일 수록 그것을 지키는 도덕능력이 큽니다. 하지만 사회가 불안하면 할수록 도덕을 지키기 어려운 것이지요. 사회 환경이 도덕을 지킬 수 있도록 만드는 환경을 제공해야 하는 것은 바로 정치입니다. 도덕은 정치의 결과로 지켜지는 것입니다."

의문을 갖고, 끝없는 질문으로,
완성된 과학

후학이 물었다.

"무엇이든 논리적이라 표현하고자 하는 경우에 학문에 과학이라는 말을 붙입니다. 왜 그런 것이지요? 과학이란 무엇인데 그렇게 말하는 것인가요?"

선학이 다시 물었다.

"과학의 개념을 알고 싶은 것입니까? 아니면 그런 행위를 하는 사람들의 행동이 바른가 라고 묻는 것입니까?"

후학이 말했다.

"두 가지 다입니다. 아마도 개념이 먼저 정리되는 것이 맞겠지요?"

선학이 대답했다.

"과학은 그 뿌리에 논리가 있습니다. 즉 과학적이라는 것의 출발은 논리적인가 아닌가입니다. 그러나 논리와 더불어 중요한 것이 얻어진 사실이 반복 가능한가 아닌가 하는 것입니다. 한번으로 끝나는데 논리가 분명하다면 과학이라고 할 수 있습니다. 이유는 논리를 증명할 방법이 없을 뿐이라는 것이지요. 반복 가능한 것은 과학이 아닌가 하지만 논리가 없는 반복 가능은 과학이 아닙니다. 그것을 반복의 기술이라고 할 수 있습니다."

후학이 말했다.

"그러면 논리와 반복가능성만 있다면 과학이라 칭해도 된다는 것이네요."

선학이 대답했다.

"그래서 무과학과 비과학은 다릅니다. 비과학은 과학이 아닌 것으로 논리와 반복가능성이 없는 것입니다. 하지만 논리가 정립되고 난 후에는 과학으로 바뀝니다. 논리 구축을 통해서 과학화된다는 것이지요."

후학이 물었다.

"그럼 무과학은 무엇인가요?"

선학이 대답을 했다.

"무과학이란 과학적 시도가 이루어지지 않은 영역을 말합니다. 아직까지 개념이 없어서 과학적 논리도 반복가능성도 확인되지 않는 상태를 말합니다. 이 영역도 비과학처럼 과학화될 수 있습니다. 다만 아직까지 긍정도 부정도 안된 상태인 것입니다."

후학이 물었다.

"그럼 예술은 과학인가요?"

선학이 대답을 했다.

"예술의 논리성을 찾는다면 과학입니다. 즉 아름다움을 연구하는 미학이나 예술사를 연구하는 예술사 예술 경영 또는 예술 재료나 음향 색채 분석 스토리텔링 분석 등은 과학이지만 작가의 순수한 창작활동은 아직 과학화되지 못했습니다. 논리는 있지만 반복가능성에서 항상 작가의 주관적

의지가 작용한다고 현재 판단하는 것입니다. 그러기에 아직 과학화되지 않은 영역입니다."

후학이 다시 물었다.

"무과학의 영역은 어떤 부분인가요?"

선학이 대답을 했다.

"한 예로 우주인의 언어에 관한 학문이 존재할 수는 있지만 현재는 연구대상도 연구 방법도 없는 상태라 무과학이라 할 수 있지요. 그렇다고 가능성은 없는 것은 아닙니다. 현재로서는 다만 정의할 수 없을 뿐이지요."

후학이 물었다.

"모든 학문에 과학이라는 말을 붙이는 이유가 무엇인가요?"

선학이 대답을 했다.

"학문의 신뢰성 때문입니다. 학문이란 체계화된 논리 구조입니다. 과학이 아니라고 한다면 그 논리구조가 부정되는 것이기 때문에 학문으로 인정을 받을 수 없어 그런 것입니다."

후학이 물었다.

"과학적인 접근은 모든 사람에게 필요할 수도 있겠네요. 과학적 사고를 갖추기 위해서 어떻게 해야 하나요?"

선학이 대답을 했다.

"가장 중요한 것은 의문입니다. 그리고 그 의문을 찾아 가는 과정에서 질문입니다. 즉 의문을 가지고 질문 하는 것이 가장 과학적 사고를 갖추어 나가는데 좋은 방법입니다. 의문이 풀리는 것은 바로 논리에 의해서 풀릴 수 있는 것입니다. 이 과정을 반복하거나 특정 분야를 집중하게 되면 또 다른 영역으로 의문이 확대되는 것입니다. 그렇게 확대된 부분이 모여서 하나의 학문 체계를 갖추어 가는 것입니다."

계급 간 갈등, 상속 줄어진 사회,
불평등 줄지

후학이 물었다.

"계급이란 게 어떤 개념인가요?"

선학이 다시 물었다.

"사전적 의미를 물어 보는 건가요? 아니면 계급에 관한 논의가 지금 필요한가 하는 것을 물어보는 건가요?"

후학이 다시 물었다.

"계급의 사전적 의미는 생산 수단의 소유관계를 가지고 구분한다는 정도로 알고 있습니다. 하지만 더 중요한 것은 이런 구분은 19세기에 이루어진 것이라면 계급에 대한 논의를 한다는 의미는 현대적으로 다시 봐야 한다고 봅니다. 그런 의미로 보면 계급에 대한 논란이 필요한가 하는 것이 의문입니다."

선학이 다시 물었다.

"그럼 계급과 계층은 어떻게 차이가 난다고 보나요?"

후학이 대답을 했다.

"계급에 비해서 계층은 동일한 계급 내의 분화라고 알고 있습니다. 즉 같은 농민이라도 빈농, 자작농 등으로 분화될 때 계층이라고 보는 것이라 봅니다."

선학이 대답을 했다.

"계급과 계층을 나누는 기준이 되는 것을 다시 고민할 필요가 있습니다. 19세기에는 구분기준으로 삼은 것이 생산 수단의 소유에 의한 것 즉 생산관계 속에서 어떤 위치에 있는가 하는 것으로 구분을 하였다고 한다면 현대에 들어서면서는 다양해졌습니다. 구분 기준이 하나만 아니라 다른 변수도 고려하지 않으면 안 되어진 것입니다. 군인은 과거에 계급이 아닙니다. 생산관계의 구조에서 보면 큰 영향력이 없는 집단입니다. 하지만 정치권력을 잡음으로써 사회적 영향력을 행사하기 시작하고 뺏든 특혜를 주든 그 결과 자산을 축적하는 형식을 취하게 됩니다. 그리고 그 자식들은 좋은 교육을 받아서 축적된 자산과 함께 경제적 지위와 사회문화적 영향력도 가지게 되었습니다. 그럼 이들이 출발점으로 삼은 군인은 어떤 계급이어야 할까요? 자본가라고 하기에는 아니고 그렇다고 하여 기타 다른 형태의 계급으로 구분하기도 예매합니다. 그러나 결과는 자본가 계급이 되었습니다. 하지만 중요한 것은 자본가라고 하더라도 다양한 모습으로 존재한다는 것입니다. 정치적 영향력도 있어야 하고, 문화적 영향력도 있어야 하는 것입니다."

후학이 다시 물었다.

"그럼 계급을 나누는 기준이 과거와는 달라야 한다는 것을 의미하네요?"

선학이 대답을 했다.

"계급을 구분하는 방식은 바뀌어야 합니다. 계급의 변동성이 어느 때보다도 많은 변화가 있는 사회입니다. 하지만 하나는 분명합니다. 계급은 양극화되고 있는 것입니다. 중산층이라 불리던 계급은 사라지고 있고 자본가 계급과 노동자 계급으로 양극화되고 있습니다. 그렇지만 가면 갈수록 계급의 역전이나 상승은 줄어들 것입니다. 과거처럼 한 개인의 노력에 의해서 계급을 바꿀 수는 없는 고착된 상태가 되어 가고 있습니다. 누구나 상류 계급으로 오르고 싶은 욕망을 가지고 있습니다. 그런 욕망의 창구가 가면 갈수록 줄어 들고 있습니다. 한국 사회가 그만큼 계급 고정이 되어가고 있는 것입니다."

후학이 물었다.

"그럼 계급변동이 어렵다는 것은 보이지 않는 사회적 규제가 있다는 것을 의미하네요. 분명히 없는 것처럼 보이지만 실제 사회적으로 존재한다는 것이네요. 이런 사회적 규제는 어떻게 없애야 하는 것인가요?"

선학이 대답을 했다.

"계급 문제의 핵심은 세습입니다. 상위계급에서는 자신의 계급적 자산을 최대한 상속하고자 합니다. 그러기에 그런 다양한 장치들을 만들어 내는 것입니다. 이런 장치의 본질은 세습되는 계급을 유지할 수 있는 사회문화 정치적 장치를 개발한 것이지요. 그런 장치 속에서 계급은 유지됩니다. 만일 이런 장치가 제대로 작동하지 않으면 계급의 변동성은 커지게 되고 불평등 구조도 개선되는 것입니다. 이 핵심은 바로 상속제도와 교육입니다. 낮은 상속세율이나 부정적인 상속을 통하게 되면 계급은 유지되는 것입니다. 또한 교육을 통해서 자신들만의 세계를 구축하게 되면 사회적 불평등을 초래하게 되는 것이지요. 따라서 상속제도와 교육문제 해결만이 사회적 불평등을 초래하는 계급 문제를 해결할 수가 있습니다."

후학이 다시 물었다.

"그럼 상속문제와 교육은 어떻게 바뀌어야 하는 것인가요?"

선학이 대답을 했다.

"가면 갈수록 투명한 상속과 높은 상속세율을 만들어 가야 합니다. 열심히 일했는데 그 결과로 만들어진 자산에 대해서 사회적으로 비난할 필요는 없고 오히려 칭송해야 합니다. 하지만 자신의 일의 결과가 아닌 부모의 결과를 그대로 상속받는 것은 문제가 있습니다. 그러기에 사회적으로 가능한 많은 상속세율을 부여하여 그 가능성을 낮추는 것이 필요합니다. 또한 교육도 그렇습니다. 돈으로 좋은 교육과 좋은 취업이 보장되도록 한다면 동일한 결과를 초래하게 됩니다. 그래서 능력별 교육이 될 수 있는 교육 시스템을 만들어 내어야 합니다. 적어도 열심히 공부한다면 자신이 원하는 교육까지는 받을 수 있어야 한다는 것이지요. 적어도 개인의 노력에 의해서 계급 변동이 있어야만 계급 구조화되어 있는 것을 극복할 수 있다고 봅니다. 본질적으로는 계급이 없는 사회가 되어야 하겠지만 한번에 바꿀 수 없다면 계급간 차이를 줄여 가는 방향으로 사회가 변해야 한다고 봅니다."

역사적 변화, 구조의 변화이지,
세상 보는 눈

후학이 물었다.

"구조란 말이 무슨 뜻을 의미합니까?"

선학이 다시 물었다.

"건축물은 무엇으로 이루어져 있을까요?"

후학이 대답을 했다.

"그야 건축재료로 이루어져 있지요."

선학이 다시 물었다.

"그럼 건축 재료만 모아 두면 되나요?"

후학이 다시 대답을 했다.

"아니지요 모아둔 건축 재료들을 노동을 하여 필요한 모양으로 만들어야 지요."

선학이 다시 물었다.

"그럼 노동으로 원하는 모양이 되도록 만들면 건축이 이루어지나요?"

후학이 대답했다.

"당연히 건축 설계도에 따라서 이루어지는 것이지요."

선학이 다시 물었다.

"그럼 그 건축 설계도는 어떻게 만들어지는 것인가요?"

후학이 대답했다.

"그야 건축가의 상상 속에서 만들어지는 것을 그림으로 옮겨 놓은 것이지요."

선학이 다시 물었다.

"그럼 건축가가 상상하고 있는 모든 것이 다 건축으로 가능한가요?"

후학이 대답했다.

"그렇지는 않겠지요. 건축학적인 즉 기능적으로 문제 없는 건축 설계도가 만들어져야 가능한 것이라 봅니다."

선학이 말했다.

"맞습니다. 기능적으로 문제 없는 설계 그것이 바로 구조입니다. 즉 그 모양을 유지하는데 문제가 없이 계속해서 유기적으로 결합되어 있는 상태가 바로 구조인 것입니다."

후학이 다시 물었다.

"그야 건축물에서나 그렇지 왜 문화나 정치나 전혀 유형화되어 있지 않는 상태인데도 왜 구조란 말을 붙이는 것이지요?"

선학이 대답을 했다.

"그것은 지속적으로 유지 가능한 상태이기 때문입니다. 유지 가능하다는 것은 구조가 잡혀 있다는 것을 의미합니다. 건축에서도 건축물이 유지되는 것은 바로 그 구조를 받침하고 있는 기둥이 있기 때문이듯이 문화나 정치 또는 경제에서도 그 구조를 유지하는 기둥이 존재하기 때문에 가능한 것입니다."

후학이 다시 물었다.

"구조를 파악한다는 것은 결국 그 기둥이 무엇인지를 알아내는 것과 같은 것인가 보네요?"

선학이 대답을 했다.

"맞습니다. 어떤 구조든 그 구조를 유지하는 기둥이 있습니다. 그 기둥이 무너지면 그 무너진 상태로 그 상태를 유지하는 기둥이 생기는 것이지요. 그러면 새로운 구조로 그 기둥을 파악하면 되는 것입니다."

후학이 다시 물었다.

그럼 구조도 변해가는가 보네요? 고정되어 있지 않고요."

선학이 대답을 했다.

"맞습니다. 구조가 변해가는 과정을 역사라고 말하는 것입니다. 역사란 개인의 역사로 보면 인물의 살고 죽는 것이지만 거시적 시각에서 보면 구조의 변화 과정이라고 볼 수 있습니다."

구조의 변화, 혁명이라고 부르지, 바탕은 경제

후학이 물었다.

"구조란 무엇이지요. 많이 구조라고 이야기 하지만 제대로 알 수가 없습니다."

선학이 물었다.

'어떤 부분의 구조를 의미하는 것이지요?"

후학이 다시 대답을 했다.

"사회적 구조를 의미합니다. 인간 사회 전체를 지배하는 구조를 의미합니다."

선학이 말했다.

"구조는 두 가지로 구분되어 존재합니다. 어느 시점 이내에 변할 수 있는 것과 변할 수 없는 것이 엉켜있는 상태가 구조입니다. 즉 어느 시점이란 것이 중요합니다. 특정 시간 이내에서는 구조가 변하는 것과 변하지 않는 것이 존재합니다. 하지만 이 시간을 벗어나면 그 변하지 않는 것은 변하는 것으로 되고 변하는 것은 다시 변하지 않는 것으로 바뀌기도 합니다. 그래서 그 특정 시간이 중요합니다."

후학이 다시 물었다.

"잘 이해가 안 됩니다. 변하지 않는 것과 변하는 것이 있는 것이 구조와 어떤 의미를 가지는가요?"

선학이 대답을 했다.

"구조란 변하지 않는 것들의 총체를 의미합니다. 즉 일반적으로 변할 수 없다고 보는 것을 구조라고 표현하는 것입니다. 이 변하지 않는 것들이 모여서 일종의 체제를 구축합니다. 마치 건축물의 기둥과 같은 것입니다. 이 기둥이 어느 정도 만들어지면 그 속의 벽이나 장식 등등 다양한 것을 바꾸거나 변경할 수도 있지만 기둥을 바꾸는 순간 그 건물은 무너지고 마는 것과 같은 것입니다. 그 기둥들의 결합체를 구조라고 보는 것입니다. 이들 구조는 조직화가 잘되어 있을수록 무너지지 않지만 불안한 위치에 기둥이 놓여 있다면 쉽게 건물은 무너질 수 있는 것입니다. 따라서 구조가 잘 만들어진 체제는 오래가지만 그렇지 못한 체제는 오래갈 수가 없습니다."

후학이 다시 물었다.

"그럼 변하는 것은 어떻게 되나요?"

선학이 대답을 했다.

"변하는 것은 끊임없이 변하지 않는 것에 영향을 주거나 아니면 그것에 붙어 있게 됩니다. 이차적인 구조물이 되는 것이지요. 일차적이 구조에 부수적으로 존재하는 것입니다. 이 변하는 것들이 모여서 그 체제를 유지하는 것입니다. 건물에 마치 벽이나 장식이 있는 것과 같지요. 하지만 이들은 언제든지 환경이 조금만 변해도 변하기 때문에 체제를 지켜낼 수 없습니다.

그래서 그 구조에 의존해서 존재하는 것입니다."

후학이 다시 물었다.

"인간 사회에서 가장 중요한 구조는 무엇인가요? 무엇이 변하지 않고 무엇인 변할 수 있는 것인가요?"

선학이 대답을 했다.

"인간 사회에서 가장 변하지 않는 것은 바로 경제 구조입니다. 경제 구조는 생산 관계와 생산 능력에 의해서 구성됩니다. 생산 관계는 소유의 문제이고 생산 능력의 문제는 생산자의 의지와 생산력의 문제입니다. 이 결과물이 일종의 계급이 되는 것이지요. 공장을 소유하고 있는 사람이 바로 자본가 계급이 되는 것이고 그렇지 못하고 급여를 받아야 한다면 노동자가 되는 것입니다. 농토를 가지고 있으면 농민이 되지만 그렇지 못하면 농사를 지어도 소작농이 되는 것입니다. 인간 사회는 가장 기본이 경제 구조에 의해서 결정됩니다. 그 위에 정치구조가 결정되는 것이 지요. 경제 구조가 바뀌면 정지구조도 변하게 되는 것입니다. 바뀌는 과정을 우리는 혁명이라고 부르는 것입니다."

후학이 다시 물었다.

"그럼 경제 구조가 바뀌지 않고 정치 구조만 바뀌는 경우는 없는가요?"

선학이 대답을 했다.

"있기는 합니다. 하지만 경제 구조가 변하지 않으면 다시 원위치되기 쉽습니다. 만일 물을 어느 정도 끓으면 수증기가 발생하지만 100도를 넘기지 않고 끓이고 있으면 물이 수증기로 변하지 않습니다. 즉 구조의 변화가 발생할 만큼의 임계 상황을 만들어 내지 못하면 변하지 않는 것이지요. 정치구조가 일시적으로 변했다고 하여도 그 경제 구조가 변할 임계 상황을 거치지 않았다면 실패하게 되는 것입니다. 한국의 경우도 갑신정변과 같이 3일 천하가 되는 것도 경제 구조의 변화가 없이 일시적으로 정권만 바뀌었기 때문에 일어난 일이라 봅니다. 경제구조의 변화가 바로 그 기본이 되는 것입니다."

후학이 다시 물었다.

"그럼 경제구조는 변했고 그에 따라 정치 구조도 변했다면 정치구조가 과거의 경제 구조로 돌아가려고 한다면 가능한 일인가요?"

선학이 대답을 했다.

"일시적으로는 가능할 수 있습니다. 정치적 명분이 너무 좋아서 일시적으로 경제 구조의 변화와 상관 없이 동조를 할 수는 있습니다. 하지만 오래가지 못합니다. 경제 구조에 맞추어서 원위치하게 되어 있습니다. 정치 구조는 경제 구조의 변화를 반영하는 것이지 정치 구조가 경제 구조를 변화시킬 수는 없습니다. 정치 구조가 경제 구조를 바꿀 수 있다고 하는 것은 정치 지도자의 개인적 능력이 변화를 일으킬 수 있다고 하는 신화에 근거한 것입니다. 정치 구조는 경제 구조의 뒷받침 없이 정치적 구조만으로는 존재 할 수가 없습니다."

후학이 다시 물었다.

"경제 구조와 정치 구조와는 다른 다른 구조는 또 인간 사회에서 존재하는가요?"

선학이 대답을 했다.

"경제 구조와 정치 구조 그리고 문화 구조가 존재합니다. 이 문화 구조는 경제와 정치에 의해서 다시 구축되는 것입니다. 정치와 경제가 없이 형성되는 것이 아닙니다. 초기에는 문화가 경제나 정치와 융합된 형태였지만 인간 사회가 발달하면서 분화되어 나온 것입니다. 문화의 다양한 영역이 정치와 경제 구조의 위에 존재하게 된 것이고 그것은 정치나 경제 구조보다 더 오래 변하지 않고 있기도 합니다. 종교가 변하지 않고 있는 것처럼 말입니다. 구조는 정치 문화 경제의 세 축의 결합된 어느 시점에 있을 때 우리는 사회체제라고 부르는 것입니다. 이 세 가지의 영역 중 어느 하나라도 변하기 시작하면 그 속에는 반드시 경제 구조의 변화와 연결되어 있고 그 과정을 혁명이라고 부르는 것입니다. 즉 구조의 변화가 바로 혁명인 것입니다. 산업 혁명, 러시아 혁명이라고 부르는 것은 바로 그것이 주조를 바꾸었기 때문에 그렇게 부르는 것입니다."

자유와 평등, 변화의 두 축이지,
바탕은 의지

후학이 물었다.

"인간은 환경에 적응하면 생존하는 것인가요? 아니면 인간은 환경을 변화시키면서 진화하는 것인가요?"

선학이 다시 물었다.

"환경을 우위에 두느냐 아니면 인간 의지를 우위에 두느냐 하는 질문인 것 같네요?"

후학이 대답을 했다.

"예 그렇습니다. 환경이 중요한지 인간 의지가 중요한지 항상 의문이 들거든요."

선학이 대답을 했다.

"환경은 인간과 관련된 것만 있는 것은 아닙니다. 대표적으로 자연 환경과 사회 환경으로 구분이 되지요. 자연 환경 중에 보다 구체적으로는 서식 환경이 있고 사회 환경 중에는 생활 환경이 보다 구체적으로 있습니다. 이 두 환경에 영향을 받은 대상은 동물과 인간이지요."

후학이 다시 물었다.

"진화의 역사에 보면 동물은 자연 환경에 적응하면서 생존한 것이 아닌가요?"

선학이 대답을 했다.

"그렇지요. 자연 환경에 다라 어떻게 생존할 것인가에 따라서 종의 진화가 결정된 것이지요. 그렇기에 환경 변화에 따라 동물은 영향을 크게 받았다고 봅니다."

후학이 다시 물었다.

"그럼 동물에게 있어서는 환경 결정론이 맞는 것이네요? 환경에 따라서 동물이 생존한 것이라 볼 수 있으니까요."

선학이 대답을 했다.

"그럴 수도 있지요. 환경의 영향에 맞추어서 동물이 변화를 한 것이니 그렇게 생갈할 수도 있습니다. 가끔은 예외적인 경우도 있습니다. 동물들의 경쟁환경의 변화가 때로는 환경의 변화를 초래하기도 합니다. 즉 늑대와 같은 천적이 없어지고나면 과도하게 사슴이 늘어 나고 이 사슴들이 너무 많은 초목을 먹게 되면 그 땅이 황무지로 변화하는 그런 경우입니다. 이 경우네는 천적이 특별한 순간에 줄어 들어서 생긴 것이지요. 질병이나 사냥에 의해서요."

후학이 다시 물었다.

"사회 환경도 그런 것이 아닐 까요? 인간은 자신이 처한 환경에 영향을 받아서 생존하거나 발전하는 것이 아닌가요?"

선학이 대답을 했다.

"인간은 사회 환경에 영향만 받는 존재가 아닙니다. 자연 환경에서 동물이 영향을 받지만 의도적으로 자연 환경을 변화시킬 수는 없습니다. 하지만 인간은 다릅니다. 인간은 사회 환경을 자신의 의지에 의해서 바꿀 수가 있습니다. 환경에 영향을 받기도 하지만 오히려 환경을 변화시키는 능력 또한 같이 가지고 있습니다. 그래서 환경 결정론으로 이야기할 수 없는 이유가 인간의 독립의지 때문입니다."

후학이 다시 물었다.

"그럼 사회 환경에 대한 하는 인간의 자유 의지는 그냥 생기는 것인가요?"

선학이 말했다.

"인간의 자유의지는 그냥 생기는 것이 아니라 교육에 의해서 생깁니다. 교육의 수준 즉 지적 능력에 의해서 사회 환경에 대한 인간의 자유의지가 강화되는 것이지요. 자유의지는 교육받은 만큼 발휘됩니다. 교육을 받지 못한 자유의지는 환경에 쉽게 굴복 받게 됩니다. 과거의 역사 속에 사회 환경을 바꾼 사람들은 어떤 식이든 교육을 받아서 자유의지가 생긴 것이지요. 단순히 사회적 환경에 대한 저항이나 반발만으로는 변화를 일으킬 수 없었다고 보여집니다."

후학이 다시 물었다.

"인간의 자유의지가 사회 환경을 바꾼다면 어떤 방향으로 바꾸어야 하나요?"

선학이 대답을 했다.

"가장 기본은 자유와 평등입니다. 하지만 이 두 가지는 대립 각을 가지고 있습니다. 평등을 강조하면 자유의지가 약화되고 자유를 강화시키면 불평등이 강화됩니다. 사회 환경이 자유와 평등을 어느 정도 허용할 수 있는

지 하는 것도 중요 합니다. 한번에 모든 자유와 평등이 실현될 수 없습니다. 사회 환경에 맞게 최적의 자유와 평등이 실현된다고 봅니다. 끊임없이 맞추어 가는 사이에 갈등은 비록 있겠지만 그 방향은 분명합니다. 사회 환경을 자유와 평등이 강화되는 방향으로 자유의지가 작용할 것이라는 것입니다."

한 사람만의, 문제는 아니지요,
강화된 인권

후학이 물었다.

"사람들이 서로에 대해서 많은 제재를 가합니다. 권력을 가지고 누르기도 하고 힘으로 강제하기도 합니다. 인권을 무시하는데 어떻게 해야 하나요?"

선학이 대답을 했다.

"강자가 약자를 무시하는 것은 자연의 본능입니다. 그러기에 그런 모습은 자연의 가장 기본적인 속성에서 출발합니다."

후학이 다시 물었다.

"자연의 속성이라고 하지만 실제 동물들 속에서는 다른 종에 대해서는 그렇게 잡아 먹고 하기야 하지만 같은 종에서는 그렇지 않지 않습니까?"

선학이 대답을 했다.

"동물 속에서도 당연히 그런 현상이 있습니다. 짝을 차지하기 위해서 서로 싸우거나 자신의 영역을 위해서 서로 싸우거나 강제하기도 합니다. 같은 종에서도 강자의 논리가 통하는 것입니다."

후학이 다시 물었다.

"그렇다고 인간 사회에 그런 현상을 그대로 내버려 두면 안 되지 않습니까?"

선학이 대답을 했다.

"사회 속에서 인권은 일종의 조직적인 합의 사항입니다. 강자가 자신의 힘으로 모든 것을 해결하고자 할 때 약자들이 단결하여 제제하는 과정에서 만들어진 힘의 균형인 것입니다. 그 중에 합의 사항이 바로 인권에 대한 서로 지켜야만 하는 내용을 포함하고 있는 것입니다."

후학이 다시 물었다.

"그럼 인권은 힘 대 힘의 결과이지 자선이나 배려의 결과가 아니네요?"

선학이 대답을 했다.

"후진국일수록 인권이 무시되는 것은 바로 강자의 논리를 제재할 힘의 균형이 깨어져 있기 때문입니다. 그렇지만 선진국으로 변화하는 과정은 힘의 균형이 맞추어지는 과정이고 이 과정 속에서 인권이 확립되는 것입니다. 일종의 사회적 보험이 강화되는 것이지요. 누구든 인권이 무시될 수 있기 때문에 제도적으로 강화시켜 놓으면 보험처럼 자신도 혜택을 보도록 만드는 것입니다. 즉 인권도 사회적 시스템이 강화되어야 제대로 지켜지는 것입니다."

후학이 다시 물었다.

"그럼 인권이 강화된다는 것은 무엇을 의미하나요?"

선학이 대답을 했다.

"사회적 보험 또는 복지가 강화되는 것과 같습니다. 한 사람의 개인의 문제가 아니라 사회적 문제인 것입니다. 누구든 인권이 무시될 수 있기에 시스템으로 보장받도록 하는 것입니다. 하지만 인권을 무시하는 사람들은 자신이 인권을 지켜야 자신도 보장이 된다는 사실을 잊어버리는 것입니다. 일종의 도덕적 해이가 발생하는 것입니다. 자신은 안 지켜도 될거야 하는 의식이 결국 인권을 약화시키고 그 결과 자신도 보장을 받지 못하게 된다는 것입니다. 보험 시스템이 붕괴되면 누구도 그 혜택을 못 받는 것과 같습니다. 그래서 인권을 강화하는 것은 바로 자신의 인권을 지키는 방법입니다. 그렇게 사회는 조직화되어 있습니다."

후학이 다시 물었다.

"그럼 한국 사회에서 가장 인권이 무시되고 있는 부분이 있다면 어떻게 해야 강화될 수 있을까요?"

선학이 대답을 했다.

"인권을 강화시키는 힘은 인권이 약화된 집단이야 계층의 조직화에 있습니다. 즉 조직이 강화되면 그것이 힘을 가지는 것입니다. 한 두 사람의 힘으로 강화되는 것이 아니라 그 집단 전체의 의지가 반영되어야 강화됩니다. 장애인의 인권이 지난 20년 동안 크게 개선이 되었습니다. 근본적인 이유는 바로 장애인들의 조직화에 있습니다. 과거에는 장애인이라고 하면 집안에 숨어 지내는 경향이 있었다면 이제는 그런 것이 아니라 스스로 나와서 자신의 권리를 주장하기 시작하면서 개선이 되기 시작한 것입니다. 이처럼 조직화 과정을 통해서 인권의 사각지대가 하나씩 줄어 가는 것입니다."

인권이란 건, 지키려고 해야만, 지켜진다네

후학이 물었다.

"인권이란게 무엇인가요?"

선학이 대답을 했다.

"인간이 살면서 누려야 할 가장 기본적인 권리를 말합니다."

후학이 다시 물었다.

"그건 당연히 지켜져야 하는 것 아닌가요? 그게 국가가 하는 일이 아닌가요?"

선학이 대답을 했다.

"당연한 이야기입니다. 하지만 당연하지 않은 게 인권은 국가가 지켜주지 않습니다."

후학이 다시 물었다.

"그게 무슨 말인가요? 인권을 국가가 지켜주지 않는다는 것은 말이 되지 않지요. 국가와 개인은 일종의 약속을 한 것입니다. 인권을 지켜주고 세금과 국방의 의무를 수행하는 것이지요."

선학이 대답을 했다.

"그것도 맞습니다. 헌데 그러지 못하고 있지요."

후학이 다시 물었다.

"무엇을 보고 그렇지 못하다고 하는 건가요?"

선학이 대답을 했다.

"인권은 국가가 지켜줘야 하는 인간의 최소한의 권리입니다. 문제는 국가를 운영하는 주제에 대한 것입니다. 국민이 국가의 운영권에 대해서 위임을 하면 그 위임 받은 사람이 국민의 인권을 지켜 주어야 하는 것은 당연합니다. 하지만 위임 받은 사람들은 어느 특정 세력의 대변자일 수밖에 없습니다. 즉 대의 민주주의든 군사 정권이든 상관없이 정치권력을 위임 받은 사람들은 모든 국민의 대변자이기보다는 특정 세력의 대변자가 될 수밖에 없습니다. 그렇게 되면 이 대변자들은 자신을 지지하는 세력에 대해서는 인권을 지켜주지만 그렇지 못한 세력에 대해서는 지켜주지 않는 것입니다."

후학이 다시 물었다.

"그렇다면 인권이란 일종의 계급 또는 계층의 상대적 권리이지 절대적 권리는 아니라는 것이네요. 헌법에 보장하는 것과는 다른 것이라 보여지는데요?"

선학이 대답을 했다.

"맞습니다. 인권은 절대적인 인권이 아니라 상대적인 인권입니다. 즉 자신이 지지하는 세력의 인권이라는 의미이고 피지배계층이 되는 순간 발생하는 것이 바로 인권 탄압이 되는 것입니다."

후학이 다시 물었다.

"그럼 결국 인권도 탄압의 대상이 되느냐 안 되느냐에 따라서 달라지는 것이네요. 그러면 실제 인권 탄압이라고 하는 것은 어쩌면 무의미할 수도 있는 것이 아닌가요?"

선학이 대답을 했다.

"실제는 인권 탄압은 피지배계층에게는 당연한 것입니다. 자신이 지지하는 세력이 정치권력을 가지지 못해서 생기는 것이지요. 하지만 인권에도 가장 기본적인 어느 계층에나 지켜져야 하는 것들이 있습니다. 이것들이 침해 받거나 아니면 피지배계층이라고 하더라도 어는 정도의 탄압은 받아도 나름 견딜만 하지만 너무 심하면 그 기본권마저도 침해를 받을 경우에 인권탄압에 항거하게 되는 것입니다. 그러기에 인권은 정치적인 것이지 인간 인격에 의존하는 것이 아닙니다. 전쟁 중 인권과 평화시의 인권은 다릅니다. 즉 정치 상황에 따른 인권의 범위가 다르다는 것입니다."

후학이 다시 물었다.

"인권은 그럼 정치 상황이 안 바뀌면 회복 될 수 없는 것인가요? 결국 힘에 의해서 얻어지는 것이 인권인가요?"

선학이 대답을 했다.

"인권은 힘에 의해서 얻어지는 것입니다. 하늘에서 떨어지거나 권력자의 자비에 의해서 만들어지는 것이 아닙니다. 권력자도 힘이 있어 자신의 통제가 먹히지 않을 때 인권을 보장해 줍니다. 인권은 분명히 하늘에서 떨어지는 것이 아닙니다."

후학이 다시 물었다.

"그럼 어떻게 하는 것이 인권을 보장 받는 건가요? 무엇을 해야 하나요?"

선학이 대답을 했다.

"인권은 혼자로는 지켜지는 것에 한계가 있습니다. 인권을 지키기 위해 노력하는 사람들이 모여서 인권을 지켜야 합니다. 조직은 결국 힘을 의미합니다. 많은 사람들이 모여서 자신의 인권을 지키려고 노력할 때 비로소 힘도 생기고 지켜질 가능성이 높아지는 것입니다. 인권을 지키기 위한 다양한 활동들이 있습니다. 법적이든 문화적이든 의식적이든 다양한 방법으로 인권에 대한 이해와 지키는 방법을 찾아 내고 실천해야 지켜지는 것입니다. 하늘에서 비가 오듯이 자연스럽게 인권이 지켜지지 않는 것은 역사를 통해서 알 수가 있습니다. 지키고자 노력해야 지켜지는 것이 인권입니다."

혼자서 못해, 상호 협력 필요해,
사회적 자살

후학이 물었다.

"많은 사람들이 자살을 합니다. 왜 그럴까요?"

선학이 대답을 했다.

"자살을 하려고 하는 사람을 본적이 있나요? 그들에게 왜 자살을 하냐고 물어 보세요. 그러면 두 가지로 답을 할 것입니다. 하나는 충동적으로 한다는 것과 또 하나는 어찌할 수 없기 때문에 한다는 것이지요."

후학이 다시 물었다.

"충동적으로 자살하려는 사람은 왜 그럴까요?"

선학이 대답을 했다.

"충동적인 자살을 하려는 사람들은 자신의 의지로 무엇인가 하려는 시도에 대해서 의지력이 약해져서 그런 것입니다. 의지력이 약해지니 어느 순간에 충동적이기 시작하면 그 고비를 못 넘는 것입니다. 즉 자극에 대해서 견디는 내성이 부족해지면 충동적 자살을 하게 되는 것입니다."

후학이 다시 물었다.

"그렇군요. 자극에 대해 내성이 부족해서 생기는 것이네요. 그럼 어떻게 해야 그런 충동적 자살을 막을 수 있는가요?"

선학이 대답을 했다.

"충동적 자살을 방지하기 위한 가장 효과적인 방법은 교육입니다. 그 중에서도 환경에 대한 내성을 길러 주는 교육이 중요합니다. 가면 갈수록 환경 자극에 대해서 약해지는 것이 현실입니다. 그렇기에 환경에 견디는 교육을 위해서는 체험 교육이 중요합니다. 특히나 봉사 활동과 같은 활동을 통해서 내성을 길러 주는 것이 필요합니다. 10대에서 20대에 이루어져야 할 교육입니다. 좋은 환경에서 자란 사람일수록 약합니다. 이런 충동적 자살은 오히려 어려운 환경이 되면 될수록 적은 법입니다. 전쟁 때에는 이런 자살이 적은 이유도 이와 같습니다."

후학이 다시 물었다.

"그렇군요. 그럼 어찌할 수 없어 자살 하는 경우는 어떻게 해야 하나요?"

선학이 대답을 했다.

"어찌 할 수 없어 하는 자살은 그 출발은 3가지 문제로 나뉘어집니다. 하나는 질병으로 인한 것이고, 둘째는 경제적인 문제이며, 셋째는 사회적 문제입니다. 이들의 공통적인 특징은 개인이 감당할 수 없는 상황이라는 것이지요. 즉 자신이 어떻게 해도 해결이 불가능하다는 것을 느끼는 것입니다. 이들에게는 희망이 없습니다. 막연한 기대는 있을 수 있지만 희망이 없다는 것을 알기에 그저 끌려서 살아가는 것 보다는 어느 순간 그 고리를 끊어 내고 싶다는 욕망으로 자살을 하는 것입니다. 이 경우에는 사회적 자살이라고 합니다. 이런 자살의 유형은 가면 갈수록 증가하고 있습니다."

후학이 다시 물었다.

"사회적 자살이라고 하셨는데 그게 무슨 의미이지요?"

선학이 대답을 했다.

"사회적 자살이라는 것은 사회제도 또는 구조적 문제로 인해서 자살이 증가되는 것을 의미합니다. 만일 사채업자의 횡포 때문에 자살을 하는 사람도 있고, 의료비가 없어서 스스로 죽고자 하여 병을 방치하다가 고통을 못 이겨내어 자살하는 사람도 있고, 강간을 당했는데 이것을 해결하는 과정에서 자살하는 사람도 있다면 이들의 자살이 단순히 그들 혼자만의 책임이냐는 것입니다. 즉 사회적인 문제로 인해서 자살하는 경우라서 사회적 자살이라고 하는 것입니다."

후학이 다시 물었다.

"그럼 어떻게 해야 사회적 자살이 방지되나요?"

선학이 대답을 했다.

"사회적 자살을 방지하기 위해서는 사회적 자살 방지 구조 시스템이 필요합니다. 즉 사회적 문제로 인해서 어찌할 수 없다는 것을 확인하는 사람들을 대상으로 한 구조 시스템이지요. 이들이 마지막으로 찾아 갈 수 있는 곳이 있어야 합니다. 그러면 그곳에서 해결가능한 수준까지 해결을 해주는 것이 필요합니다. 그 해결가능성을 높이도록 만드는 정책도 필요하고 실제 그것을 운영하는 사람들의 정성도 필요합니다. 그런 과정이 없이는 그냥 내버려 두는 경우 실제 사회적 경제적 영향력이 크게 줄어 듭니다. 20세가 넘은 한 사람이 년간 만들어 내는 경제적 효과는 1억입니다. 즉 70살을 산다고 한다면 적어도 50억의 경제적 효과를 가지는 것이지요. 만일 20대의 한 사람의 자살하면 미래의 50억의 경제적 효과가 사라지는 것입니다. 그것을 방지하기 위해서 사용되는 사회적 구조 비용은 낭비라고 할 수 없습니다. 한국이라는 사회가 발전하기 위해서는 꼭 필요한 시스템입니다."

후학이 다시 물었다.

"자살이란 게 무엇이길래 많은 사람들이 시도하는 것일까요? 어짜피 죽어 가지 않나요?"

선학이 대답을 했다.

"자살이란 스스로 죽는 것을 의미합니다. 다만 일찍 죽으려고 하느냐 아니면 서서히 죽으려고 하느냐 차이밖에 없습니다. 동물 중에 자살하는 동물은 없습니다. 자살이란 생명의지에 반하는 것이라 자기 의식이 없으면 할 수가 없는 것입니다. 그렇지만 스스로 죽으려고 하는 사람은 더 이상 변화를 할 수 없다는 사실을 자각하기 때문입니다. 변화를 거부하는 사람이 자살을 합니다. 변화에 대한 확신이 없을 때 자살을 하게 되는 것입니다. 그러기에 변화하려는 욕망이 있어야 합니다. 세상을 바꾸고 자신을 바꾸고자 하는 사람이 더 오래 살기를 원하는 것입니다. 해야 할 일이 많기 때문이지요. 자살 방지를 위한 최고의 처방은 삶의 목표를 가지는 것입니다."

위험하다고, 말하지만 말아라,
분석이 먼저

후학이 물었다.

"인생에서 위험은 어떻게 대처해야 하나요?"

선학이 다시 물었다.

"어떤 위험 말하는 것인가요?"

후학이 대답했다.

"글쎄요, 인생의 위험은 두 가지로 구분되는 것 같습니다. 건강에 대한 위험이나 사회적 위험으로 구분되는 것 같습니다."

선학이 다시 물었다.

"그럼, 사회적 위험은 어떤 것이 있을까요?"

후학이 대답을 했다.

"사회적 위험은 정치적으로 즉 전쟁이나 권력에 대한 위험과 경제적 위험을 의미하고 또 권위나 명예에 대한 위험 등을 예상할 수 있을 것 같습니다."

선학이 다시 물었다.

"그럼 건강에 대한 것은 어떤 것이 있을까요?"

후학이 대답을 했다.

"긴급한 건강상의 위험이나 만성적인 건강상의 위험으로 구분되는 것 같습니다. 긴급한 건강상의 위험은 사고일 가능성이 높고 만성적인 위험은 음식이나 습관에 따른 위험이라 보여집니다."

선학이 말했다.

"예 그렇지요. 그런 위험들이 존재합니다. 위험은 위험한 단어로 존재하는 것이 아니라 상황과 환경 조건에 따라서 존재합니다. 즉 위험은 인간의 생존에 해가 되는 어떤 활동이나 제약이 모두 위험에 속하는 것입니다. 그래서 위험은 어떤 경우에도 생기는 것입니다. 다만 위험을 느끼느냐 아니냐에 따라서 다르게 반응할 뿐입니다."

후학이 다시 물었다.

"그럼 위험을 느끼는 경우에는 어떻게 행동해야 하나요?"

선학이 대답을 했다.

"위험이 느껴지면 그 위험이 존재하지 않는 방향으로 도망가고자 하는 것이 일반적입니다. 즉 그 위험의 본질을 보기보다는 오히려 그 위험의 본질을 회피하고 싶은 것이 일반적입니다. 그러나 이런 행동은 위험을 해소하기 보다는 위험이 유보되는 것입니다. 즉 어느 순간에 다시 위험이 드러나게 되는데 이때는 도망을 갈 수가 없습니다. 그래서 위험은 위험을 정면으로 대면할 때 비로소 위험에서 벗어날 수 있는 것입니다."

후학이 다시 물었다.

"위험을 정면으로 대면하려고 하면 힘들지 않나요? 대부분의 사람들이 위험을 벗어나서 도망가려고 하는데 그것을 정면으로 대면하려고 하면 두

렵지요. 어떻게 해결해야 하나요?"

선학이 대답을 했다.

"위험이 두려운 것은 용기가 부족해서 그렇다고 하지요. 사실은 위험을 극복하기 위해서는 그 위험의 정체를 모를 경우는 용기가 필요합니다. 즉 모르기에 용기가 필요한 것이지요. 하지만 위험의 실체를 알고 나면 용기가 필요한 것이 아니라 행동이 필요합니다. 그 위험을 해소하려는 행동입니다. 출발은 위험의 실재에 대한 정확한 지식이 없기에 위험을 느끼는 것입니다."

후학이 다시 물었다.

"그게 어떤 차이이지요?"

선학이 대답을 했다.

"만일 공장에서 계속 폭발사고가 나고 있습니다. 원인을 모른다면 그 공장은 아마도 폐쇄될 것입니다. 하지만 어디선가 LPG 가스가 새어 나와서 폭발 사고가 난다고 알게 된다면 바로 그 새어 나오는 가스를 막아 내면 안전하다는 것을 알게 되고 그런 행동을 할 것입니다. 즉 모르기에 행동을 옮기는 것에 주저하는 것입니다."

후학이 다시 물었다.

"이해가 됩니다. 그럼 어떻게 하면 위험을 제대로 파악을 할 수 있나요? 실제 위험을 파악하기가 쉽지 않아 보입니다. 특별한 방법이 있는가요?"

선학이 대답을 했다.

"모든 위험을 제대로 알아 가는 것은 불가능합니다. 모든 세상의 지식을 아는 것과 같은 것이기 때문입니다. 하지만 자신에게 가장 위험한 것이 무엇인지는 순서를 나름 정할 수가 있습니다. 그러면 위험이 등급화되는 것이지요. 그렇게 등급화되는 위험의 요소 중 가장 높은 위험도를 보이는 것을 중심으로 파악해 들어 가는 것이 효과적입니다."

후학이 다시 물었다.

"등급화되어 위험도가 가장 높은 것을 파악을 했다면 어떻게 해야 하나요?"

선학이 대답을 했다.

"위험도 등급이 높은 위험이 결정이 되면 그 위험이 존재하는 환경 분석이 중요합니다. 위험은 위험이 존재 하는 환경에서 나오는 것이지 하늘에서 뚝 떨어지는 것이 아닙니다. 무서운 전염병이 퍼지는 것도 대부분 환경과 관련이 깊습니다. 그런 전염병 위험은 바로 환경이 문제이듯이 다른 위험들도 환경이 문제입니다. 환경에 대한 분석을 어느 정도 분명하게 하게 되면 대부분의 경우 위험을 파악할 수가 있습니다."

후학이 다시 물었다.

"그럼 위험을 파악하면 어떻게 해야 하나요?"

선학이 대답을 했다.

"행동입니다. 만일 어느 지역에 말라리아 전염병이 퍼졌다면 환경이 문제이고 물에 모기들이 문제가 되는 것을 알 수 있을 것입니다. 모기가 말라리아를 옮기기 때문이지요. 이 사실을 알았다면 섞은 물에 모기가 살지 못하도록 방역을 실시해야 합니다. 알았다고 하여 그대로 두면 계속 위험이 공존하게 되지만 그것을 제거하는 행동을 하게 되면 그만큼 위험은 줄어들게 됩니다. 인간의 역사는 이런 위험을 줄여 오면서 발전한 것입니다. 느끼고 알고 행동하면서 진화해온 것이지요. 알면서 파악이 구체적으로 되었는데도 행동하지 않으면 그 위험은 사라지는 것이 아니라 언제든 위협적으로 다가옵니다. 위험은 사라지는 것이 아니라 통제되는 것이기 때문입니다. 통제 능력 즉 행동하는 능력이 위험을 관리 할 수 있습니다."

누구나 만나, 대화를 하고 싶지, 눈높이 대화

후학이 물었다.

"대화가 안 된다고 난리입니다. 소통이 안 된다고도 하고요. 왜 이런 것입니까?"

선학이 대답을 했다.

"대화의 목적이 다르기 때문입니다. 그래서 대화가 안 되는 것입니다."

후학이 물었다.

"대화의 목적이 다르다니요? 같은 목적으로 대화를 하는 것이 아닌가요?"

선학이 대답을 했다.

"동일한 목적을 가지고 대화를 나누면 대화가 이루어집니다. 하지만 대화의 목적이 다른 사람이 대화를 하면 대화가 안 되는 것이지요. 즉 대화가 안 된다고 하는 모든 사람의 이야기는 대화의 목적이 달라서 그런 것입니다."

후학이 물었다.

"대화의 목적이 다르다면 결국 각자의 주장이 달라서 생기는 문제라는 것이네요. 그럼 어떻게 해야 대화가 이루어지나요?

선학이 대답을 했다.

"대화의 목적의 범주를 확대해야 해야 합니다. 상대의 대화의 목적 범위까지도 포용할 수 있어야 가능한 것입니다. 만일 부모와 자식이 진로 문제에 대해서 상의를 한다고 합시다. 부모는 의대를 가기를 원하고 자식은 문학을 전공하기를 원하면 서로가 대화를 하더라도 주장만 하게 되고 상대를 설복하려고만 할 것입니다. 그러나 부모는 의대보다는 이과 학문을 공부하도록 유도하려고 하고 자식도 문학보다는 문과 학문을 연구하기를 원하면 서로의 접점이 생기는 것이지요. 즉 상대의 주장까지 포용할 수 있는 범주의 확대가 대화를 이루는 첫 걸음입니다."

후학이 대답을 했다.

"그렇군요. 대화가 되기 위해서는 상호 인정하는 범위가 확대되어야 가능한 것이네요. 그럼 효과적인 대화를 이루기 위해서는 어떻게 해야 하나요?"

선학이 대답을 했다.

"대화의 출발은 바로 서로에 대한 인정입니다. 그 인정의 출발은 상대는 나와 다를 수 있다는 것을 인정하는 것입니다. 그리고 그 다른 것도 의미가 있다는 것을 인정하는 것입니다. 그래야 대화가 효과적으로 됩니다. 다르다는 것을 인정하지 않으면 상대를 나와 같이 맞추려고 하기 때문입니다."

후학이 다시 물었다.

"상대를 인정하기란 쉽지 않지 않습니까? 모두가 자신의 주장이 맞다고 하기 때문에 그 주장을 대화로 풀려고 하는 것이 아닌가요?"

선학이 대답을 했다.

"맞는 말입니다. 주장을 대화로 착각하는 경우가 많이 있습니다. 주장과 대화는 다른 것입니다. 자신이 주장하는 것이 모두 옳다고 느끼니 주장을 하는 것이지요. 하지만 진정 올바른 주장은 자신이 주장을 한다고 하여 인정되는 것이 아닙니다. 올바른 주장이면 누구나 인정합니다. 그러나 부분적으로 결함이 있는 주장을 하기 때문에 문제가 되는 것이지요. 대화는 그런 주장의 헛점을 대화를 통해서 확인하는 것입니다. 그러기에 대화를 통해서 주장을 검증하지 않는다면 그것은 주장으로 끝날 뿐인 것입니다."

후학이 다시 물었다.

"그러면 대화가 누구나 가능한 것은 아니네요. 누구랑도 대화를 하기 위해서는 어떻게 해야 하나요?"

선학이 대답을 했다.

"아이와 같이 대화를 하는 방법은 아이의 눈높이에 맞추어서 언어를 사용하면 대화가 됩니다. 즉 상대의 눈높이에 맞추어서 대화를 하면 어떤 사람과도 대화가 되는 것입니다. 대화가 단절되었다고 느낄 때 면 먼저 생각해 보아야 하는 것이 바로 상대의 눈높이에 맞추어 대화를 하였는가 하는 것을 먼저 점검을 해야 합니다. 내가 낮을 수도 있고 때로는 높을 수도 있습니다. 낮다고 느낄 때면 그 분야에 대한 학습이 필요한 것이고, 높다고 느낄 때면 언어의 사용에 주의를 기울여야 하는 것입니다. 대화로 풀면 안 되는 일이 없을 것이나, 대화가 단절되면 되는 일도 없습니다. 그러니 대화가 가장 인간관계의 기초가 되는 것입니다."

감정 표현은, 본능에 충실해야, 완벽해 지지

후학이 물었다.

"감정의 표현이 제대로 안 되는 사람들이 많이 있습니다. 또 너무 감정 표현이 잘되어서 오히려 문제가 되는 사람들도 많구요. 감정이 무엇이길래 사람들이 힘들어 하는 것일까요?"

선학이 대답을 했다.

"감정은 출발이 바로 본능에 있습니다. 본능에 충실한 사람인가 아닌가 에 따라서 감정의 표현이 좌우되는 것이지요."

후학이 다시 물었다.

"그럼 본능에 충실하게 되면 감정 표현이 제어가 되지 않는 것 아닌가요?"

선학이 대답을 했다.

"감정의 표현은 본능에 기반합니다. 하지만 본능에 기반한다고 하여 무 조건 표현이 되는 것이 아니라 환경에 맞추어서 되는 것입니다. 실제 본능 에 충실하면 상황에 맞추어지기에 표현할 때와 하지 말아야 할 때를 정확히 아는 것입니다. 동물이 본능에 충실하다고 하여 어느 때나 싸우는 것이 아니듯이 말입니다."

후학이 다시 물었다.

"그럼 감정을 제대로 표현하지 못하는 사람은 무슨 문제가 있는 것인가요?"

선학이 대답을 했다.

"그것은 본능에 충실하지 못하고 과도한 감정의 자제를 초래해서 그런 것입니다. 그 과도한 자제가 이루어지는 것은 바로 심리적 억압이 존재하기 때문입니다. 심리적 압박이 존재하는 이유는 많이 있지만 크게는 두 가지입니다. 출생 이후 가족 속에서 이루어진 억압구조와 사회적 구조적 문제로 가지게 된 억압 때문입니다. 감정 표현은 억압된 기간이 길면 길수록 회복하기 힘듭니다. 그런 사람들은 인식하는 순간에 스스로 최선을 다해서 그 억압을 풀어 주는 새로운 틀을 만드는 것이 중요합니다. 그래야 감정 표현이 자유로워지고 인간관계도 개선되는 것입니다.

후학이 다시 물었다.

"그럼 과도하게 감정 표현이 되는 사람은 어떤 이유인가요?"

선학이 대답을 했다.

"과도한 감정 표현을 하는 사람들은 감정의 절제 능력이 떨어진 것입니다. 동물의 세계에서는 과도한 감정표현이란 즉 본능의 환경에 맞지 않는 표현이란 바로 생태계 내의 도태를 의미합니다. 그와 마찬 가지로 과도한 감정 표현은 바로 스스로를 인간 관계 속에서 도태시키는 것입니다. 그 이유는 바로 자신의 존재를 과도하게 부여하고 싶은 욕망 때문에 이루어진 것입니다. 즉 과도한 감정 절제 이후에 반작용으로 이루어진 것입니다. 과도

한 감정 표현을 하는 사람은 그 전에 과도한 억압이 있었다는 것을 간접적으로 보여주는 것입니다."

후학이 다시 물었다.

"그럼 어떻게 해야 감정표현에 문제가 없는 것인가요?"

선학이 대답을 했다.

"감정 표현의 수준은 인간관계 즉 사회적 약속과 같습니다. 사회적으로 감정표현이 많은 나라일수록 감정표현이 자유롭습니다. 그러나 사회적 제약 또는 관습이 강한 나라는 그 수준에 맞추어지는 것이지요. 하지만 사회가 발달하면 할수록 감정 표현은 강화됩니다. 개인화되기에 감정표현이 인간관계에 영향을 많이 미치지 못하게 되는 것이지요. 근본적으로 감정 표현은 억압이 없거나 억압의 트라우마가 없어야 합니다. 그러면 본능에 충실해도 문제가 생기지 않는 것이지요. 좋으면 좋다고, 싫으면 싫다고 할 수 있는 것이 가장 좋은 상태입니다. 그런 표현이 제대로 안될 때 사회적으로도 문제가 되고 결국은 스트레스나 정진질환까지 발병하게 되는 것입니다. 감정 표현을 보다 자유롭게 할 수 있는 것 중 가장 좋은 것이 바로 예술입니다. 예술을 통해서 감정표현의 훈련을 하게 되는 것입니다. 바로 본능에 가장 충실한 형태를 찾아가는 것이지요. 예술은 감정 표현의 훈련을 제공해줍니다. 자신의 정체성에 따라서 다양한 예술이 적용가능하고 훈련이 가능한 것입니다."

누구나 원해, 인정받고 싶은 것,
마음 다져야

후학이 물었다.

"사람들은 인정받기를 원합니다. 꼭 그렇게 인정받고 싶어서 그렇게 해야 하는지 의심스럽습니다. 왜 그렇게 인정받기를 원하는 것이지요?"

선학이 대답을 했다.

"그것은 소속감을 가지기 위해서입니다. 인정을 받는다는 것은 그 집단에 소속이 되어도 좋다는 것을 의미하기 때문입니다."

후학이 대답을 했다.

"하지만 누구나 자신이 속한 곳이 있지 않습니까? 그런데도 그렇게 인정을 받아야 하나요?"

선학이 대답을 했다.

"가족의 구성원으로 태어날 때부터 되어 있다고 하더라도 인정을 받는 것과 안 받는 것은 차이가 있습니다. 인정을 받고 가족의 구성원이 되는 것은 바로 자신의 행동이나 말에 힘이 실리는 것이고 그렇지 못하다면 자신의 의견이 무시당하게 되는 것입니다. 그래서 속한 조직에서 인정을 받는다는 것은 바로 자신의 의견이 무시당하지 않고 속한 곳에서 반영이 된다는 것을 의미합니다."

후학이 물었다.

"하지만 때로는 사람들이 자신이 속할 수도 속하지 말아야 할 곳에서도 인정을 받고자 합니다. 그래서 사회적 피해가 많이 생기는 것 같기도 한데 이는 왜 그런 것인가요?"

선학이 대답을 했다.

"그것은 그 조직이 영향력이 있기 때문입니다. 그 조직에 속하게 되면 자신도 영향력을 높일 수 있다는 것을 상상하게 되는 것이지요. 폭력 조직에서는 통과 의례로 특별한 범죄행위를 시킵니다. 그리고 그 수행을 하고 나면 조직원으로 인정을 해 주는 것이지요. 이런 행위들은 조직의 영향력을 키우기도 하지만 그 인정 절차를 통해서 조직원을 확장도 되는 것입니다. 그래서 주변인의 피해가 발생하는 것이지요. 근본 이유는 자신의 영향력을 확대하고 싶은 욕망에서 비롯됩니다."

후학이 물었다.

"꼭 그렇게까지 하면서 인정을 받아야 하나요? 혼자의 능력으로 그 영향력을 확대할 수는 없는 것입니까? "

선학이 대답을 했다.

"영향력을 가지는 방법은 두 가지가 있습니다. 권한에 의한 제압적 영향력과 감동에 의한 자발적 영향력이 있습니다. 사람들은 쉽게 느끼는 것이 제압적 영향력입니다. 이것은 실행하기도 쉽고 결과도 분명하기 때문입니다. 하지만 자발적 영향력은 대중들이 자발적으로 반응하는 것이라 이해관계가 없습니다. 일종의 김수환 추기경이나 성철 스님과 같은 영향력이지요. 만일 국회의원이 되어 가지는 영향력과 스님이나 목사님이 되어 가지는 영향력 중 어느 것을 선택하라고 한다면 많은 사람이 국회의원이 가지는 영향력을 선택할 것입니다. 그 만큼 자발적 영향력을 만들어 내기란 어려운 것이지요. 그래서 혼자서 만들어 내는 영향력과 조직이 만들어 내는 영향력의 차이 때문에 조직의 인정을 받고자 하는 욕구가 생기는 것입니다."

후학이 다시 물었다.

"그렇다면 인정받고자 하는 욕구로부터 벗어나려면 어떻게 해야 하나요? 때로는 이것이 그 이후 발생될 수 있는 불행이나 콤플렉스를 막아낼 수 있을 것으로 보는데요?"

선학이 대답을 했다.

"인정받기 원하는 욕구가 모두 나쁜 것은 아닙니다. 아이들이 선생님의 참 잘했어요 라는 인정 마크를 자신의 노트에 찍고자 하는 것이 잘못된 것은 아닙니다. 문제는 이 욕구가 확대되는 것입니다. 즉 보다 더 인정받기 위해서 자신이 할 수 있는 범위를 넘어서거나, 더 많은 인정받으려는 욕구 때문에 자신을 비하시키는 것과 같은 것이 나타날 때 문제인 것입니다. 즉 시험을 잘 쳤다고 하는 인정을 받기 위해서 남의 답안지를 컨닝하는 것과 같은 것이지요. 인정의 범위는 자신이 할 수 있는 범위로 한정하는 것이 출발이고 그리고 그 노력에 의해서 인정받는 범위는 차츰 넓어지는 것입니다. 배워서도, 나이가 들면서도, 사람을 품어 주는 가슴이 넓어져 가면서 확대되는 것이지요. 그래서 조급하지 않고 차분히 자신의 길을 가는 것이 가장 큰 인정을 받는 길입니다. 포기하지 않고 천천히 물 흐르듯이 앞으로 나아가는 것이지요."

친절한 사회, 공동체를 위해서,
베푸는 배려

후학이 물었다.

"사회가 더욱 어려워지면서 이제는 친절한 사람이 줄어 가는 느낌입니다. 친절한 사회가 되면 좋겠는데 방법이 없나요?"

선학이 대답을 했다.

"어떤 것을 친절이라고 하나요?"

후학이 대답을 했다.

"친절하다는 것은 직접적인 이해관계가 없지만 상대가 필요로 하는 것을 도와주거나 간단한 해결을 해주거나 아니면 웃음 띤 모습으로 응대하는 것 등이 친절하다고 해야 하는 것 같습니다."

선학이 다시 물었다.

"왜 이해관계도 없는 사람한테 그렇게 해야 하나요?"

후학이 말했다.

"사회가 선진화된다고 보는 것 같습니다. 친절한 사회가 잘 사는 사회라고 하지 않습니까?"

선학이 대답을 했다.

"친절하다고 잘사는 사회가 아닙니다. 비록 히말라야 산중에 있는 부탄에 가면 더욱 친절한 사람을 만날 수 있습니다. 친절이란 잘 사는 것과는 관련이 없습니다."

후학이 다시 물었다.

"그럼 무엇과 관련이 깊나요? 그것이 명확하면 친절해지겠네요?"

선학이 대답을 했다.

"가장 중요한 점은 공동체의 이익입니다. 공동체의 이익이란 공동체가 지속적으로 공존할 수 있는 방법을 찾아 간다는 것을 의미합니다. 즉 친절하지 않으면 공동체의 유지가 어려워지면 친절할 수밖에 없습니다. 즉 친절을 통해서 그 공동체가 지속화할 수 있다는 확신이 들면 누구나 친절해 집니다. 다만 이것을 항상 인식하는 것이 어렵기 때문에 제도나 예절 교육을 통해서 친절을 가르치는 것입니다."

후학이 다시 물었다.

"그럼 친절이란 바로 공동체와 관련이 있는 것이군요. 그럼 공동체가 해체되기 시작한 사회에서는 친절을 기대하기란 어려울 수도 있다는 것이네요?"

선학이 대답을 했다.

"공동체가 해체되기 시작하면 친절의 방향이 달라집니다. 두 가지의 경우로 나뉘어지지요. 공동체의 크기를 민족이나 국가 단위로 확장하는 것과 공동체의 단위를 가족 단위로까지 축소하는 두 가지 방향이 나타납니다. 그래서 공동체의 확장이 이루어지면 친절이 사회적 친절로 바뀌는데 형식적인 친절의 모습으로 나타나게 되는 것입니다. 일종의 안내 방송처럼 된다는 것이지요. 그러면 그런 친절은 그냥 안내 방송 받듯이 백화점에 들어 가면 어서오라고 인사하듯이 그런 친절이 이루어지는 것입니다. 그리고 가족 단위로 축소가 되면 가족에게는 극단적으로 친절을 베풀지만 가족이 아닌 타인에 대해서는 완전히 무시하고 살아 가게 되는 것입니다."

후학이 다시 물었다.

"그럼 진정한 친절을 현대 사회에서 기대하기란 어렵다는 것이네요."

선학이 대답을 했다.

"그렇지요. 과거의 친절의 관념으로는 현대의 친절을 이야기 하기 힘듭니다. 그래서 나이든 분과 젊은 사람들의 갈등도 바로 이런 측면에서 많이 비롯됩니다. 하지만 답이 없는 것도 아닙니다. 자신이 살아가야 하는 동네 회사 조직에서 필요로 한다는 사실을 인식하고 그 조직이나 지역사회에 필요한 친절의 정도를 훈련하거나 학습하면서 자연스럽게 친절의 방법이 정의가 되는 것입니다. 친절하고 싶어도 어느 정도 하는 것이 효과적인지 몰라서 제대로 못하는 경우가 많습니다. 그러니 이런 한 사회적 훈련이 친절에도 필요한 것이지요."

후학이 다시 물었다.

"그럼 친절에 대한 사회적 훈련을 어떻게 하는 것이 좋습니까?"

선학이 대답을 했다.

"제일 먼저는 학교입니다. 학교가 친절에 대한 개념을 정확히 수립하도록 학생에게 교육해야 합니다. 또 하나는 다양한 NGO와 같은 조직활동을 통해서 친절에 대한 사회적 학습을 하는 것이 좋습니다. 친절의 다른 모습은 배려나 기부입니다. 그런 활동들이 많아지면 많아질수록 친절한 사회가 되는 것이지요. 그리고 종교도 충분히 그 역할을 할 수 있다고 봅니다. 종교도 사회 속에서 어떻게 행동하는가를 정확히 알려 줄 수 있기 때문에 성인에게는 많은 도움이 된다고 봅니다. 친절은 자신을 나타내는 행위가 아니라 본질은 공동체의 유지와 발전을 위한 것이라는 것에 대한 인식이 분명해지면 다양한 교육을 통한 확장이 가능하다고 봅니다."

용서 힘들지, 보다 더 중요한 건,
사회적 문제

후학이 물었다.

"세상에서 가장 하기 힘든 일이 무엇입니까?"

선학이 대답을 했다.

"아마도 용서가 아닐까요?"

후학이 다시 물었다.

"용서가 왜 그리 힘든가요? 많은 사람들이 용서하라고 가르치고 그렇게 하고 있지 않나요?"

선학이 대답을 했다.

"용서는 쉽게 할 수 있는 것이 아닙니다. 그러나 용서가 필요하기에 용서를 하라고 하는 것입니다."

후학이 다시 물었다.

"용서하면 용서받는 자만 좋아지는 것 아닌가요? 그래서 용서하기가 어려운 것이 아닙니까?"

선학이 대답을 했다.

"맞습니다. 처음에는 용서받는 자만 좋아지는 것으로 보이지요. 그래서 용서가 어려운 것입니다. 용서는 면죄부를 주는 것이 아닙니다. 용서는 용서하는 사람으로부터 출발합니다."

후학이 다시 물었다.

"무슨 말인가요? 왜 용서가 용서하는 사람으로부터 출발해야 하나요?"

선학이 대답을 했다.

"용서는 용서하는 사람으로부터 출발하지 않으면 용서를 한 것이 아닙니다. 용서는 피해를 당한 사람이 자신의 마음속에 자리하고 있는 피해의식을 걷어 내는 일부터 시작됩니다. 그래서 어려운 것입니다. 자신이나 자신의 주변 인물에게 피해를 입힌 사람을 용서해야 하는 것이라 쉽지가 않습니다. 어느 순간에도 그런 생각이 하게 되어 있거든요."

후학이 다시 물었다.

"어떻게 하면 피해를 받은 사람이 용서할 수 있나요? 그래야 그런 어려움을 극복할 수 있는 것이 아닌가요?"

선학이 대답을 했다.

"용서의 출발은 구체적인 현실을 직시하는 것입니다. 가령 살인자라면 살인자의 탄생부터 살인을 하게 되는 과정까지를 모두 알게 되면 살인자의 살인 이유가 단순한 감정적인 충동보다는 수없이 이루어진 환경적인 문제가 있다는 것을 알게 됩니다. 그러면 살인자가 결국 환경의 피해자라는 것을 알게 되고 살인 자체도 그런 피해의 결과라는 것을 알게 되는 것이지요. 다른 측면에서는 그런 살인이 일어나는 구조적인 문제에 대해서도 고민하게 되고 그런 과정이 단순히 살인자 개인의 문제가 아니라 바로 사회구조적인 문제이며 그 구조에 대한 책임도 피해자가 만들어 놓은 책임도 있다는 것을 이해할 때 비로소 용서가 가능해집니다. 즉 용서의 출발은 구체적인 현실입니다."

후학이 다시 물었다.

"그렇게 구체적인 현실을 보고 나면 용서할 마음이 생기나요? 그렇지 못할 것 같은데요."

선학이 대답을 했다.

"현실을 보고 난 후 용서를 하는 것은 용기가 필요합니다. 즉 아무리 현실이 그렇다고 하여도 어떻게 그럴 수 있느냐고 생각하는 순간 용서가 안 되지요. 가해자도 사회적 조건이나 환경의 피해자라는 것을 알아야 합니다. 그리고 중요한 것은 개인이 아니라 구조의 문제입니다. 개인은 용서하되 구조를 용서하면 안 된다는 것입니다. 즉 나찌 시대의 유대인을 학살한 독일군을 용서할 수는 있지만 나찌를 용서하면 안 되는 것과 같습니다. 용서는 개인은 하되 사회 구조적 문제를 용서하면 안 됩니다. 그것을 용서하는 순간 똑같은 일이 반복되기 때문입니다. 용서는 또 다른 비극을 방지하기 위해서 하는 것이지 그것을 방치하는 것은 아닙니다."

후학이 다시 물었다.

"그렇군요. 개인은 용서하되 구조적 문제는 용서하지 말아야 하는 것이군요. 그러면 용서한 후의 피해자의 삶은 어떠해야 합니까?"

선학이 대답을 했다.

"용서를 하는 것은 개인을 용서한 것입니다. 그리고 그 개인을 용서한다는 것은 사회적 문제를 용서하지 않는다는 것을 의미합니다. 그런 문제의 재발을 방지하는 일을 하면 할수록 용서를 한 것이 더 의미 있게 다가옵니다. 하지만 용서를 진심으로 하지 않고 주변의 요청에 의해서 하는 순간 그 피해자는 끝없이 힘들어 지게 됩니다. 피해자 스스로가 내적 갈등으로 더 큰 후발 피해를 당하게 되는 것이지요. 그래서 자신의 확신이 들고 사회적 문제를 정확이 인식하기 전까지는 용서를 하면 안 됩니다. 그것에 대한 명확한 답을 얻을 때까지 용서하면 안 됩니다. 그러나 용서한 후에는 그 굴레에서 벗어나야 합니다. 재발 방지를 위해서 노력해야 합니다. 그럴 때 진정한 자신의 피해의식으로부터 벗어나고 남은 인생도 의미 있게 살아 갈 수가 있습니다. 피해의 굴레에서 좌절하지 않고 말입니다."

협동하려면, 성공했던 경험을,
공유해야지

후학이 물었다.

"힘을 합치면 살고 힘을 모으지 않으면 죽는다는 것을 많이 알고 있습니다. 그런데 왜 협동하지 않는 것일까요?"

선학이 대답을 했다.

"인간의 욕심 때문이지요. 이득이 생길 때는 더 많이 가질 것을 생각하고 손실을 볼 때는 그 피해를 나누어 주는 것을 생각하는 욕심 때문이지요. 그래서 협동이 잘 되지 않는 것입니다."

후학이 다시 물었다.

"그럼 협동할 수 있는 방법은 없는 것인가요?"

선학이 대답을 했다.

"협동의 출발은 먼저 협동하지 않으면 안 된다는 사회적 의식이 필요합니다. 이런 사회적 의식은 많은 고난을 당하게 되면 생존 방법을 위해서 협동에 대한 필요성을 느끼는 것입니다. 그러나 그렇다고 하여 무조건 협동하지는 않습니다. 왜냐면 협동을 필요로 하지만 협동 후에 배신을 당하게 되면 오히려 협동 안 하는 것만 못하게 되기에 협동할 수밖에 없는 상황이나 동료를 만나야 가능한 일입니다. 비로소 그런 상황이 되어야 가능해집니다."

후학이 다시 물었다.

"단순히 서로 이익이 된다는 사실만으로는 협동을 하지 못하는 것이네요?"

선학이 대답을 했다.

"그렇습니다. 그렇게 쉽게 협동을 하게 되면 그 만큼 빨리 그 협동관계는 끝나게 됩니다. 그래서 협동을 하기 위해서는 서로 필요한 과정이 있습니다."

후학이 다시 물었다.

"그럼 어떤 과정을 거쳐야 제대로 협동할 수가 있나요?"

선학이 대답을 했다.

"첫째로 필요한 것은 서로의 협동의 필요성을 절박하게 인식하는 것입니다. 서로 협동하지 않아도 잘 살아 갈 수 있다고 자신하는 사람이 협동조직에 들어 오게 되면 그 사람으로 인해서 조직이 깨어지게 됩니다. 따라서 가장 중요한 것은 협동의 절박성을 인식하는 것입니다. 둘째는 협동을 위한 조직의 규칙을 만든 것입니다. 단순히 협동하자고 하는 것으로는 오래 유지될 수가 없습니다. 그러기에 제대로 된 운영 매뉴얼이 필요합니다. 이런 매뉴얼 없이 명분만으로 진행하게 되면 그 속에 담긴 다양한 변수들이 협동하는 사람들의 마음을 흔들어 놓게 되어 결국은 서로 깨어지는 결과를 초래합니다. 셋째는 민주적인 운영절차를 지키는 것입니다. 이것의 핵심은 대표자를 정확히 뽑아야 한다는 것입니다. 단순히 연장자나 아니면 영향력이 많은 사람을 뽑는 것이 아니라 조직을 협동형식으로 잘 이끌고 갈 수 있는 사심 없는 사람이 필요한 것입니다. 그래야 이후에 조직 내의 분열이 초래되지 않습니다. 넷째로는 협동할 사업 아니 분야를 정확히 정해야 합니다. 시장 변화나 상황에 따라 나빠지기 시작하면 협동은 더욱 어려워 질 수 있기 때문입니다. 수익이 현실적으로 실현되지 않으면 오래가지 못하기 때문입니다. 다섯째로는 지속적인 교육입니다. 협동을 통해서 얻을 수 있는 것과 포기해야 하는 것들을 정확히 하고 지속적으로 유지할 수 있는 방안을 만들어 가야 하는 것입니다. 그러기에 교육은 지속성을 유지하는 핵심입니다."

후학이 다시 물었다.

"생각보다 훨씬 어려운 것 같습니다. 이런 조건을 다 알고 진행하기라 현실적으로 불가능할 것 같은데 어떤 방법이 있나요?"

선학이 대답을 했다.

"협동의 경험은 공유해야 합니다. 협동을 통해서 성공가능성을 확인한 사람만이 실제 협동을 하다가 어려워져도 포기하지 않습니다. 그러기에 협동의 경험을 공유하는 작업이 협동력을 강화시키는 가장 효과적인 방법입니다. 작은 협력을 통해서 큰 어려움을 극복할 수 있다는 것은 경험을 통해서 느낄 수 있어야 오래 갈수가 있는 것입니다. 협동에 부정적인 사람들의 대부분이 설익은 협동을 통해서 실패의 경험이 많기 때문에 부정적인 경우가 대부분입니다. 아니면 주변의 사람들이 협동의 실패 과정을 보면서 협동에 부정적인 인상이 남아 있다는 것이지요. 협동은 경험하지 못한 사람은 쉽게 협동해서 성공할 수가 없습니다."

후학이 대답을 했다.

"쉽지는 않은 내용입니다. 협동의 성공 경험이 많지 않기 때문에 쉽지 않네요. 어떻게 해야 하나요?"

선학이 대답을 했다.

"작은 협동의 경험을 통해서라도 몸으로 느껴야 합니다. 작은 것으로 시작하여 차츰 차츰 확대해 나가는 것이 좋지요. 10명의 경험이 성공하여 따로 새로운 협동조직을 만들면 또 각각 10개의 협동조직에 100명의 사람이 경험하게 됩니다. 그리고 100명의 경험자들이 또 새로운 형태의 협동조직을 만들어 간다면 기하 급수적으로 늘어나게 되는 것입니다. 이런 단계를 몇 단계만 진행을 해도 전국민이 협동의 경험을 공유할 수 있습니다. 그래서 혼자 경험하려고 하기보다는 좋은 경험을 가지 사람과 함께 만들어 가는 것이 좋습니다. 가장 효과적으로 경험을 공유하는 방법입니다."

힘내라 청춘, 문제해결 실마리,
자신뿐이네

후학이 물었다.

"젊은 청춘들이 고민이 많습니다. 청춘들은 어떻게 살아야 할까요?

선학이 대답했다.

"어떤 청춘이지요?"

후학이 대답을 했다.

"방황하는 청춘이지요."

선학이 다시 물었다.

"방황하지 않는 청춘이 있었던 적이 있나요?"

후학이 대답을 했다.

"그래도 20년 전이나 30년 전에는 그래도 좋았던 것 같습니다. 그래도 이렇게 실업률이 높지는 않았으니까요?"

선학이 대답을 했다.

"그런 그때는 직장이 많았던 시기인데 다들 좋은 직장만 있었나요?"

후학이 다시 대답을 했다.

"그때는 그래도 다닐 직장이 있었으니 실업률이 낮아졌겠지요. 안 그러면 어떻게 취업을 했겠습니까?"

선학이 대답을 했다.

"그때는 대학을 다니고 졸업한 사람이 한 연령 때에 20% 남짓이었습니다. 나머지 대부분 공장을 갔지요. 지금은 대학을 졸업하는 사람이 한 연령 때에 90%가 넘습니다. 그러니 대학을 졸업하고 나서 취업할 수 있는 대학 졸업자의 직장은 크게 증가되지 않았습니다. 그러니 대학 졸업한 청년 실업자의 숫자는 증가될 수밖에 없습니다. 만일 20%만 제외하고 70%가 공장을 간다면 실업률이 줄어들겠지요"

후학이 다시 물었다.

"그것은 현실적이지 않지 않습니까? 이미 대학을 나온 사람을 공장에 가서 일하라고 하면 아무도 안 하지요. 그것을 바라볼 부모가 어디에 있겠습니까?"

선학이 대답을 했다.

"맞는 말입니다. 그러니 자연 발생적 실업이 생기는 것이지요. 공장을 가느니 차라리 아르바이트나 하면서 보내겠다는 것이 현실입니다. 문제는 여기에 있습니다. 스스로 만들지 못하면서 그렇다고 새로운 미래를 만들 수도 없는 상태에 이른 것이 문제입니다.

후학이 다시 물었다.

"그 책임이 누구에게 있나요? 현재 그런 상황에 처한 청춘들에게 있나요? 아니면 그런 상황이 될 줄 알면서도 아무런지 않게 생각하는 기성세대들에게 문제가 있나요?"

선학이 대답을 했다.

"꼭 누구에게 책임이 있느냐고 물어 본다면 기성세대에게 있을 것입니다. 문제는 그런 책임을 느낀다고 하여 기성세대가 해줄 수 있는 것이란 그저 열심히 하라거나 위로 해주는 것 이외에는 없을 것입니다. 그런 문제를 해결하는 주체는 기성세대가 아니라 바로 청춘들입니다. 기성세대가 느끼는 핵심은 문제를 해결하는 주체가 어려움을 극복한 자신들을 본 받지 못해서 그렇다고 느끼는 것입니다. 따라서 기대할 수 없는 대답이 나오기에 청춘들이 절망하는 것입니다."

후학이 다시 물었다.

"그럼 어떻게 해야 하나요? 기성세대도 책임을 질 수도 없고 그렇다고 현재 당장 문제를 해결할 수도 없고 말입니다.

선학이 대답을 했다.

"가장 중요한 문제는 바로 미래를 예측하는 것입니다. 미래에 어떤 변화가 있을 것인지 고민하고 그 고민의 결과로 인생을 설계해야 한다는 것입니다. 기성세대의 경우는 예측할 수 있는 것은 산업사회가 변화할 수 있는 정도의 변화만 예측 가능했지요. 하지만 이제는 산업사회가 이미 지고 있는 상황에서 기성세대에게 미래를 물어 보면 할 수 있는 대답이 없습니다. 미래를 예측하는 것이 가장 중요한 기준이 되는 것입니다."

후학이 다시 물었다.

"그럼 미래만 예측하면 해결 가능한가요?"

선학이 대답을 했다.

"예측이 되면 그 방향으로 인생을 설계해야 합니다. 그리고 비록 지금은 어려워도 미래에 이루어질 세계 속에서 무엇을 할지를 준비하고 가야 하는 것입니다. 비록 지금은 힘들지라도 그 방향으로 믿고 가야 하는 것입니다. 스스로 판단하고 스스로 결정해야 합니다. 가장 중요한 것이 자신의 판단을 믿고 가야 합니다. 청춘에게 가장 힘든 문제는 스스로의 판단을 믿지 않고 다르게 행동하는 것입니다. 그 판단이 틀리면 그 틀린 것으로 배울 수 있고 맞으면 그 결과만큼 얻게 되는 것입니다. 그래서 기설세대가 믿음이나 확신 보다는 그런 상황에서 열심히 살아간 결과였다면 이제는 청춘에게는 미래를 바라보고 가야 합니다. 스스로 결정하고 그 결과를 위해서 최선을 다해가는 것이 청춘이 절망하지 않는 방안입니다. 그러면 길도 보이고 역할도 생기는 것입니다."

보다 나은 삶, 희망의 사다리를,
올라 가야지

후학이 물었다.

"사람들은 희망을 많이 이야기합니다. 희망이 없다면 살 수 없다고도 하고요. 실제 희망이 그런 힘이 있나요?"

선학이 다시 물었다.

"희망이 무엇이라고 생각하나요?"

후학이 대답을 했다.

"희망은 일종의 가능성이라고 봅니다. 즉 가능성이 있다고 보기 때문에 희망이 있다고 보는 것이라 봅니다. 사람들이 가능성이 있으면 그래도 시도는 하지 않나요?"

선학이 대답을 했다.

"그럼요, 가능성이 있으면 사람들은 도전을 계속할 수 있지요. 하지만 가능성이라고 하여 모든 것이 가능한 것은 아닙니다. 사람은 이미 달에 가보았으니 누구나 갈 수가 있습니다. 하지만 달에 가고자 하는 희망을 가진다고 하여 갈수는 없지요. 가능성 그 이상의 것이 희망에는 존재합니다."

후학이 다시 물었다.

"그럼 그게 무엇인가요? 희망이 가능성 그 이상이라고 하는 것은 무엇일까요?"

선학이 다시 물었다.

"가능성이란 0.1%의 가능성도 있으면 있다고 하는 것입니다. 하지만 희망에서 말하는 가능성은 그 이상의 가능성이고 한 가지 조건이 붙습니다. 바로 희망하고자 하는 사람이 자신의 노력에 의해서도 충분히 달성할 수 있다는 것을 조건으로 깔고 있는 것입니다."

후학이 다시 물었다.

"그럼 개인이 달성할 수 있는 희망이라는 말이네요. 그럼 사람들이 포기하지 않아도 되는 것인데 왜 사람들이 희망을 포기하나요?"

선학이 대답을 했다.

"두 가지로 생각해 볼 수 있습니다. 하나는 자신의 능력을 믿지 못하거나 실제 모르는 경우로 노력의 가능한 정도를 모르기 때문에 중도에 포기해 보리는 것입니다. 또 하나는 충분히 노력했는데도 길을 잘못 들어서 그 노력이 헛되기 때문에 희망이 없는 것입니다."

후학이 다시 물었다.

"그럼, 이 두 가지의 방법에 대해서 대책만 마련할 수 있다면 희망을 버리지는 않게 되겠네요?"

선학이 대답을 했다.

"그렇습니다. 이 두 가지의 문제를 해결할 수 있다면 희망을 버리지 않아도 되고 그 희망을 가지고 끝까지 할 수 있는 것입니다. 첫째의 문제는 자신을 정확히 파악하는 것이 중요합니다. 그래야 잠재적 가능성도 알아 낼 수 있고 자신이 할 수 없는 헛된 희망에 대해서도 품지 않게 되는 것이지요. 둘째는 방법을 몰라서 생기는 문제는 방법을 찾아 내기만 해도 희망을 유지 시킬 수 있습니다. 이때는 방법이 잘못된 것을 교정하기 위해서 주위의 도움을 받는 것이 좋지요. 그래도 해본 사람이 잘 알기 때문입니다."

후학이 다시 물었다.

"그럼 희망을 효과적으로 가지는 것도 요령이 있나요?"

선학이 대답을 했다.

"희망은 자신을 정확히 알고 가지는 가능성입니다. 그래서 초기에 희망을 정확히 가지게 되면 그 희망을 분명 결과를 가지게 되는 것이지요. 하지만 그렇게 초기부터 희망을 제대로 가지기란 쉽지 않습니다. 실행을 하면서 조금씩 변하는 것도 나쁘지 않습니다. 결국 그 실행의 결과가 미흡하더라도 그 다음 단계의 희망을 또 가지면 되는 것이지요. 그렇게 단계별로 희망을 쌓아 가면 최종적으로 원하는 희망까지 도달하게 되는 것입니다. 그래서 희망의 사다리가 필요한 것이지요. 보다 구체적으로 희망을 실현해 갈 수가 있습니다."

후학이 다시 물었다.

"희망의 사다리를 올라 가며 되는 것이군요. 결국 사람들이 희망을 버리는 것도 그 희망의 사다리를 찾지 못해서 그런 것이라 보입니다."

선학이 대답을 했다.

"맞습니다. 모든 사람에게는 자신만의 희망의 사다리가 있습니다. 그 사다리를 찾으면 희망을 가지고 실천하여 성공할 수가 있지요. 그러다 보면 더 큰 희망을 가지게 되고 그 만큼 사다리를 연장하면 되는 것이지요. 중간에 포기하면 그 사다리를 찾을 수 없습니다. 희망이 절망이 되는 것은 바로 사다리를 찾는 방법을 몰라서 그런 것입니다. 가능하면 모든 사람들이 그런 사다리를 찾아야 사회가 행복해집니다. 사회적으로도 배려나 교육이 필요한 부분입니다."

험한 세상에, 변해야 살아남네,
원숭이처럼

후학이 물었다.

"변화하기가 쉽지 않습니다. 변해야 산다고 말을 많이 합니다. 어떻게 변해야 하는 것인가요?"

선학이 다시 물었다.

"어떻게 변하기를 원하시는지요?"

후학이 다시 대답했다.

"그야 좋게 변하기를 원하지요. 경쟁력이 있거나 건강하거나 힘이 있거나 아니면 돈이 많거나 능력이 있거나 등등요."

선학이 다시 물었다.

"그런 좋은 변화가 있는데 왜 변하지 못하는 것이지요?"

후학이 다시 대답을 했다.

"글쎄요? 그런 방법을 잘 몰라서 그런 경우도 있고 노력이 부족해서 그런 것도 있다고 봅니다."

선학이 대답을 했다.

"변화를 원하면 변화의 방법을 알아야 합니다. 그게 출발이지요. 변화의 방법을 안다는 것은 방향을 아는 것입니다."

후학이 다시 물었다.

"변화의 방향을 알다니요? 변화도 방향이 있는 것인가요?"

선학이 대답을 했다.

"변화는 음의 방향과 양의 방향이 존재합니다. 즉 좋은 방향도 있고 나쁜 방향도 있을 수 있습니다. 많은 노력을 해도 변화의 결과를 보지 못하거나 보더라도 더 나쁜 경우가 있습니다. 이런 경우는 바로 변화의 방향에 대해서 이해를 못해서 생기는 경우입니다."

후학이 다시 물었다.

"그럼 어떻게 변화의 방향을 알아 낼 수 있나요? 그게 쉽지 않는 것 같은데요."

선학이 대답을 했다.

"변화의 방향을 읽어 내는 가장 좋은 방법은 변화의 흐름을 예측하는 것입니다. 자신이 원하는 분야의 변화의 흐름을 예측해 보면 그것이 음의 방향인지 양의 방향이지 알 수가 있어요. 쉽게는 트렌드 분석이라고 보면 됩니다. 다만 이 트렌드 분석을 할 때 속한 사회에 대한 트렌드 분석도 필요하지만 먼저 트렌드가 진행된 사회를 항상 비교하면서 봐야 합니다. 그럴 때 자신이 가야 할 방향이 보이는 것이지요."

후학이 다시 물었다.

"트렌드 분석하는 방법을 알아야 변화를 볼 수 있는 것이네요. 그럼 트렌드를 알고 나면 또 무엇을 해야 하나요?"

선학이 대답을 했다.

"그 다음은 바로 변화를 위한 기술을 익혀야 합니다. 방향을 안다고 하여 자동차를 무조건 몰고 갈 수가 없습니다. 그래서 운전 기술을 배워야 하는 것이지요. 변화를 위한 기술은 분야별로 다릅니다. 그래서 분야마다 다른 기술이 필요한 것이지요. 변화의 방향과 그 기술이 일치해야 변화의 결과를 제대로 볼 수가 있습니다."

후학이 다시 물었다.

"기술을 배우고 나면 변화할 수 있는 것인가요? 실제 기술도 배워도 그런 변화를 체험하지 못하는 사람들이 많은 것 같은데요?"

선학이 대답을 했다.

"운전 면허만 딴다고 하여 좋은 운전사가 되거나 직업으로 운전을 할 수가 없습니다. 당연히 그 기술을 사용하여 연습을 해야 합니다. 기술을 배우고 연습하는 시간 동안 노력을 많이 해야 하는 것이지요. 연습을 해서 몸에 체화시켜내야 언제든 그 기술을 사용할 수 있는 것입니다. 단순히 알고 있는 수준으로는 변화를 할 수가 없습니다. 충분히 변화하기 위한 연습을 하고 익혀야 하는 것이지요. 그게 기본입니다."

후학이 다시 물었다.

"그럼 왜 사람들은 노력해서 변화를 하지 않으려고 할까요? 변화하면 좋은데 말입니다."

선학이 대답을 했다.

"첫째는 확신입니다. 방향과 기술 그리고 연습을 했을 때 분명 변화하고 그 결과가 좋을 것이라는 확신이 필요한데 그런 확신을 하지 못하는 것이지요. 그런 확신이 없으면 시도하지 못합니다. 둘째는 변화와 자신이 맞지 않을 때입니다. 변화가 어느 쪽인지 기술이 무엇인지도 알지만 그게 자신과는 맞지 않아서 생기는 것입니다. 자기가 원하는 변화가 무엇인지 모르기 때문에 생기는 것입니다. 이때는 남의 말을 들을 것이 아니라 스스로 가장 변화하고 싶은 것이 무엇인지 찾아야 합니다. 그때야 비로소 변화를 위한 활동을 시작할 수 있는 것입니다."

후학이 다시 물었다.

"그렇군요. 변화를 위한 확신과 자신에게 맞는 변화를 찾아야 하는 것이군요. 그럼 변화에 실패한 사람들은 어떻게 해야 하나요? 실제 이런 과정을 제대로 확인하지 않고 하다가 실패한 사람들을 많이 봅니다. 그런 사람들은 어떻게 해야 하나요?"

선학이 대답을 했다.

"변화에 실패한 사람은 그 원인이 무엇인지 정확히 알아야 합니다. 그냥 노력이 부족했다고 생각하면 잘못된 것입니다. 방향 기술 연습을 보면서도 결국 자신에게 맞는 것이었는가 하는 것을 봐야 합니다. 그렇지 못했다면 변화에 실패할 수밖에 없습니다. 그 원인을 알면 다시 시작해도 늦지 않습니다. 죽기 전까지는 늦지 않은 것이지요. 그리고 다시 시작하면서 혼자 하는 것이 아니라 협력하여 도움을 받을 사람이나 함께 할 사람들을 찾는게 좋습니다. 혼자 하면 실패하기 쉬워도 함께 하면 힘이 더욱 되고 문제를 방지할 수도 있기 때문입니다. 변화는 혼자 하는 것보다는 함께 하는 것이 좋습니다."

한국 윤리는, 근본은 계급의식,
결론은 정치

후학이 물었다.

"현대는 윤리가 실종되었다고 합니다. 이유가 무엇인가요?"

선학이 대답을 했다.

"윤리가 무엇인지 모르고 윤리가 실종되면 무슨 일이 일어날지 모르기 때문입니다."

후학이 다시 물었다.

"그럼 윤리는 무엇인가요? 말은 많이 하지만 윤리와 도덕은 어떻게 구분되나요?"

선학이 대답을 했다.

"윤리와 도덕 법률은 서로 다른 개념입니다. 도덕이 인간이 사회에서 지켜야 할 규범이지만 그것이 형식화되어 있는 것이 아니라 스스로의 자각에 의해서 이루어진 것입니다. 그리고 도덕은 규범화된 형식을 가지고 있지 않지만 부분적인 강제성을 가지는 사회적 합의가 일정 정도 있는 것입니다.

하지만 법은 인간이 사회 속에서 지켜야 할 규범을 형식화시켜 놓은 것입니다. 법이라는 형식적 틀에 맞추어 둔 것이고 이것은 강제성을 가집니다."

후학이 다시 물었다.

"그럼 윤리는 이런 개념들과 어떤 관계인가요?"

선학이 대답을 했다.

"윤리는 도덕적인 내용과 법률적인 형식이 혼합된 것입니다. 윤리는 도덕보다는 보다 형식적인 모양을 가지고 있고 이것은 법적 강제성은 없을 지라도 지켜야 할 형식으로 정리가 되어 있는 것입니다. 윤倫은 무리, 또래, 질서라는 것을 의미하고, 리理는 이치, 도리라는 뜻을 가지고 있습니다. 윤이라는 글자를 보면 사람 인人 자에 생각할 윤侖 자가 붙은 것입니다. 생각할 윤자는 또 사람 인人 한 일一 그리고 책册을 의미합니다. 즉 생각할 윤侖의 의미는 사람을 하나로 묶어서 책처럼 만든 것이라고 해석할 수 있습니다. 즉 인간의 공통적인 내용을 책으로 정리한 것 즉 원리를 의미하고 그리고 다시 사람 인이 붙은 것은 실천의 의미를 강조한 것입니다. 윤리의 윤倫 그 글자 속에 이미 인간이 지켜야 할 규범을 의미합니다. 리理는 구슬 옥玉과 마을 리里가 합쳐진 것입니다. 마을 리里의 뜻은 길이 가로 세로 통하고 사람이 살고 있는 마을을 의미합니다. 그런데 옥이라는 글자가 붙은 것은 옥을 바르게 만든다는 의미로 붙은 것이고 이 뜻은 옥을 고운 결을 갈아 내는 것이라고 보고 그렇게 곱게 갈아 내기 위해서는 그 속에 갈아 낼 수 있는 길을 찾아야 한다는 뜻입니다. 그것이 리理라고 본 것입니다. 윤리란 바로 사람들이 사는 사회에서 합의한 규범 중에 가장 근본 원리를 정리한 것을 윤리라고 보는 것입니다."

후학이 다시 물었다.

"한자로 풀이 해보니 뜻이 나름 정리가 되는 군요. 그럼 이런 윤리가 사회에서 꼭 필요한데 왜 자꾸 사라지거나 문제가 되는 것인가요?"

선학이 대답을 했다.

"윤리는 사회의 반영입니다. 한국의 윤리는 조선 500년을 통해서 만들어진 것입니다. 그 시대가 바뀌면서 윤리가 새롭게 만들어져야 하지만 그 정리가 안 된 것입니다. 조선 500년을 통해서 만들어진 윤리는 사농공상士農工商의 계급적 질서에 의해서 만들어진 것입니다. 즉 인간의 보편 윤리와 계급적 윤리가 결합한 것이지요. 그런데 현대 사회로 들어 오면서 사농공상士農工商의 윤리는 퇴색되지만 현대 사회에 맞는 윤리로 변하지 못해서 그런 것입니다. 현대 사회는 자본주의 사회이고 그 자본주의 계급 계층에 맞는 윤리 체계가 만들어지지 않았기 때문에 일어나는 현상입니다. 자본주의 시기를 가장 오랜 기간을 걸쳐서 만들어진 영국이나 독일이 나름의 윤리체계가 확립된 것도 바로 자본주의에 맞게 형성된 윤리인 것입니다."

후학이 다시 물었다.

"아하, 그러니까 한국은 그런 자본주의 윤리를 형성할 만한 시기를 거치지 못해서 그런 것이군요. 그러니 윤리가 없는 것이 당연하네요. 윤리가 만들어 지지 않은 것과 사라지는 것은 다른 의미 같은데요?"

선학이 대답을 했다.

"예 다릅니다. 윤리가 실종되고 있다는 의미는 윤리가 있었던 윤리가 사라진다는 의미입니다. 즉 그 윤리는 조선 500년 동안 만들어진 윤리를 의미합니다. 그러니 당연히 사라지고 있지요. 하지만 아직 윤리가 만들어 지지 않고 있다는 의미는 자본주의 시대에 맞는 윤리가 형성되지 못하고 있다는 의미입니다. 다른 것이지요. 그러나 지금은 자본주의 시대에 맞게 윤리가 형성되어야 하는 시기입니다."

후학이 다시 물었다.

"그럼 어떻게 해야 자본주의 시대에 맞는 윤리가 빠르게 형성될 수 있는 가요? 실제 이런 부분이 너무 없어 보입니다."

선학이 대답을 했다.

"자본주의 윤리의 출발은 자본주의 체제를 유지 발전하게 만드는 것을 기준으로 합니다. 자본주의 체제를 유지하는 출발은 노동자와 자본가들이 입니다. 노동자는 노동자로서의 권리와 의무를 지켜야 하고 자본가는 자본가로서의 권리와 의무를 지켜야 합니다. 노동자의 권리는 건강한 생활을 할 권리이고 의무는 생산성을 높게 자신의 비용보다 높은 생산성을 만들어 내야 하는 것이지요. 자본가는 자본의 운영을 통해서 수익을 나눌 권리를 가지지만 노동자를 보호하고 지속적으로 생산할 수 있도록 기업을 유지 발전해야 할 의무가 있습니다. 즉 자본주의 윤리의 핵심은 바로 자본주의가 붕괴되지 않고 유지 발전할 수 있도록 계급적 질서를 만들어 내는 것입니다."

후학이 다시 물었다.

"그럼 한국은 어떤 상황인가요? 아직 한국 자본주의 체제에 대한 나름의 윤리가 만들어지지 않았고 만들어질 기미도 안 보이는 것 같은데요?"

선학이 대답을 했다.

"한국은 아직 자본주의 체제내의 계급적 역할에 대한 정리가 안 되어 있습니다. 일방적으로 한 축으로 몰려 있는 것이지요. 한국만의 특징인 재벌체제 때문에 그렇습니다. 하지만 이런 체제는 시간을 두고 자본주의 보편적 체제로 바뀔 수밖에 없습니다. 그런 시기가 앞당겨지려면 정치구조가 바뀌어야 합니다. 정치가 바뀌면 즉 계급적 정당이 만들어지기 시작하면 그때부터 본격적인 자본주의 윤리가 만들어지는 것이지요. 정치체제와 윤리체계는 상호 영향을 주면서 구조화됩니다. 지금은 정치체제가 만들어져야 할 시기입니다. 이런 시기가 끝나면 다시 정치 구조가 윤리 체계를 구축하는 것이지요. 그러면 윤리가 정치 체제를 뒷받침하면서 지속 유지 발전하는 것입니다. 윤리는 동떨어져서 만들어지는 것이 아니라 바로 정치 구조와 함께 만들어지는 것입니다. 윤리는 사회적 합의된 이데올로기입니다. 한국도 그렇게 바뀌어 가고 있는 시점이고 한국의 분단 현실이 그 진행 과정에서 장애가 되어서 늦어지고 있는 것입니다."

종교적 개념

있느냐 보다, 더욱 중요한 것은, 신과의 약속

후학이 물었다.

"신이 있습니까? 신이 있다고도 하고 없다고도 하는 데 신이 있나요?"

선학이 다시 물었다.

"그럼 별이 있나요? 하늘에 보면 별이 반짝입니다. 그 별과 그냥 비추는 불빛과 구별이 가능한가요? 별에 가보지도 않고 학자들이 이야기하는 것만 보고 별이 있다고 말할 수 있나요?"

후학이 대답을 했다.

"그야 과학이 아닙니까? 과학자들이 확인하고 정리하여 발표한 것이니 믿어야지요."

선학이 다시 물었다.

"신을 경험한 많은 사람들이 있습니다. 그들의 말에 귀를 기울여 보셨나요? 과학자들이 이야기하는 만큼 신을 경험한 사람들도 많이 있습니다. 그러니 당연히 신이 있다고 보아야 하는 것은 아닌가요?"

후학이 다시 물었다.

"그야 과학적인 방법으로 증명한 것이니 믿어지는 것이고 신을 보았다고 하는 것은 과학적이지 않지 않습니까? 그러니 믿지 못하는 것 아닌가요?"

선학이 다시 물었다.

"결국 과학적으로 증명되었느냐 아니냐의 문제로 신이 있는가 없는가 하는 것을 따지는 것이네요? 그럼 과학적으로 증명된 것들이 뒤집힌 것은 없나요? 수없이 많은 과학적 사실들이 시간이 흘러가면 그 과학적 사실이 부정된 적이 없나요?"

후학이 대답을 했다.

"그런 경우야 과학사적으로는 많이 있지요. 그거야 신의 문제와는 다른 것이 아닌가요?"

선학이 대답했다.

"다르지 않다고 봅니다. 신의 문제는 관점의 문제이기 때문입니다. 과학이 바뀌듯이 신의 존재 여부도 역사적으로 많은 변화를 겪어 왔습니다. 때로는 있기도 하고 때로는 없기도 한 것이었지요. 하지만 하나는 분명합니다. 신은 인간을 만들고 인간도 신을 만든 것입니다."

후학이 다시 물었다.

"그건 무슨 의미인가요? 신이 인간을 만들면 되지 왜 인간이 신을 만드는가요?"

선학이 대답을 했다.

"신에 대한 절대성과 신의 상대성 문제입니다. 신의 절대성이란 신이란 태초부터 존재하고 그 엄청난 능력으로 인간을 나들었기에 인간이 신을 숭배해야 한다는 것입니다. 신의 상대성이란 인간이 살면서 자신의 한계에 부딪칠 때 누군가 초인적인 힘을 가진 즉 인간이 극복하지 못하는 능력을 가진 그런 존재를 절박하게 느끼게 되면서 그 존재를 기원하는 과정에서 신의 존재가 드러나는 것입니다. 이 둘 다가 신의 존재 여부를 묻기는 하지만 그 중요성이나 접근 방법은 완전히 다르고 이것에 따라서 종교도 바뀌고 신앙의 대상도 바뀌는 것입니다."

후학이 다시 물었다.

"그럼 결국 신에 대한 문제는 인식의 문제이지 존재의 문제는 아닌가 보네요?"

선학이 대답을 했다.

"그렇습니다. 신이 존재한다고 하더라도 그 신을 느끼는 것은 신의 위치가 되지 않으면 안 되기 때문에 인식하지 못하는 것입니다. 개미는 인간을 느낄 수 없습니다. 그렇다고 개미가 인간이 없다고 하는 것은 차원이 다른 문제이지요. 그렇다고 하여 차원이 다르다고 하더라도 신이 있는가 하는 것은 다른 문제인 것입니다. 그래서 신은 인식의 문제로 보는 것이 정확합니다. 문제는 신의 존재 여부보다는 신을 있다고 하는 것이 좋은지 아니면 없다고 보는 것이 좋은지 하는 문제가 더 중요합니다."

후학이 다시 물었다.

"그렇겠네요. 신이 있으면 좋은 것인지 없으면 좋은 것인지 하는 것이 중요하네요. 신이 있다고 인식하는 것이 어떤 측면에서 좋은가요?"

선학이 대답을 했다.

"신은 있다고 느끼면 신이 인간의 문제를 해결하거나 징벌하게 된다는 것을 인식하는 것으로 사회적인 통제력이 생기는 것입니다. 즉 사회적 질서에 대한 견제가 가능해진다는 측면에서 도움이 됩니다. 또한 개인적으로는 자신의 한계를 신에 의지함으로써 극복할 수 있는 힘을 얻기도 하고요. 그런 측면은 신의 존재 인식으로 도움이 되는 측면입니다."

후학이 다시 물었다.

"그럼 신에 대한 인식으로 문제가 되는 측면도 있나요?"

선학이 대답을 했다.

"신에 대한 인식으로 문제가 되는 것은 바로 신의 절대성을 강조함으로써 그것을 위탁받은 존재들의 부패입니다. 생각 외로 많은 종교 지도자들이 신의 이름으로 대중들을 호도하는 경우가 많습니다. 신에 대한 인식을 절대화 시킴으로써 신의 명령을 자신이 받아 수행한다고 함으로써 권력을 자신에게 집중시키고 부패를 조장하는 경우가 많은 것입니다. 많은 종교들의 그 속을 들여다 보면 그런 왜곡의 과정이 수없이 있었습니다. 이런 문제가 더 중요한 것입니다. 이런 왜곡이 없는 것이 더 중요합니다. 신의 이름으로 자행하는 다양한 왜국이 결국은 신을 부정하는 역할을 하게 됩니다. 신의 존재를 가지고 자신의 이익을 추구하는 그런 행위는 없어야 합니다."

다가올 미래, 근원에 대한 물음,
우주의 개념

후학이 물었다.

"우주에 대해서 많은 과학자들이 연구를 합니다. 별로 소용없는 연구 같은데 왜 하는 것이지요?"

선학이 다시 물었다.

"예, 그럼 저도 다시 물어 보겠습니다. 신에 대해서 많은 사람들이 연구를 합니다. 그럼 신에 대해서 많은 사람들이 연구하는 이유는 무엇일까요?"

후학이 대답을 했다.

"그야 신을 믿는 사람들이니 연구를 하는 것이지요."

선학이 대답을 했다.

"그럼 신이 있다는 것이 증명이 되었나요?"

후학이 대답을 했다.

"신이 있다는 것은 증명이 안되었지만 그래도 믿는 사람은 믿고 하지요. 신이 있기에 신에 대한 믿음을 가지고 종교도 생기고 사회도 바른 길로 간다고 봅니다."

선학이 대답을 했다.

"예 그렇지요. 그래서 신을 믿지요. 은하계에 누구도 가보지 않았지만 그것이 있다는 것은 희미하게 과학적으로 알고 있습니다. 우주에 대한 존재의 믿음이 과학을 발전시킵니다. 그리고 사용되는 모든 과학은 과학의 발전에 새로운 이정표를 세웠습니다. 즉 우주에 대한 연구는 우주를 알아야 하는 당위보다는 그 과정을 통해서 더욱 과학의 발전과 진화가 이루어지는 것입니다."

후학이 다시 물었다.

"그렇군요. 우주 연구는 일종의 과학 연구의 기폭제가 되는 것이군요. 한국도 그런 의미로 보면 연구가 많이 되어야 하겠네요?"

선학이 대답을 했다.

"과학 기술의 연구의 관점으로 보면 우주연구란 바로 미래 과학을 잉태시키는 효과를 가집니다. 일종의 불가능한 과학에 도전함으로써 과학 기술의 혁신을 이루는 것입니다. 우주 연구는 어떤 의미로는 미래를 위한 기초 연구 투자에 해당합니다. 그러니 기초과학이 약한 나라일수록 이에 대한 연구가 많이 되어야 합니다."

후학이 다시 물었다.

"그렇군요. 우주에 대한 연구가 부족하면 할수록 과학 기술의 기초가 약한 것이네요. 그럼 우주는 실체로 인정해야 하는 가요? 아니면 개념상의 존재인가요?"

선학이 대답을 했다.

"실재냐 아니냐는 검증이 가능하냐 아니냐의 문제입니다. 우주가 있다고 하더라도 실체로 인정하려면 검증을 해야 합니다. 어떤 의미로는 가보지 않은 상태에서는 검증된 것이 아닙니다. 하지만 과학적인 방법론으로 추론을 하고 있는 것이지요. 개념화되어 있다는 것은 바로 이런 의미입니다. 실체화 되기 위해서는 먼저 개념화되어야 합니다. 그리고 나면 그 개념화를 통해서 만들어진 검증과정을 통해서 실체화 과정이 이루어지는 것입니다. 우주는 현재로서는 개념입니다. 다만 과학적 검증 과정을 거치고 있는 것이지요."

후학이 다시 물었다.

"그럼 우주라는 개념이 인간에게는 삶에 있어 필요한 개념인가요?"

선학이 대답을 했다.

"우주는 인간의 미래를 이야기합니다. 우주라는 개념은 인간이 지구라는 개념의 확장입니다. 즉 인간의 사고영역의 확장을 의미합니다. 우주라는 개념이 등장하면서 인간의 사고는 보다 더 확장되었습니다. 어찌 보면 우주가 아무런 현실에 쓸모가 없다고 생각하지만 그런 개념이 있기에 우주에 대한 연구를 할 수 있는 것입니다. 인간 삶에 있어 가장 중요한 것은 바로 개념의 확장입니다. 이 개념의 확장이 바로 과학을 연구하게도 하고 미래를 준비하게도 하는 것입니다. 우리가 증명되지 않은 신을 믿고 종교를 만들듯이 우주라는 개념을 가지고 과학을 만드는 것입니다. 우주는 바로 인간의 존재의 근원을 탐구하는 과정인 것입니다."

믿어도 좋아, 두려움이 있다면,
종교의 기능

후학이 물었다.

"종교는 아편이라고 하는데 왜 그럴까요?"

선학이 대답을 했다.

"종교는 아편이라고 하는 이유는 정신을 홀리게 만든다는 의미로 아편이라고 하는 것입니다. 신이 없다고 하는 사람의 입장에서 보면 신도 없었는데 종교에 귀의 하여 평생을 살아가거나 믿는 것을 보면 아편이라고 생각하는 것도 이해가 되지요."

후학이 다시 물었다.

"그럼 종교는 무엇을 하는 것인가요?"

선학이 다시 물었다.

"종교에서 기대하는 것이 무엇인가요?"

후학이 대답을 했다.

"종교가 가지는 사회적 기능에 대해서 물어 보는 것입니다."

선학이 대답을 했다.

"종교의 사회적 기능은 두려움을 없애주는 것입니다. 미래에 대해서 죽음에 대해서 등등 다양한 부분에서 두려움을 없애주는 것이 가장 큰 사회적 역할입니다."

후학이 다시 물었다.

"신이 있든 없든 상관없이 그런 기능을 하는가 보네요?"

선학이 대답을 했다.

"종교는 두 가지의 신으로 대별됩니다. 유일신 사상과 다신 사상이지요. 유일신 사상의 핵심은 인간 중심 사상이고 다신교의 핵심은 자연 중심 사상입니다. 궁극적으로는 인간이 신이 되면 두려움이 없어진다는 공통점이 있습니다. 즉 신이 존재하든 안 하든 인간이 신이 되는 과정이 종교의 핵심입니다. 신이 되는 방법이 혜택을 받은 것인지 수행을 해서 그런지 아니면 공부를 해서 그런지는 다르지만 말입니다."

후학이 다시 물었다.

"그럼 종교에서 말하고 있는 다양한 신화는 그럼 거짓인가요?"

선학이 대답을 했다.

"믿는 대로 이루어지는 것이 종교입니다. 그대로 살아가기도 하고요, 그렇기에 그 종교에 귀의하지 않은 사람이 그 종교의 신화가 올바르냐 아니냐를 논할 수가 없습니다. 우리가 살고 있는 세상도 어쩌면 환상일 수도 있습니다. 우리가 믿고 현실이라고 생각하는 이 세상도 또 다른 환상이라면 단지 우리가 믿기 때문에 실제라고 생각할 뿐이라고 봅니다."

후학이 다시 물었다.

"종교는 두려움 때문에 생겼고 두려움을 극복하는 방법으로 인간이 신이 되면 된다고 가르치고 신이 되기 위해서는 종교에서 제시하는 다양한 교리와 신화를 믿으면 된다는 것이네요. 그럼 나쁜 종교와 좋은 종교를 구분하는 방법은 있나요?"

선학이 대답을 했다.

"종교에 대한 평가는 시대에 따라 따라집니다. 과거에는 나쁜 종교였지만 종교의 역사가 오래 되면서 좋아질 수도 있고, 과거에는 좋은 종교였지만 현재는 나쁜 종교가 될 수도 있습니다. 그 기준은 결국 종교 지도자들이 어떻게 종교를 이끌어 가는가에 달려 있습니다. 그 종교의 운명은 결국 그 종교를 이끌어 가는 지도자에 따라서 결정된다고 보면 됩니다. 사회적으로 영향력이 커지는 종교는 그 만큼 종교 지도자들이 종교를 잘 이끌어 간다고 보면 되고, 사회적으로 영향력이 줄어 들면 종교 지도자들이 반성을 해야 한다고 보면 됩니다."

후학이 다시 물었다.

"그럼 종교는 어떤 종교든 상관이 없나요? 가장 어려운 문제가 어떤 종교를 택하는가에 달려 있는 경우가 많거든요."

선학이 대답을 했다.

"어떤 종교가 좋으냐 나쁘냐를 판단 할 수는 없습니다. 다만 그 종교가 자신과 맞는가 안 맞는가를 먼저 확인하는 것이 좋습니다. 가능한 다양한 종교의 교리나 문화를 접하는 것이 좋고 주변에 그 종교를 믿는 사람을 보면 쉽게 자신이 그 종교를 믿었을 때 어떤 모습일지를 상상할 수 있습니다. 그러니 종교는 없는 것보다는 있는 것이 두려움 극복에 도움이 됩니다. 두려워 할 이유가 없다면 종교는 필요하지 않겠지요. 하지만 인간은 한계가 있다는 것을 누구나 알고 있으니 종교가 필요한 것입니다. 그리고 자신에 맞는 종교를 선택하고 사회적 기능에 잘 맞는 종교 생활을 해 가면 된다고 봅니다."

종교의 본분, 신과 인간의 관계,
바로 세워라

후학이 물었다.

"종교는 사회 속에서 어떤 역할을 해야 하나요?"

선학이 대답을 했다.

"종교가 사회 속에서 무슨 일을 하기를 기대하나요?"

후학이 대답을 했다.

"종교도 인간사회가 만들어 놓은 것이라면 때로는 해악이 되기도 하고 때로는 최선이 되기도 할 것으로 보입니다. 그러니 종교도 사회 속에서 일정 정도 역할을 할 수 있을 것으로 보입니다. 따라서 종교도 사회적 역할을 수행 해야 한다고 봅니다."

선학이 다시 물었다.

"그러면 종교도 사회 참여를 해야 한다는 말씀이네요. 종교의 사회 참여가 정말로 좋은 것일까요? 그렇게 참여하였다가 변질 될 수도 있지 않을까요? 정치 권력을 제압하기 위해서 때로는 자신의 권력을 강화할 수도 있지요. 이미 그것은 중세 시대에 있었던 일을 보면 쉽게 이해 할 수 있습니다."

후학이 대답을 했다.

"종교의 사회참여는 필요한 부분이라 보기는 하지만 그렇다고 정치 권력까지 장악하는 것은 문제라고 봅니다. 양심적인 수준에서의 사회참여는 필요하다고 봅니다."

선학이 대답을 했다.

"종교의 사회참여는 그 출발부터 분명히 짚고 넘어가야 한다고 봅니다. 종교의 사회 참여는 자칫하면 종교의 기본 기능마저 잃어 버릴 수 있기에 조심해야 합니다. 종교는 신과 인간과의 관계를 설정한 것이 본질입니다. 인간이 신을 믿음으로써 시작되는 것이 종교입니다. 신이 가진 절대성은 인간의 유한성으로는 극복하지 못하는 것은 메워준다는 의미가 있습니다. 그래서 신을 인간이 믿기 시작하는 것이지요. 이것은 신의 존재 여부와는 상관이 없습니다. 종교는 인간 사회의 문제가 아니라 신과 인간과의 문제입니다."

후학이 다시 물었다.

"그럼 종교적으로 보면 사회참여란 하지 말아야 한다는 것을 의미하는가요?"

선학이 대답을 했다.

"아닙니다. 종교의 사회적 참여가 잘못 되었다는 것이 아니라 종교의 출발점이 신과 인간의 문제에 먼저 초점이 맞추어져야 한다는 것을 의미합니다. 그리고 나서 사회적 문제에 참여하되 기준은 신과 인간의 관계를 중심으로 한 이상을 벗어나서는 안 된다는 것을 의미합니다. 종교가 돈을 벌려고 사업을 했다면 돈이 중심으로 바뀌는 것이고 그것은 결코 바람직한 것이 아닙니다. 많은 사업들이 종교의 이름으로 이루어지지만 실제는 중심이 바뀐 사업들이 많이 있습니다. 사회적 영향력을 높이고 특정 종교 지도자들의 권위와 부를 유지하기 위해서 사용되는 경우가 많이 있습니다. 즉 종교가 사유화되어 버리는 것입니다. 그래서 신과의 관계 정립이 기준이 된다고 보는 것입니다."

후학이 다시 물었다.

"그러면 종교 지도자들이 인권문제나 소외 계층의 지원하는 사업에 대해서는 어떻게 보아야 하는 것인가요?"

선학이 대답을 했다.

"그 출발이 순수한 신과 인간의 관계로부터 발생했다고 한다면 장려할 일입니다. 하지만 그 초기에 만들어진 정신이 흐려지기 시작하는 순간부터 문제가 생기는 것입니다. 항상 경계해야 하는 것은 종교의 이름으로 진행하면서 변질이 되는 것입니다. 그런 이유는 다양하지만 그런 변질이 생기는 순간부터는 종교적인 이유가 아닌 사적인 목적에 의해서입니다. 종교라는 허울이 씌여 있지만 실제는 종교적인 이유가 아닌 것이 너무 많기에 조심해야 하는 것입니다. 어느 종교가 옳다고하거나 그러다고 하는 것은 종교 내의 문제이지 시회적 문제는 아닙니다. 하지만 종교의 사회적 역할이 전도되는 순간부터는 사회적 문제가 되는 것입니다. 종교 탄압이라고 하여도 어쩔 수 없는 문제인 것입니다. 종교가 스스로 종교적인 목적을 위해서 있기에 이 활동에 대해서는 세금을 부과하지 않습니다. 하지만 그 기능이 상실된다면 종교적인 이유보다는 사적인 목적에 기여하게 됨으로 세금 부과와 같은 행정적 행위가 이루어져야 합니다. 그런데 이 부분에 대해서는 종교적 탄압이라고 이야기 하며 반대를 하고 있는데 이는 바로 종교인들의 이기심에 기인한 것입니다. 필요할 때는 종교를 내세우는 이율 배반적인 행동을 하는 것이지요. 한국 종교의 문제는 여기서부터 시작됩니다."

후학이 다시 물었다.

"그럼 올바른 종교의 사회적 참여는 어떻게 이루어져야 하나요?"

선학이 대답을 했다.

"종교는 종교의 역할을 하면 됩니다. 먼저 자신의 종교의 활동이 사회적 법적인 범위 내에서 이루어져야 합니다. 둘째는 사회사업을 할 경우는 철저하게 종교의 관점을 유지해야 합니다. 만일 이것이 아니라면 세금이나 행정적인 지도를 받아야 하는 것이지 종교라는 이유로 무조건 면제되면 되지 않습니다. 셋째는 종교가 사회적 이슈에 대해서 자신의 입장을 표현할 때는 종교적인 관점에서 이루어져야 합니다. 즉 기도회와 같은 행위는 좋지만 그 이상은 종교적 행위를 벗어나기 때문입니다. 넷째는 이를 통해서 얻어진 결과에 대해서는 종교인들이 자신의 기득권이나 기여한 정도를 보상받으려고 하면 되지 않습니다. 그것은 종교적인 행위를 한 것이지 개인적인 명예나 사리사욕을 채우기 위한 것이 아니기 때문입니다. 종교인들을 사회가 다르게 대우하는 것은 종교인들의 행위의 출발이 신과 인간의 관계이기 때문이지 사회 구성원으로서의 특별함이 있어서 그런 것이 아닙니다. 그러기에 자신의 목적이 있다면 그것은 종교의 이름을 빌리면 안 됩니다. 그 때문에 많은 종교인들이 사회적 신뢰를 잃어 버리는 결과를 초래해 왔습니다. 종교는 자신의 본래의 일에 집중해야 사회가 건강해집니다."

운명 바꾸기, 목숨을 걸어야만,
습이 바뀌지

후학이 물었다.

"사람들은 모두가 운명이 있다고 믿고 있습니다. 사주나 관상 기타 여러 가지 방법으로 운명에 대해서 알고 싶어 합니다. 실제 운명은 있는 것인가요?"

선학이 대답을 했다.

"지금 내가 길을 가고 있습니다. 내가 가야 할 방향이 있는 것일까요 없는 것일까요?"

후학이 대답을 했다.

"있겠지요. 그렇지 않으면 길을 갈 수 없는 것이지요."

선학이 다시 물었다.

"그럼 어디로 갈지 예측이 가능할까요?"

후학이 대답을 했다.

"미래에 어디로 갈지는 모르지만 지나온 길을 보면 대략 어디로 갈지는 예측이 가능하다고 봅니다."

선학이 대답을 했다.

"맞습니다. 분명 길을 가고 있으면 어디로 갈지는 나와 있습니다. 그러기에 가야 할 방향을 운명이라고 하는 것입니다. 그리고 그 운명이 어떻게 전개될지는 지금까지 걸어온 길을 보면 알 수가 있습니다. 이것을 운명에 대한 예언이라고 볼 수 있습니다. 점술가들이 보는 것은 과거에 걸어온 길을 살펴 보고 미래에 어떤 운명인지를 예측하는 것입니다."

후학이 다시 물었다.

"그럼 운명이 길가는 사람의 마음에 따라서 바뀔 수 있다는 것이네요?"

선학이 대답을 했다.

"그럼요. 바뀔 수 있지요. 결국 길가는 사람 마음이기 때문에 오랫동안 길을 걸어온 사람들은 자신이 어디로 가야할 지 알고 있습니다. 다만 길이 끝나가면 갈수록 선명해지지요. 그래서 그 길을 받아들이고 마무리하는 사람들이 있고 그 길을 벗어나서 새로운 것을 찾아 가려고 하는 사람들도 있습니다. 그러기에 길을 출발 한지 얼마 되지 않은 사람일수록 길을 바꾸기 좋은 것입니다. 청년일 때가 길을 바꾸기 가장 좋은 시절이지요."

후학이 다시 물었다.

"그런데 그런 사실을 사람들이 알까요? 알면서도 왜 그리 바꾸지 못하는가요?"

선학이 대답을 했다.

"몸과 정신에 익혀진 습(習) 때문입니다. 이런 습이 강하면 강할수록 주어진 길을 벗어나기가 힘듭니다. 자신의 주어진 길 즉 운명을 바꾸기란 쉽지가 않은 이유가 바로 습을 바꾸어야 하기 때문입니다. 습은 표현되는 것이 습관, 습성, 습벽, 상습 다양한 모습으로 표현됩니다. 이렇게 표현되는 그 뿌리에는 유전적인 요인 즉 조상들의 습도 숨어 있기에 바꾸기 쉽지 않습니다.”

후학이 다시 물었다.

“그렇군요. 그럼 습을 바꾸어서 다른 삶을 살고 싶다고 하면 어떻게 해야 하나요?”

선학이 대답을 했다.

“모든 것을 바꾼다고 생각해야 합니다. 잠자고 일어나기, 음식 먹는 습관, 읽고 공부하는 주제, 준비하고 있는 다양한 직업, 만나야 할 사람 등등 관련된 모든 것을 바꿀 수 있어야 습으로부터 벗어날 수 있습니다. 과거의 모든 것을 끊어낸다는 의지가 없으면 불가능합니다.”

후학이 다시 물었다.

“그럼 굿을 하거나 묘 자리를 바꾸거나 다양한 처방에 의해서 운명이 바뀐다는 것은 어찌 보면 상술인 거네요?”

선학이 대답을 했다.

“습이 바뀌지 않는데 운명이 바뀌지는 않습니다. 일시적으로 바뀐 것처럼 보일지는 모르지만 다시 돌아 옵니다. 자신의 습을 바꾸어야 운명이 바뀝니다. 구체적으로 바꿀 수 있어야 합니다. 자신의 습을 정확히 분석해 내고 그것을 어떤 방식으로 바꾸려고 노력할지를 찾아야 하는 것이지요. 그것을 어떻게 실행하는가에 따라서 모든 가능성이 열립니다. 운명을 자기 것으로 바꾸는 가장 좋은 방법입니다. 쉽지는 않지요. 자신의 운명을 바꾸려면 목숨을 걸어야 한다고 합니다. 습을 바꾸는 것은 자신의 정체성을 바꾸는 것이라 목숨만큼 중요한 것입니다. 그러기에 그런 말이 있는 것이지요. 운명 바꿀 수 있어요. 그러나 자신의 노력여하에 달려 있는 것입니다.”

믿는다 하여, 믿는 것은 아니네, 믿음의 표상

후학이 물었다.

"믿음이란 무엇입니까? 사람들은 믿지 못해서 말이 많습니다. 과학이 발달하면 할수록 믿음이 명확해지는 것이 아니라 믿음이 오히려 약해지는 것 같습니다."

선학이 대답을 했다.

"어떤 믿음을 말하는 것입니까?"

후학이 대답을 했다.

"믿음에도 종류가 있나요?"

선학이 대답을 했다.

"믿음은 세 가지 믿음이 있습니다. 첫째는 종교적인 믿음입니다. 결국 신에 대한 믿음이지요. 둘째는 인간적 믿음입니다. 인간관계에 대한 믿음입니다. 셋째는 과학적 믿음입니다. 과학적 사실도 사실은 그 속에 증명되기 전까지는 믿음을 전제로 합니다. 그것이 학설로 되든 아니면 막연한 예측이 되든 말입니다."

후학이 다시 물었다.

"종교적인 믿음은 어떻게 이해를 해야 합니까? 신에 대한 믿음은 어떻게 바라봐야 하나요?"

선학이 대답을 했다.

"종교적인 믿음은 경험입니다. 즉 개인적인 경험입니다. 신의 존재를 믿음으로 이야기하는 것과 과학적으로 이야기하는 것은 다릅니다. 과학적 사실로 신을 증명하려는 것은 접근 방향이 다른 것입니다. 과학적인 증명으로 신을 해석하려고 한다면 종교적인 믿음과는 다른 것입니다. 많은 사람들이 혼란에 빠지는 것은 바로 믿음에 대한 접근 방향이 달라서 그런 것입니다. 종교적인 믿음의 핵심은 바로 개인적인 경험입니다. 그렇기에 그 경험이 확실한 사람은 목숨을 걸 수 있는 것입니다. 베드로가 3번의 배신을 하였지만 결국 순교를 한 것도 개인적인 경험 때문입니다. 그러기에 종교적인 믿음을 객관화할 수 없는 것입니다."

후학이 다시 물었다.

"그럼 종교적인 믿음을 과학화한다는 것은 잘못된 것이네요?"

선학이 대답을 했다.

"그렇습니다. 그래서 많은 이들이 혼란을 가지는 것이지요. 종교적인 믿음을 과학적으로 증명하려고 하는 사람도 과학적으로 설명이 안 된다고 반대를 하는 사람도 접근 방법이 잘못된 것입니다. 종교적인 믿음은 과학의 대상이 아닙니다."

후학이 물었다.

"그렇다면 인간적인 믿음은 어떻게 가져야 하나요?"

선학이 대답을 했다.

"인간적인 믿음을 가지는 것은 인간으로서의 믿음은 가질 수는 있지만 개별적으로 자신과 관계된 사람을 믿는 것을 사실 믿는 것이 아니라 자신의 기대일 뿐입니다. 누군가를 믿는다는 것은 자신이 상대에 대해서 기대를 한다는 것을 의미합니다. 그 상대의 행동이나 심정을 이야기하는 것이 아닙니다. 그러기에 인간적인 믿음은 믿었는데 실망하는 과정을 반복하는 것입니다. 왜냐면 상대에 대한 기대를 가졌다가 그 기대가 무너져서 그런 것이지 본질적으로 믿은 것이 아닙니다. 인간적 믿음의 출발은 상대의 환경이나 심리상태를 명확히 이해를 할 경우에만 가능한데 그것은 현실적으로 쉬운 문제가 아닙니다. 그러기에 기대일 뿐인 것입니다. 따라서 인간적인 믿음은 말은 그렇게 하지만 실제는 기대인 것이지요."

후학이 다시 물었다.

"그렇다면 인간적인 믿음은 가지기는 힘든 것이네요?"

선학이 대답을 했다.

"인간적인 믿음은 인간 그 자체의 믿음을 가지는 것은 문제가 안되지만 자신과 상대방과의 이해관계에 대한 믿음을 가진다는 것이 잘못된 것입니다. 인간은 기본적으로 이해관계에 의해서 상대와의 관계를 맺기도 하고 정리하기도 하는 것입니다."

후학이 다시 물었다.

"그렇다면 과학적 믿음은 확실하게 구분되는 것이 아닌가요?"

선학이 대답을 했다.

"과학의 진화는 믿음을 과학화시키는 과정입니다. 다양한 학설이 존재하는 것도 출발은 믿음입니다. 즉 학자가 자신의 믿음을 근거로 과학적 실험을 통해서 증명을 해나가는 것입니다. 기존에 과학계의 증명된 사실에 대해서 의문을 가지고 자신이 믿는 학설을 근거로 실험을 하여 과학적 증명을 해나가는 것입니다. 그래서 과학적 믿음은 과학적 증명이 안된 모든 영역에서 발생하는 믿음입니다. 하지만 이 믿음은 단순히 믿는 것보다는 나름의 이유가 있고 그 이유의 원리를 과학적으로 증명하지 못한 상태인 것입니다. 이 과학적 증명이 완벽하게 되고 나면 더 이상 믿음의 대상이 아닌 것입니다. 물이 수소와 산소로 되었다는 것이 과학적으로 증명되기 전까지는 물은 원자로 쪼개질 수 있다는 믿음을 가졌던 것이고 이 믿음을 근거로 과학적으로 분리하는 실험을 통해서 증명되었던 것입니다."

후학이 말했다.

"그렇군요. 그럼 믿음은 각 영역마다 다르게 써야 하는데 혼재되어 사용하면서 문제가 되는 것이군요. 그렇다면 어떻게 해야 하나요?"

선학이 대답했다.

"이 믿음이라는 말을 보다 구체적으로 정확한 말로 바꾼다면 세 가지 영역의 믿음은 종교적 신념, 인간적인 기대, 과학적 가설로 표현할 수가 있는 것입니다. 믿음이라는 말을 일반적으로 사용하기 때문에 구체적으로 따질 수는 없지만 항상 생각해야 하는 것은 바로 언어는 개념적 틀이라는 것입니다. 그래야 정확한 언어를 사용할 수 있어야 한다는 것입니다. 단어가 가진 다양한 의미를 혼용하면서 오해를 불러일으키는 것입니다. 먼저 언어의 정확한 의미를 근거로 사용을 해야 불신이 생기지 않습니다. 불신도 정의가 필요하지만 세 가지 영역의 불신이 다르게 사용된다고 봐야 합니다. 모든 믿음에 대한 혼란은 바로 정확한 의미 사용의 부재 때문에 발생한 것이라 볼 수 있습니다."

깨달음이란, 원리를 이해하고,
변용하는 것

후학이 물었다.

"깨달음이란 어떤 것입니까? 많은 사람들이 깨달음을 얻기 위해서 노력을 많이 합니다. 그것을 얻으면 무엇이 좋아지나요?"

선학이 다시 물었다.

"지혜와 깨달음이 어떻게 차이가 나는지 알고 있나요?"

후학이 대답을 했다.

"글쎄요. 지혜나 깨달음이나 비슷한 말이 아닌가요? 깨달은 사람이 지혜로운 것 같은데요?"

선학이 대답을 했다.

"깨달은 사람은 지혜로운 사람이지요. 하지만 지혜로운 사람이라고 하여 깨달은 것은 아닙니다. 어떤 사람이 물에 대해서 공부를 많이 했어요. 그래서 물의 구성분자도 알고 물이 어는 점이 무엇이며 끓는 점이 언제인지도 알아요. 물의 종류마다 어떤 특징이 있는지 많이 공부를 했습니다. 하지만 이 사람이 물에 대한 지혜나 지식이 많을 지는 모르지만 깨달은 사람은 아닙니다. 깨달은 사람은 이런 지혜와 더불어 물로 밥을 지을 수도 있고 농사를 지울 수도 있으며 물레 방아를 돌려서 쌀을 찌을 수도 있습니다. 또 더 발전하여 증기관을 만들 수도 있는 것입니다. 물이 가진 가장 기본적인 원리를 알고 있기에 다양한 실천적인 변용을 할 수 있는 것입니다."

후학이 다시 물었다.

"아하, 그러면 지혜는 실천이나 변용에 대해서 모르는 상태이나 알고는 있는 상태를 말하고 깨달음은 그것을 실천하거나 변용을 통해서 물의 본질을 이해한 사람의 상태를 말하는 것이네요. 그러면 깨달음에는 어떤 종류가 있나요?"

선학이 대답을 했다.

"깨달음은 하나밖에 없습니다. 어떤 것이든 그 깨달음의 깊이에 도달하면 하나인 것입니다. 높은 산이 있어 산 위의 정상에 올라 가면 사방이 다 보입니다. 하지만 올라가는 방법은 오솔길로 가기도 하고 암벽을 타기도 하고 등산길로 가기도 하여 다양한 길들이 있지만 결국은 정상에 도달하는 것입니다. 깨달음의 정상은 하나이나 그 가는 길이 다를 뿐입니다."

후학이 다시 물었다.

"그럼 어떤 길을 가든 깨달음이란 게 같다면 어떤 것이라도 깊이 깨달음을 얻으면 같아진다는 것이네요."

선학이 대답을 했다.

"세계의 어떤 바다든 도달하면 그 바다는 하나입니다. 다만 우리가 지역에 따라서 이름 붙일 뿐이지요. 깨달음의 바다를 도착하면 이름은 하나입니다. 어떻게 도달하든 그것은 하나의 바다입니다. 그것이 지역이나 민족이나 역사에 따라서 다르게 이름 붙여진 것일 뿐이지요."

후학이 다시 물었다.

"그런 어떤 길로 가는 것이 가장 깨달음을 빠르게 쉽게 얻는 것인가요?"

선학이 대답을 했다.

"자신이 가장 쉽게 접하거나 가장 많이 아는 것에 집중하는 것이 좋습니다. 잘 안다는 것은 이미 그에 관한 지혜나 지식이 있다는 의미이고 이것을 깊이 있게 사색하다가 보면 깨달음을 얻을 수가 있습니다. 그것이 무엇이든 좋습니다. 물일 수도 불일 수도 있고 나무일 수 수도 있고 동물일 수도 있습니다. 사물이 아니라면 정신세계를 표현하는 말일 수도 있습니다. 정의일 수도, 도일 수도, 민주주의일 수도, 정치나 예일 수도, 사랑일 수도 있습니다. 그게 무엇이라도 좋습니다. 어떤 주제이든 그것을 깊이 있게 사색하고 들어가면 깨달음의 경지에 이르게 되는 것입니다."

후학이 대답했다.

"그럼 무엇이든 자신이 가장 잘 할 수 있는 주제를 기준으로 사색을 하면 깨달음을 얻을 수 있다는 것이네요? 그럼 왜 한 가지 일만이라도 제대로 한 사람 중에 그런 깨달음을 얻는 사람이 없는가요? 하나라도 제대로 하면 깨달을 수 있다고 하였는데 말입니다."

선학이 대답을 했다.

"깨달음에 대한 목적이 다르기 때문입니다. 백정이 소를 잡는다고 하도라도 이것을 먹고 살기 위한 수단으로 열심히 한 사람이라면 깨달음을 얻을 수 없습니다. 하지만 소를 잡는 것도 도라고 보고 매 순간마다 깨달음을 얻기 위해서 소를 잡았다면 깨달음을 얻을 수 있는 것입니다. 즉 무엇을 기준으로 하여 깨달음을 얻으려고 하는가에 따라서 다른 것입니다. 단순히 먹고 살거나 자신의 명예나 권력을 위해서 그 일을 한다면 결코 깨달음을 얻을 수 없는 것입니다."

후학이 다시 물었다.

"그럼 깨달음을 얻고자 하는 사람들은 어떤 마음으로 하나의 주제를 가지고 정진해야 하나요?"

선학이 대답을 했다.

"깨달음을 얻기 위해서는 3가지를 지킬 수 있어야 합니다. 첫째는, 자신을 버릴 수 있어야 합니다. 자신을 중심에 두고는 깨달음이 들어 오지 않습니다. 자신의 중심을 비워 두어야 그 자리에 깨달음이 차지할 수 있는 것입니다. 둘째는, 궁극적인 원리를 찾아 내는 물음을 끊임없이 해야 합니다. 답이라고 생각되는 답에 대해서도 다시 물어 봐야 합니다. 답에 답을 물어 가다가 보면 어느 순간 아무런 답도 필요 없는 단계에 이르게 됩니다. 그러면 그것이 깨달음의 원천이 되는 것이지요. 답을 묻는 과정 자체가 명상이고 사색이고 수행의 과정이며, 그 답을 얻는 과정이 변용과 실천의 힘이 되는 것입니다. 셋째는, 깨달은 내용을 실천하거나 변용을 해나가면서 깨달은 내용의 검증이 이루어져야 합니다. 실천과 변용을 하다가 보면 그 속에 미처 깨달음에 도달하지 못한 부분이 있습니다. 그 부분이 무엇인지 또 다시 정진하며 메워가는 것입니다. 깨달음이란 사슬과 같아서 문제를 해결하고자 하는 모든 것들을 꽁꽁 묶어서 마음 속에서 덜어 내는 것입니다. 그러기 위해서는 끊어진 사슬이 없어야 합니다. 그런 부분 부분 나누어지거나 끊어진 깨달음의 사슬을 연결하고 메워 갈 때 전체적인 깨달음의 모습이 드러나는 것입니다. 어느 한 점도 바늘 꽂을 곳이 없을 때 깨달음은 완성되는 것입니다."